메디치
2

Volume II: La Malédiction des Médicis, Les lys de sang
by Patrick Pesnot

메디치

파트릭 페노 장편소설
홍은주 옮김

LA MALÉDICTION DES MÉDICIS

2 : 피에 물든 백합

문학동네

일러두기

원주 표시가 없는 주석은 옮긴이주이다.

셀린, 에드메, 루이, 뤼시앙에게

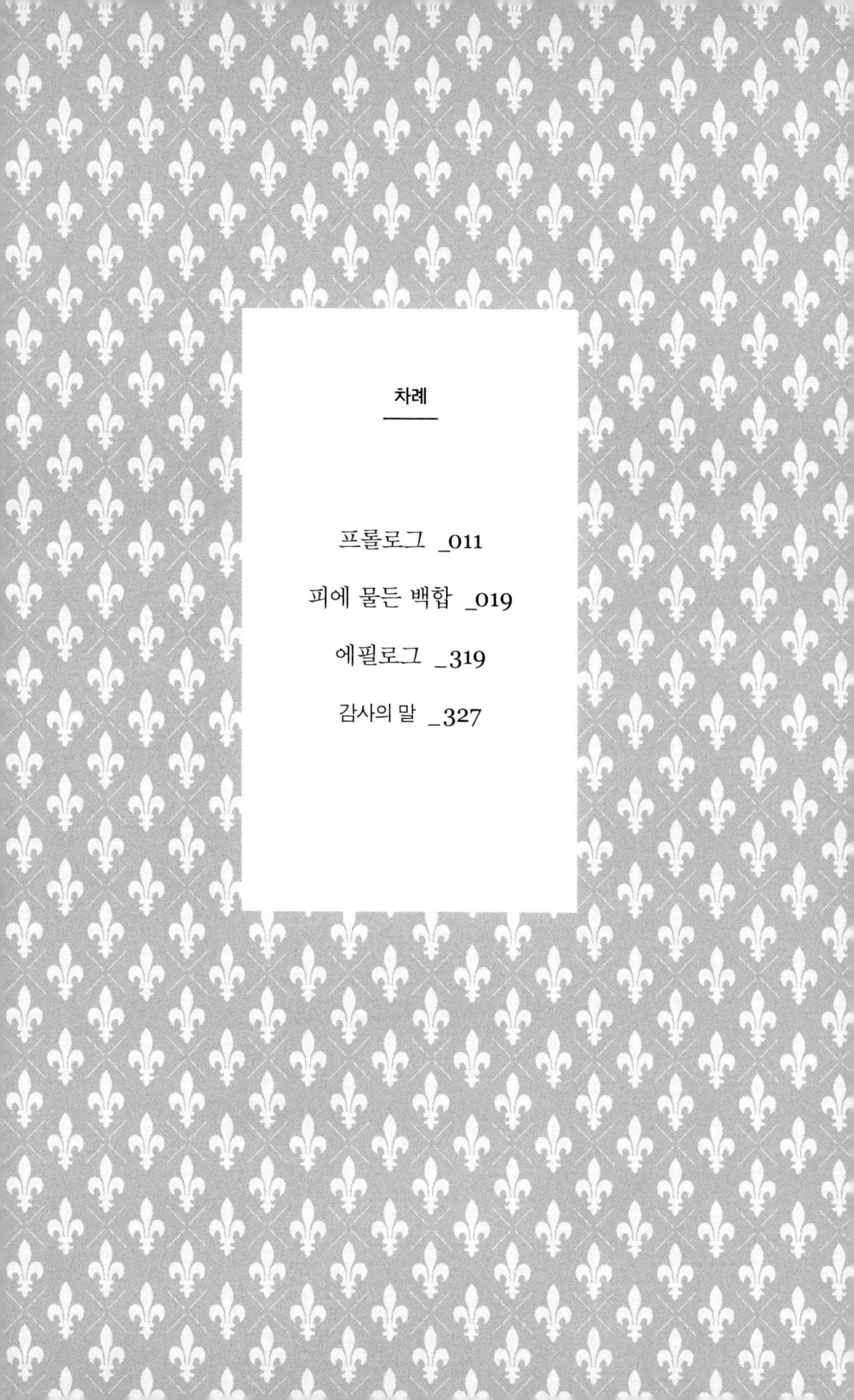

차례

메디치가 계보

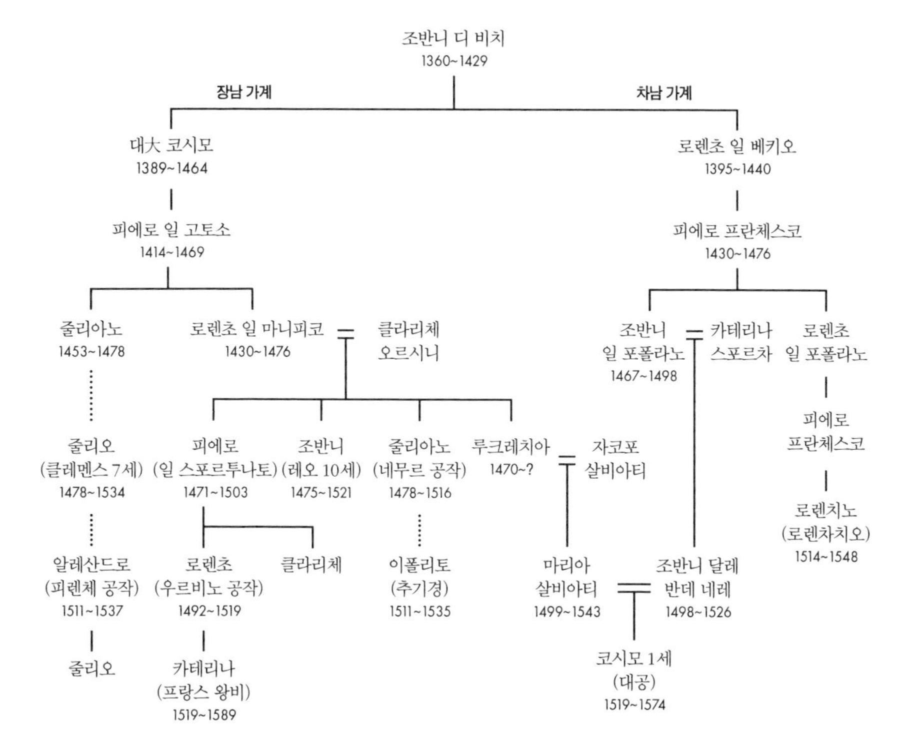
조반니 디 비치
1360~1429
장남 가계
차남 가계
대大 코시모
1389~1464
로렌초 일 베키오
1395~1440
피에로 일 고토소
1414~1469
피에로 프란체스코
1430~1476
줄리아노
1453~1478
로렌초 일 마니피코
1430~1476
클라리체
오르시니
조반니
일 포폴라노
1467~1498
카테리나
스포르차
로렌초
일 포폴라노
피에로
프란체스코
줄리오
(클레멘스 7세)
1478~1534
피에로
(일 스포르투나토)
1471~1503
조반니
(레오 10세)
1475~1521
줄리아노
(네무르 공작)
1478~1516
루크레치아
1470~?
자코포
살비아티
로렌치노
(로렌차치오)
1514~1548
알레산드로
(피렌체 공작)
1511~1537
로렌초
(우르비노 공작)
1492~1519
클라리체
이폴리토
(추기경)
1511~1535
마리아
살비아티
1499~1543
조반니 달레
반데 네레
1498~1526
줄리오
카테리나
(프랑스 왕비)
1519~1589
코시모 1세
(대공)
1519~1574
혼외 자손
결혼

프롤로그

공포가 군림하고 있었다. 아이들이 제 부모를 고발했다. 여인들은 목덜미와 어깨를 감추고 화려한 장신구를 깊숙이 처박았다. 사내들은 주막에 드나들던 발길을 끊었다. 사보나롤라 수도사의 커다란 검은 그림자가 사람들의 마음속에 눌어붙어 있었다. 그림자는 부부의 침실까지 스며들어 이제 남편들과 아내들은 아무 기쁨도 없이 잠자리를 나누었다.

1492년 로렌초 데 메디치의 이른 죽음은 온 피렌체를 불안에 빠뜨렸다. 그가 죽기 전에 터진 불길한 사건들은 백합의 도시는 물론이고 이탈리아 전역에 큰 혼란의 시기가 도래하리란 것을 예언했다.

로렌초의 장남 피에로에게는 아버지의 뒤를 잇기 전부터 '일 스포르투나토'*란 별명이 따라다녔다. 훤칠한 미남이지만 태평한 스무 살 청년은 권력을 행사할 준비가 전혀 되어 있지 않았다. 하물며 선친 로렌초 데 메디치로 대표되는 향락적인 예술 지상주의 사회를 맹렬하게 비판해온 광신적 수도사 사보나롤라에게 맞설 생각은 애초에 없었다. 까칠하고 깡마른 도미니크회 수도사는 믿음 깊고 단순한 생활로 돌아가라고 역설하면서 문란한 풍속, 사치, 물욕, 나아가 속되고 외설적인 그림과 조각을 양산한 예술가들을 상대로 본격적인 십자군 원정을 시작했다.

그러나 피에로가 맞닥뜨린 최초의 위기는 외부로부터 왔다. 1494년 프랑스 국왕 샤를 8세가 강성한 군대를 이끌고 이탈리아를 침략했다. 애초 스페인인들의 손에 들어가기 전에는 앙주가가 지배했던 나폴리 왕국을 재정복하겠다는 것이 그의 일차 목적이었다. 그러나 토스카나로 밀고들어온 프랑스 국왕은 피렌체에 부속된 요새 몇 채를 서슴없이 빼앗았다.

불시에 당한 피에로 데 메디치의 대응은 서툴기 짝이 없었다. 최초의 소규모 국지전에서 그의 군대는 패퇴했다. 그러자 그는 즉각 무기를 내려놓고 샤를 8세와 협상을 시작했다. 프랑스 국왕은 토스카나의 몇몇 도시를 내놓는 대신 피렌체에 입성해도 좋다는 약속을 받아냈다. 피렌체를 점령하겠다는 것이 아니라 어디까지나 자신의 부대를 통과시키기 위해서란 명목이었다.

훌륭한 협상을 성사시킨 줄 알았던 로렌초의 아들은 그 소식을

---

* 불운한 사람.(원주)

당국에 알리기 위해 서둘러 백합의 도시로 돌아왔다. 피렌체 시의원들은 격분했다. 피에로는 간단히 항복했을 뿐만 아니라 프랑스 국왕의 요구를 두말없이 전부 받아들여 조국을 배반했던 것이다. 시민들의 분노는 걷잡을 수 없었고, '이 포폴라니'*라는 노골적인 별칭으로 불리는 메디치가 차남 가계의 로렌초와 조반니마저 자신들의 사촌 피에로를 규탄하는 시민들 편에 섰다.

피에로와 그의 가족 그리고 두 아우(장차 교황 레오 10세가 될 조반니 추기경과 네무르의 공작이 될 줄리오)는 한밤중에 치욕적으로 도시에서 쫓겨났다. 라르가 거리의 팔라초는 약탈당했다. 피렌체 시민은 백여 년 동안 도시를 틀어쥐었던 메디치가의 무거운 감독으로부터 다시 한번 벗어났다.

피에로는 세 번이나, 심지어 샤를 8세의 힘을 빌려서까지 피렌체로 귀환하려 했지만 번번이 실패했다. 1503년 그는 프랑스 국왕의 군대에 합류하기 위해 가에테에서 승선했다가 익사했다. 그의 두 아우는 로드리고 보르자, 즉 교황 알렉산데르 6세가 보호해줄 때까지 이 나라 저 나라를 떠돌았다.

1494년을 기해 메디치가의 장남 가계는 피렌체에서 물러난 것이다. 얼마 후 샤를 8세가 피렌체에 입성했다. 공화당원들의 반감에도 불구하고 신의 의지를 대변한다는 사보나롤라 수도사는 신앙심 깊은 프랑스 국왕을 해방자인 양 맞아들였다. 그가 설교에서 장

* '민중'이라는 의미.

차 백합의 도시에 왕림하리라 알렸던 왕이 바로 이 사람이 아니던가? 그러나 프랑스 국왕은 피렌체에 오래 머물지 않았다. 피에로데 메디치와 체결한 조약에 명기된 대로 자신의 의지를 행사한 그는 지체 없이 나폴리로 진격했다.

* *
*

피렌체의 고명한 시민들이 파벌 싸움을 벌이는 사이 권력의 좌는 비어 있었다. 평민들의 지배자로 군림하는 사보나롤라 수도사는 자기 뜻대로 장기말을 움직여 신권정치를 수립했다. 사람들은 옛날의 악행과 인연을 끊겠다고 아우성치며 앞다퉈 회개했다. 예술가들은 자기들 손으로 작품을 파괴하고 여인들은 아름다운 옷을 찢었으며 귀족들은 속세의 삶을 버리고 수도원으로 은둔했다. 보티첼리조차 이 음산한 광기에 굴복해서 자신이 명성을 얻게 해주었던 관능적 그림을 그리는 것을 포기했다. 1496년 권력의 절정에 다다른 사보나롤라는 시의회 광장에 거대한 장작을 쌓아 책과 그림과 장신구, 그 밖의 사치스러운 물건을 전부 태우도록 명령했다. 그 끔찍한 화형식은 시민들이 죄를 뉘우치고 구원의 길로 들어선다는 것을 의미했다. 그러나 사람들은 이 광신에 이내 싫증이 났다. 로마에서도 피렌체에서도.

본래 쾌활하고 놀기 좋아하던 피렌체의 시민들은 자신들을 옭아매는 굴레에서 벗어나고 싶어졌다. 신비 신앙의 위기는 지나갔다.

그만큼 자기들 몸뚱이를 채찍질했으니 이제 저 수도사가 나타나 하늘을 시커멓게 만들기 전에 누렸던 단순하고 유쾌한 삶으로 돌아가고 싶었다.

교황 알렉산데르 6세는 풍속의 문란과 교회의 부패를 비난하는 수도사의 열렬한 설교가 조만간 교황의 지상권도 위협하리란 것을 재빨리 알아차렸다. 그는 사보나롤라를 법정에 세우라고 명했다.

몇 달 후 피렌체 시의원들은 수도사를 체포해 감옥에 넣었다. 1498년의 일이었다. 교황청 특사들이 신속하게 재판을 열었다. 도미니크회 수도사는 심문 끝에 사형을 선고받았다. 그는 도시 한복판의 시의회 광장, 지상의 헛된 것들을 불사르기 위해 설치한 바로 그 장작더미의 불길 속에서 사라졌다.

* *
*

수도사의 갑작스러운 죽음도 피렌체인들의 싸움에 종지부를 찍지는 못했다. 피에르 소데리니라는 평범한 인물이 종신 장관에 임명된 후에도 피렌체는 이탈리아반도가 프랑스인들과 스페인인들 사이의 끝없는 싸움터가 되는 것을 결연히 거부했다. 일명 무서운 율리오 2세라 불리는 새 교황은 교황령을 확장하기 위해 몸소 갑옷을 입고 교황군의 우두머리가 되었다. 1511년 교황은 스페인 진영을 선택하고 프랑스 국왕 루이 12세에 맞서는 신성동맹을 결성했다.

일 마니피코의 아들 조반니 데 메디치 추기경은 수치스럽게 고향을 떠나야 했던 기억을 잊은 적이 없었다. 그는 샤를 8세와 조약을 맺은 이래 줄곧 프랑스의 동맹이었던 피렌체를 치라고 교황을 설득했다.

1512년 신성동맹의 스페인군이 백합의 도시를 향해 진군했다. 조반니 데 메디치가 그들과 함께였다. 피렌체 공화정도 군대를 일으켰다. 사무국 비서관인 니콜로 마키아벨리의 조언에 따라 시민 의용군이 모집됐다.

격렬한 전투였다. 피렌체의 시민 의용군은 큰 용기를 발휘했지만 역부족이었다. 스페인군이 밀고들어와 도시는 불길과 피에 잠겼다. 공화당원들은 도망쳤고 이천 명의 시민이 무참히 학살됐다. 흥건한 피 한복판에서 조반니 추기경은 피렌체에 입성했다. 쫓겨난 지 십팔 년 만에 메디치가 돌아온 것이다. 왕관 없는 제후가 백합의 도시에 다시 군림하기 시작했다.

* *
*

추기경은 고향에 오랫동안 머물지 않았다. 율리오 2세가 병을 얻었으니 곧 교황좌가 빌 터였다. 추기경은 아우 줄리아노에게 피렌체를 맡기고 서둘러 로마로 떠났다. 다섯 달 후 교황이 선종했다. 조반니는 교황으로 선출되어 레오 10세라는 이름으로 교황좌에 올랐다. 메디치가에서 배출된 최초의 교황이었다. 그는 아우 줄리아노를 곁으로 불러들여 교황군 사령관에 앉혔다. 피렌체의 통치는 피에로의 아들, 그러니까 일 마니피코의 손자인 로렌초에게 맡겨졌다. 그러나 권력은 오직 로마로부터 나온다는 것을 모르는 사람은 없었다. 교황은 정기적으로 피렌체의 국정을 보고받았다. 그리고 피렌체에 머물 때는 권력의 상징인 델라 시뇨리아 팔라초에 묵었다.

1516년, 프랑스 왕에게 네무르의 공작으로 봉해진 줄리아노는 프랑스에서 폐병으로 숨을 거두었다. 숙부인 레오 10세 덕분에 우르비노의 공작이 되었던 로렌초도 삼 년 후 세상을 떠났다. 그로써 메디치가의 장남 가계는 단절되었다. 남자 상속자는 없었다.

궁여지책으로 교황은 사촌들 가운데 하나인 줄리오, 그러니까 일 마니피코의 아우 줄리아노의 서자에게 피렌체의 통치를 맡겼다. 그는 이미 교황의 호의로 추기경이 되어 있었다. 다만 레오 10세도 세상을 떠나면 서출의 신분인 그가 메디치가의 새 우두머리가 될 수 있을지는 의문이었다. 더욱이 사촌들을 배신한 이래 미움을 받아온, '포폴라니'를 자처하는 메디치가의 차남 가계가 권력을 노리고 있지는 않을까?

1
1521~1523

젊은이는 빙그레 웃었다. 그는 자신이 매력적이란 사실을 알고 있었다. 단단한 턱선은 그가 용기와 자신감, 불굴의 투지를 지니고 있다는 것을 드러냈다. 그러나 빛나는 청록색 눈동자와 거의 여성적인 입술은 거친 인상과는 사뭇 대조적이었다.

"던져! 글쎄 던지래도!"

살비아티 팔라초의 안뜰에서, 어린 아내 마리아의 방 창문 밑에 버티고 서서 조반니는 소리쳤다.

"던지라니까! 그 정도 담력은 길러줘야지……"

이층에서 마리아가 두 살 난 아들 코시모를 안고 내려다보았다.

"안 돼요, 조반니, 난 못해요……"

모친에게 찰싹 달라붙은 어린애는 정작 아무렇지도 않은 얼굴이었다. 두 살배기치고는 매우 진지한 표정이었다.

"어서, 마리아, 하나도 안 위험하다니까."

마침내 그녀가 눈을 질끈 감았다. 조반니가 팔을 활짝 벌렸다. 그는 무릎을 살짝 구부리면서 아들을 받아냈다. 코시모의 얼굴은 여전히 진지했다. 아이는 떨어지는 중에도 비명조차 지르지 않았다. 아버지는 웃음을 터뜨리며 아이를 꽉 안았다.

조반니 데 메디치와 마리아 살비아티는 육 년 전에 결혼했다. 사랑으로 맺어진 결혼이었다. 마리아는 조반니의 후견인 자포코의 딸로, 결혼 당시 열일곱 살이었다. 어릴 때부터 같이 자란 두 사람은 일찌감치 결혼을 마음먹고 있었다.

대가 센 모친 카테리나 스포르차를 열한 살에 여읜 조반니는 자코포와 루크레치아 살비아티 부부에게 맡겨졌다. 걸핏하면 싸움을 하는 다루기 어려운 아이였다. 일 마니피코의 딸인 루크레치아는 군인이 되겠다는 이 아이를 갖은 수단으로 어르고 달래 훌륭한 문인들의 글을 읽혔다. 그러나 아이는 틈만 나면 빠져나가 특기인 승마와 무술에 몰두했다. 열일곱 살이 되자 그는 루크레치아의 동생이자 메디치가 최초의 교황인 레오 10세를 찾아 로마로 떠났다. 조반니의 부친이 예전에 자신들을 배반한 메디치가의 차남 가계였는데도 교황은 그를 환대했다.

정확하고 기민한 칼솜씨로 조반니는 이내 영원의 도시에서 이름을 떨쳤다. 특히 오르시니가에서 고용한 자객들과의 대결이라면 로마에서 모르는 사람이 없었다. 조반니와 그의 병사들은 수적 열세에도 불구하고 적을 보기 좋게 패퇴시켰던 것이다.

교황은 조반니의 용맹함과 대담함을 높이 사 즉각 임무를 맡겼다. 교황이 조카 로렌초 데 메디치에게 내줄 작정으로 우르비노를 뺏기 위해 백 명 병력의 기병대를 맡겼을 때 조반니는 겨우 열여덟 살이었다. 젊은 대장은 빛나는 전적을 거두어 용병대장으로서의 자질을 증명했다. 첫 원정 때부터 그는 이미 병사들의 열렬한 지지와 숭배를 얻었다. 곧 더 큰 병력이 맡겨졌다. 그러자 그는 자기 병사들에게 검은 띠를 두르게 했다. 말하자면 군복을 창안한 것이다. '조반니 달레 반데 네레'*라 불리게 된 젊은 용병대장은 당당하게 피렌체로 돌아와 현명하고 아름다운 마리아와 결혼했다.

사랑하는 이 두 사람의 결합으로 메디치가의 두 가계는 합쳐졌다. 조반니는 피렌체 시민들로부터 '국부'라는 명예로운 칭호를 받았던 대大 코시모의 동생 로렌초 일 베키오의 증손자였다. 마리아로 말하자면 코시모의 직계 자손이었다. 이 결혼으로 차남 가계의 대표인 조반니가 메디치가의 합법적 후계자가 된 것이다. 우르비노의 공작 로렌초는 이 년 전 세상을 떠난 터였다. 그는 일 마니피코의 증손녀에 해당하는 어린 딸 카테리나**를 남겼지만 여자는 후계자가 될 수 없었다.

제각기 계승권을 주장하는 다른 사람들은 일 마니피코가 사랑했던 아우 줄리아노의 아들인 줄리오 추기경을 비롯해 전부 서자였

* '흑색대'의 조반니.(원주)

** 훗날 앙리 2세와 결혼해 프랑스의 왕비가 되고 왕국의 섭정이 된다.(원주)

다. 레오 10세가 세상을 떠나면 피렌체의 통치권은 조반니 달레 반데 네레에게 돌아가야 했다. 그런데 젊은 용병대장은 그런 것에 전혀 관심이 없었다. 그는 군의 숙영지와 싸움터를 벗어난 인생은 생각도 해본 적이 없었다.

"사랑해, 마리아. 정말 사랑해!"

"나쁜 사람. 또 떠날 거면서……"

조반니는 한숨을 뱉었다. 그는 초조해서 발이라도 구르고 싶었다. 프랑수아 1세와 카를 5세*의 싸움이 다시 시작됐다. 카를 5세 편을 선택한 메디치가 출신 교황은 조반니에게 사천 보병과 기병대 백 명을 내주었다.

그가 마리아를 끌어당겼다. 그들은 살비아티 팔라초의 방에 누워 있었다. 남편이 수시로 싸움터로 나가는 까닭에 마리아는 아직 양친의 집에 살고 있었다.

"당신을 전부 차지하고 싶어요. 부대가 이동할 때마다 매춘부들도 따라다닌다는 것쯤은 나도 알아요." 마리아가 말했다.

"사내들의 몸은 마음하고는 상관없이 잠깐씩 한눈을 파는 법이지!" 조반니가 짓궂게 말했다.

마리아는 질겁했다.

"어떻게 그런 말을 할 수 있죠?"

아내에게 다리를 꼬집힌 조반니가 비명을 질렀다.

---

* 1500~1558. 합스부르크 왕조의 독일, 오스트리아 황제. 스페인도 다스렸다.

"당신이 창녀들과 어울리는 걸 금지하겠어요."

그는 웃으면서 아내를 살짝 밀어내 어깨를 붙들고 얼굴을 건너다보았다.

"당신의 화난 눈동자가 좋아. 당신도 역시 전사란 말이야."

그녀는 울어야 할지 웃어야 할지 알 수 없었다. 조반니가 아내의 가슴에 손을 얹었다. 마리아가 몸을 떨었다.

"차라리 당신을 미워할 수 있었으면 좋겠어요."

"하지만 그럴 수가 없지?"

"전령이 당신이 전사했다는 소식을 들고 달려올 날이 언젠가 올 거야……"

마리아가 남편의 어깨에 머리를 얹었다. 그는 다정하게 그녀를 눕히고 그녀의 감은 눈에 입을 맞춘 후 꼭 안았다.

* *
*

진지는 밀라노의 동쪽 아다 강변에 세워졌다. 적은 강 건너편에 있었다. 서풍이 불면 프랑수아 1세의 용병들이 내뱉는 욕설이나 무기를 부딪치며 훈련하는 소리가 들렸다.

조반니는 루칸토니오 쿠파노 데 몬테팔코와 피에르 마리아 데 로시라는 두 장교를 거느리고 야영지에서 야영지로 움직였다. 그는 병사들과 친밀하게 지내기를 좋아했다. 병사들과 포도주를 나눠 마시고, 건강을 염려하고, 싸움을 중재하고, 낯뜨거운 농담에 웃음을 터뜨렸다. 야영지의 강렬한 가죽과 땀과 똥과 장작 냄새를 그는 무엇보다 사랑했다.

젊은 대장은 큰 꿈을 품고 있었다. 그는 당대 최고의 용병대장이 되고 싶었다. 메디치가 사람들은 대부분 상인이자 은행가, 예술의 후원자이며 정치가였다. 그러나 그의 혈관에는 스포르차가의 호전적인 피가 섞여 있었고, 그 들끓는 피가 메디치가의 현명한 피를 압도했다.

재물에 초연하고 죽음도 불사하는 그는 일견 명성조차 우습게 여기는 것처럼 보였지만 실은 오직 명성만을 추구했다. 싸움터에서 그는 병사들과 똑같이 입고 늘 맨 앞줄에서 나아갔다. "전원 나를 따르라!"라고 그가 외치면 대장만큼이나 죽음에 초연한 병사들은 용감한 대장을 자랑스러워하며 진격했다.

해질녘에 조반니 달레 반데 네레는 하사관들을 막사로 불러들였다. 팔짱만 끼고 전선을 지키는 것에 싫증이 난 용병대장은 강 건너편의 적과 맞붙을 생각이었다. 다리가 없었으므로 헤엄쳐서 강을 건너야 했다.

"기습하는 거야. 우리가 그렇게 대담하게 나올 줄 적진에서는 상상도 못할걸."

무두질한 흠투성이 가죽옷을 입은 노련한 하사관들은 조반니를 숭배해 마지않았지만 이번만은 곤란한 표정을 지었다. 조반니의 특기인, 불시에 적진을 쑥대밭으로 만드는 전광석화 같은 기습에는 그들도 익숙했다. 그들이 열정과 투지를 앞세워 돌격할 때면 적군의 방어도 무력했다. 젊은 용병대장은 전통적 병법 따위를 따르는 사람이 아니었다. 물론 자기 부대를 싸움에 투입하지 않고 미루적거리며 고용주가 주는 돈만 챙기는 용병대 장교들을 비난할 마음은 없었다. 그러나 조반니, 그는 이기기 위해서라면 어떤 계략과 속임수도 마다않는 불굴의 용병대장이었다. 중요한 것은 오로지 승리뿐이었다.

제일 나이가 많은, 얼굴에 마마 자국이 있는 애꾸 하사관이 고개를 가로저었다.

"하지만 병사들이 모두 헤엄칠 줄 아는 것도 아닌데……"

"상관없소! 헤엄은 말들이 치니까 녀석들만 꽉 붙들고 있으면 돼."

"그럼 무기는요? 강 건너편에 무사히 도착한다 해도 소총이 젖으면 말짱 헛일이 아닙니까." 턱수염이 무성한, 이탈리아 전역의 싸움터란 싸움터는 빠짐없이 거친 고참 하사관이 말했다.

"허리에 차는 작은 가죽가방을 머리에 얹고 강을 건너지."

그들은 결국 승복했다. 조반니 달레 반데 네레는 병사들을 사랑했지만 불복종은 참지 못했다. 더욱이 그는 늘 그들을 승리로 이끌지 않았던가.

그런데도 그날 저녁 조반니는 늦도록 잠을 이루지 못했다. 동이 틀 무렵이면 아다강의 진흙탕 물에 뛰어든다는 생각 때문이 아니라 어린 코시모와 마리아 때문이었다. 가족이라고는 그 둘뿐이었다. 어린 아들은 그에 대해 거의 몰랐다. 조반니도 자신이 태어나고 몇 달 후에 세상을 떠난 부친 로렌초에 대해 아는 것이 별로 없었다…… 그리고 어린 시절부터 줄곧 같이 자랐고, 결혼한 이튿날부터 돈과 영광을 찾아 싸움터로 떠나느라 버려두었던 아내. 마리아, 매혹적이고 육감적인, 참 사랑스러운 아내. 싸움터에서 싸움터로 떠돌면서, 숙영지 근처에서 몸을 파는 여자나 농부 처녀를 가진 것은 아내를 배반하는 일이었을까? 얼마 전에 받은 아내의 편지 몇 줄이 그의 머릿속을 떠나지 않았다. '이렇게 빨리 당신을 빼앗길 줄 알았으면 소중한 내 피 한 잔을 바쳐서라도 차라리 당신을 만나지 않는 게 나았을 거예요……'

잠들기 전, 조반니는 그럴 수만 있거든 바로 마리아 곁으로 돌아가리라 다짐했다. 그러나 정말 그것이 본심이었을까?

* *
*

이마와 관자놀이에서 땀방울이 뚝뚝 떨어졌다. 시종이 수시로 이 고명한 인물의 얼굴을 레이스 달린 손수건으로 닦아냈다. 레오 10세는 안중에도 없이 계속 고기를 우물거렸다. 얼굴이 동글납작하고 새빨간 교황은 상냥한 인상의 뚱뚱한 사내였다. 근처 늪에서 하루종일 사냥을 하자 어찌나 시장했던지 교황은 말리아나의 저택으로 돌아오자마자 진흙투성이 긴 장화를 벗을 여유도 없이 식탁으로 달려들었다. 빈축을 살 만한 옷차림이었지만 아무래도 좋았다. 성가신 존재인 의전장은 신도들이 발가락에 입을 맞출 수 있도록 교황은 늘 발을 드러내야 한다고 수시로 읊어댔지만 교황은 아랑곳하지 않았다.

교황의 오른편에 허물없이 앉은 조반니가 대담한 작전으로 밀라노를 공격한 이야기를 하고 있었다. 육 년 전 프랑수아 1세에게 정복됐던 밀라노는 황제군과 교황군의 연합 부대 손에 떨어졌다. 젊은 용병대장의 맞은편에서는 야윈 얼굴에 턱수염을 기르고 콧날이 바른 줄리오 추기경이 주의깊게 이야기를 듣고 있었다. 살짝 밑으로 처진 눈썹 밑에서 빛나는 작지만 생생한 눈동자는 속마음을 좀처럼 드러내지 않았다. 사십 줄의 이 사내는 1478년 산타마리아델피오레 성당에서 암살된, 일 마니피코의 아우 줄리아노 데 메디치의 서자였다. 그의 사촌 조반니는 레오 10세라는 이름으로 교황좌에 오르자마자 그에게 추기경 자리를 내려주었다. 교황은 이것저것 즐거운 일을 하느라 바빠 자주 그에게 교회 일을 맡겼고, 그 덕에 줄리오는 막강한 영향력을 지닌 자문관이 되었다. 교황에 선출된 그가 '신께서 내게 교황권을 주셨으니 그것을 즐기리라!'라고 공공연히 선언한 것은 유명한 이야기였다. 메디치가의 누구나가 그랬듯이 이 도락가 교황은 교양 있는 탐미주의자에 인심이 후하기로 이름난 예술 후원자였다. 그는 오랫동안 라파엘의 보호자였고, 미켈란젤로에게 숱한 작품을 주문했으며, 주변에 많은 학자와 예술가를 불러들여 선친 일 마니피코가 군림했던 시절의 피렌체처럼 풍부한 지성의 세계를 로마에 부활시켰다.

이 너그러운 인심에는 썩 좋지 않은 결과가 따라왔다. 자금난으로 전임 교황 율리오 2세 때 착공된 새 산피에트로 대성당의 완공이 불가능해졌던 것이다. 분명 사촌 줄리오의 조언을 받았을 레오 10세는 바티칸의 금고를 채우기 위해 전대미문의 방법을 생각해냈다. 육 년 전 그는 '사크로산티 살바토리스 에트 레뎀프토리스 노스트리'라는, 죄인들이 현금을 지불하면 몇 년 동안 연옥의 죄를 사면한다는 교서를 발표했다. 이 '면죄부'의 판매는 북유럽에서 분노와 비판을 불러일으켰고 독일의 성 아우구스티누스 수도회의 마르틴 루터라는 수도사의 공개적 반항을 촉발했다. 수도사는 파문당하고도 계속해서 로마를 비난하고 교회의 개혁을 요구했다.

레오 10세가 막 테이블에 올라온, 속을 채운 뿔닭 요리에 포크를 찔러넣자 시종이 루비 빛깔의 포도주를 잔에 채웠다. 교황의 새빨간 뺨과 끊임없이 뒤룩거리는 불룩한 눈동자는 왕성한 식욕을 드러냈다. 교황이 몇 시간이고 식사를 계속할 수 있다는 것을 모르는 사람은 없었다. 조반니 달레 반데 네레가 무용담을 마쳤다. 레오 10세는 입속의 것을 우물거려 삼킨 다음 흡족하게 말했다.

"훌륭한 사촌께서 성스러운 우리 교회를 위해 아주 큰일을 해줬네."

맞은편의 줄리오 추기경도 말없이 고개를 끄덕였다. 지위 높은 친척과는 반대로 그는 조금밖에 먹지 않았고 술도 절제했다. 조반니는 생리적으로 추기경에게 경계심이 발동했다. 보는 눈이 없을 때면 이 고위 성직자는 냉혹하고 책략에 능한 본성을 활짝 드러내리라. 젊은 용병대장이 보건대 줄리오는 자기 사촌을 질투하는 게 분명했다. 레오 10세는 교황좌에 오름으로써 아버지의 꿈을 실현시켰지만 줄리오는 비록 추기경 자리에 앉기는 했어도 서자라는 신분을 잊을 수 없었다. 그는 지성과 교회를 통치하는 수완으로 추기경단 일부 동료들의 지지, 나아가 존경도 어느 정도 얻었지만, 기회만 있으면 그가 상인과 농부 처녀라는 별 볼 일 없는 가계의 사생아란 것을 꼬박꼬박 상기시키는 사람들도 얼마든지 있었다.

레오 10세가 입술을 닦고 활짝 웃었다.

"드디어 프랑스인들이 이탈리아에서 쫓겨나겠군."

"대신 이제 강성하고 거추장스러운 동맹이 우리 눈앞에 버티게 됐죠." 조반니는 이렇게 덧붙이지 않을 수 없었다.

"만일 카를 5세가 너무 욕심을 부리거든 우린 옛 동맹에게 돌아가면 되지요." 줄리오 추기경이 싸늘하게 지적했다.

교황이 고개를 끄덕였다. 프랑스 왕을 배반하고 카를 5세와 손을 잡은 것이 불과 얼마 전의 일인데 말이다. 정치란 으레 그런 것이어서, 양쪽의 적과 동시에 거리를 유지하자면 주저하지 않고 편을 바꿀 줄 알아야 했다. 현재 로마는 독일의 공국들 안에서 계속 커지는 마르틴 루터의 이단 세력을 억제하기 위해서라도 카를 5세가 필요한 형편이었다.

성부聖父는 포도주를 꿀꺽꿀꺽 삼켰다. 이마에서는 여전히 땀방울이 떨어졌다. 조반니는 그의 번들거리는 눈동자를 찬찬히 살펴봤다. 늪에서 악성 열병이라도 얻은 것일까? 아니면 그저 과음한 탓일까? 레오 10세가 육중한 몸을 일으켰다. 다음 순간 그의 몸이 휘청거렸다. 시종이 얼른 잡아주지 않았더라면 그는 그대로 쓰러졌을 것이다.

* *
*

조반니 달레 반데 네레는 피렌체로 돌아가 가족과 재회했다. 어디까지나 짧은 휴가였는데, 밀라노의 프랑스군이 완전히 격퇴된 것이 아니라 아직 전쟁중이었기 때문이다. 젊은 용병대장은 아이와 놀아주고, 어느 때보다 사랑스럽고 유혹적인 아내와 사랑을 나누었다. 행복한 하루하루가 흘러갔다. 그러나 그 정도로 가족과의 시간을 메울 수 있을까? 조만간 또 떠나야 한다는 사실을 잊게 만들려고 주의깊은 아버지로, 정열적인 연인으로 열심히 봉사한 것은 아닐까?

용병대장이 피렌체에 닿고 곧 레오 10세의 선종 소식이 전해졌다. 독살이 아니냐는 풍문도 나돌았지만 조반니는 믿지 않았다. 십중팔구 늪에서 열병을 얻었던 것이리라.

교황 선거 회의는 뒤숭숭한 사건들로 얼룩졌다. 야심찬 줄리오 데 메디치는 교황좌의 후보자로 나섰다. 그는 추기경 열네 명의 지지를 확보했지만 그것만으로는 부족했다. 프랑수아 1세와 카를 5세도 제각기 대사들을 통해 자신들이 총애하는 인물을 추천하고 나섰다. 영국 국왕 헨리 8세까지 자국의 대법관 울시를 밀겠다고 나섰다. 교황 선거 회의는 좀처럼 결론이 나지 못했다. 야망을 잠시 접기로 한 줄리오의 제안에 따라 엉뚱한 인물이 교황으로 선출되었는데, 그가 아드리안 플로렌츠였다. 이전에 토르토사의 대주교였던 이 플랑드르인은 카를 5세의 스승이었다. 어쨌든 전임자들과는 판이한, 엄격하고 검소한 성품의 하드리아누스 6세가 과도기의 교황이란 점만은 아무도 의심하지 않았다.

햇살이 살비아티 팔라초의 황금빛 벽들을 어루만졌다. 다투어 꽃망울이 터지는 향기로운 봄날이었다. 마리아와 나란히 벤치에 앉은 조반니는 생동하는 봄의 기운을 콧속 깊이 들이켰다. 할 수만 있다면 당장이라도 '흑색대'의 주력 병사들이 기다리는 밀라노로 바람처럼 말을 달려 돌아가고 싶었다.

"당신, 떠날 생각이죠, 그렇죠?"

마리아가 남편의 어깨에 머리를 기댔다. 그녀는 계속해서 속삭였다.

"피렌체 시민들은 당신을 기다리고 있어요. 아버지는 늘 그 말씀만 하세요. 당신은 후계자예요, 조반니."

"하지만 난 국정에는 아무 관심도 없어…… 난 군인이요."

"나와 코시모 곁에서 살 수 있어요…… 온 가족이 행복하게 살 수 있다고요."

흐느낌 때문에 그녀의 말은 끊어졌다 다시 이어졌다.

"당신이 싸움터에 있으면 늘 두려워요. 겁이 나요, 조반니. 전령이 당신이 전사했다는 소식을 들고올까봐 몇 시간씩 문만 노려보면서 지낸단 말이에요."

그는 그녀를 꽉 안고 어색하게 웃었다.

"걱정 마, 난 불사신이야!"

"아킬레우스도 결국 죽었어요!"

침묵이 깔렸다. 조반니는 자신에게 바싹 달라붙은 마리아의 가슴이 팔딱거리는 것을 느꼈다. 그가 불쑥 말했다.

"줄리오 추기경의 편지를 받았어…… 추기경이 곧 도착해. 피렌체는 그가 통치할 거야. 피렌체 시민들도 그를 신뢰해."

마리아는 고개를 끄덕였고 흐느낌으로 또 말문이 막혔다.

* *
*

채 거두어지지 못하고 거리에 방치된 시체들도 있었다. 모리아*가 다시 피렌체를 후려쳤다. 걷잡을 수 없는 페스트였다. 겁에 질린 피렌체인들은 방탕함과 사치의 값을 치르는 것이라 생각했다. 사보나롤라 수도사의 시커먼 그림자가 또 한번 사람들의 눈앞에 어른거렸다. 쾌락을 포기하고 신을 섬기라던 그의 가르침이 옳지 않았을까?

숱한 시민들이 이미 목숨을 잃었다. 부유한 사람들은 도시를 벗어나 시골 저택으로 몸을 피했다. 마리아 살비아티도 가족들과 더불어 도시를 떠났다. 줄리오 데 메디치 추기경도 라르가 거리의 호

---

* 전염병으로 인한 사람이나 가축의 대량 사망을 뜻하는 이탈리아어.

화로운 팔라초를 뒤로 하고 전원의 매력을 맛볼 수 있는 포조 아카이아노로 떠났다. 일 마니피코의 야심작인 웅장한 저택은 후손들을 덮친 이런저런 불행으로 아직 완공되지 않은 상태였다. 정원들은 대강 손질만 끝난 채였고 방치된 땅도 많이 있었다.

메디치가의 아이들 셋이 추기경과 동행했다. 카테리나, 알레산드로 그리고 이폴리토. 겨우 세 살인 카테리나는 살결이 도자기 같고 얼굴이 동그랬는데, 고아였다. 이 아이는 '공작의 딸'이라 불렸는데, 부친 로렌초가 레오 10세로부터 우르비노 공작 칭호를 받았기 때문이었다. 그러나 새 교황 하드리아누스 6세가 선출되자마자 영지를 원래의 소유주에게 돌려주는 바람에 아이는 형편이 궁색했다. 그래도 장차 쓸모가 있을 거라고 추기경은 주시하고 있었다. 산고로 죽은 아이의 모친은 프랑수아 1세의 친척이었다. 지금은 숙모인 클라리사 스트로치의 손에서 자라는 이 아이를 언젠가 메디치가의 영광에 기여할 훌륭한 혼처에 보낼 수 있기를 추기경은 기대했다.

이폴리토는 열한 살로, 얼굴빛이 맑고 행동이 점잖은 미소년이었는데 공부를 매우 잘했다. 이 아이도 고아였는데 또다른 줄리아노, 그러니까 일 마니피코의 아들로서 젊은 나이에 세상을 떠나기 전 프랑스 왕으로부터 네무르의 공작에 봉해졌던 줄리아노의 서자였다.

이폴리토의 동갑내기 사촌이며 역시 서자인 알레산드로는 전혀 달랐다. 양털 같은 곱슬머리에 피부는 가무잡잡하고 성격은 괄괄

하고 거칠었다. 그런데도 추기경이 이 아이를 가장 좋아하는 것은 실은 자신의 감춰둔 아들이었기 때문이다. 고위 성직자로서의 위엄을 간직하기 위해 그는 무어인 노예에게서 태어난 이 아이를 피렌체에서 뚝 떨어진 곳에서 키우며, 공식적으로는 어린 카테리나의 배다른 형제로 소개했다.

사정은 조금씩 달랐지만 이 세 아이가 메디치가 장남 가계의 마지막 싹이었다. 서자 둘, 계집아이 하나.

레몬나무 그늘에서 책을 읽던 추기경이 잠시 눈을 들었다. 카테리나는 숙모가 지켜보는 가운데 꽃을 땄고, 두 사내아이는 옴브로네강으로 이어지는 비탈에서 주먹다짐을 벌이고 있었다. 알레산드로가 넓적다리를 걷어차자 이폴리토가 비명을 질렀다. 이폴리토는 낯을 찡그리며 알레산드로의 윗옷을 잡아당겨 찢었다. 두 싸움꾼은 풀밭을 굴러갔다. 힘은 비등했지만 천성이 사나운 알레산드로는 이기기 위해서라면 비겁한 짓도 서슴지 않았다. 이폴리토가 또 비명을 터뜨렸다. 아랫배를 가격당한 그는 고통을 참지 못하고 주저앉았다. 알레산드로가 그 순간을 이용해 등뒤에서 팔을 비틀어 땅에 처박았다. 풀에 코를 박은 채 이폴리토는 발버둥쳤지만 빠져나오지 못했다. 언제나처럼 그의 먼 사촌의 우세였다. 갑자기 알레산드로가 팔을 풀어주고 만족스러운 웃음을 지으며 일어섰다. 이폴리토는 여전히 배를 바닥에 대고 늘어져 있었다.

비록 부자 관계를 드러내지는 못했지만 추기경은 아들이 자랑스러웠다. 자신도 서자인 추기경은 아들이 장래 피렌체에서 큰 역할을 하기를 바랐다. 그렇게 되도록 그는 전력을 다할 작정이었다. 교황좌에 오르는 일은 실패했지만 잠시 보류됐을 뿐이었다. 추기경은 정기적으로 로마의 소식을 보고받았다. 교회의 풍속을 바로잡고 로마에서 창녀들을 추방하는 데 전념하는 하드리아누스 6세는 갈수록 많은 반감을 샀다. 바티칸은 금은세공사, 화가, 조각가들에게 하는 주문을 끊었다. 축제와 사냥과 연회도 사라졌다. 부자와 가난뱅이를 불문하고 로마 사람들은 자신들의 하루하루를 음울하게 만드는 금욕 생활을 더 참을 수 없었다. 전임 교황의 밑에서는 으레 누리던 쾌락들을 빼앗긴 고위 성직자들은 불평을 터뜨렸다. 그들은 공부와 기도뿐인 단순한 생활을 하는 플랑드르 출신의 엄격한 교황을 본받을 생각이 없었다. 마르틴 루터도 고개를 돌릴 이 엄격주의를 그들이 얼마나 더 견딜 수 있을까?

하드리아누스 6세가 계속 교황좌에 머물고 싶다면 조심하는 게 좋을 것이었다. 벌써 추기경 몇 명이 독약의 비밀을 잘 아는 마법사들과 접촉하고 있었다. 교황이 사라지면 줄리오 데 메디치는 재차 그 자리에 도전할 것이다. 이미 카를 5세의 대사들과 협약을 맺어둔 터라 희망을 품을 만했다. 성부의 옥좌에 앉는 날에는 피렌체를 마음대로 할 수 있을 테고, 때가 되면 아들 알레산드로의 손에 토스카나의 수도를 쥐여줄 수도 있으리라. 그러나 그전에 메디치가의 차남 가계, 그러니까 조반니와 코시모 부자가 품었을지도 모를 야심을 밀어내는 일이 먼저였다.

마침내 이폴리토가 몸을 일으켰다. 그는 흙투성이 얼굴로 알레산드로를 노려보았다. 무어라 입술을 달싹이는 걸로 보아 욕을 내뱉으며 또 싸움을 거는 것 같았다. 알레산드로는 상대도 하지 않고 발걸음을 돌렸다. 카테리나가 이폴리토에게 달려갔다. 세 살짜리 계집애가 서툰 손길로 오촌 아저씨의 얼굴을 닦아주는 것을 보고 추기경은 다시 책으로 눈길을 떨어뜨렸다.

* *
*

마리아 살비아티는 아들을 찬찬히 뜯어보았다. 코시모는 이제 네 살이었다. 다부지고 튼튼한 이 아이는 늠름한 청년이 될 것이 틀림없었다. 그런데도 마리아는 걱정스러웠다. 아이가 이따금 자신도 주체 못할 정도로 화를 폭발시킬 때가 있었기 때문이다. 평소 여간해서는 감정을 드러내지 않는 이 아이는 모친에게 응석을 부리는 일도 없거니와 표정은 늘 심각했고 잘 웃지 않았다. 또래 아이들과도 어울리지 않았다.

아이는 양탄자에 엎드려 그림을 그리고 있었다. 어찌나 몰두했는지 팔라초의 안뜰이 갑자기 술렁거릴 때도 아이는 고개를 들지 않았다. 마리아는 가슴을 쿵쾅거리며 창가로 달려갔다. 조반니! 방패 담당 시종 둘을 거느린 조반니가 먼지를 뒤집어쓴 채 막 말에서 내리고 있었다. 하인들이 뛰어가 그의 말을 넘겨받았다.

미친 듯한 기쁨에 휩싸인 마리아는 문을 박차고 나가 계단을 정신없이 내려갔다. 그들은 커다란 계단 한복판에서 만났다. 조반니가 아내를 품에 안고 빙글빙글 돌며 목덜미와 뺨과 입술에 숱한 입맞춤을 퍼부었다.

"당신, 정말이지 지독한 냄새가 나요. 하지만 오늘처럼 땀내 풍기는 군인이 사랑스러운 적은 없었어요." 마리아가 말했다.

두 사람은 코시모가 여전히 그림을 그리는 방으로 갔다. 눈을 들어 아버지를 본 아이는 그제야 목탄을 내려놓고 서두르는 기색도 없이 다가갔다. 어머니를 껴안은 손을 풀지 않는 아버지에게 아이가 입을 맞추고 물었다.

"프랑스 사람들한테 또 이겼어요?"

"암. 이 아버진 유럽 최고의 용병대장이잖니." 조반니가 크게 웃음을 터뜨렸다.

코시모는 고개를 끄덕이고는 다시 그림을 그리기 시작했다.

하녀들이 계속해서 뜨거운 물이 담긴 물병들을 날랐다. 구리 욕조에서 김이 올라가고 있었다. 조반니는 망토를 벗고 갑옷을 끌러내고 장화도 벗었다. 윗옷을 풀어헤치고 딱 붙는 반바지만 입은 그는 영락없이 도시의 광장에서 재주를 부리는 곡예사였다. 금갈색 살결의 노예가 마지막 물병을 비우고는 수건과 비누를 쥐고 욕조 곁에 섰다. 마리아는 단호한 손짓으로 문을 가리켜 시르카시아인 노예를 내보냈다. 그녀가 침실과 나란히 붙은 욕실의 문을 닫고 짓궂게 말했다.

"내가 직접 씻겨주겠어. 이 일은 아무한테도 맡기고 싶지 않아요. 특히 눈짓 한 번이면 스스럼없이 친밀한 봉사를 해줄 저 앙큼

하고 깜찍한 것들한테는 더더욱."

마리아는 웃음을 짓는 남편이 옷을 마저 벗게 도와주었다. 조반니가 따끈한 물속으로 기분 좋게 들어갔다.

아내의 정성스러운 손길이 닿자 용병대장은 더 참을 수 없었다. 김을 피우는 젖은 몸으로, 그는 일어나 아내를 품에 안고 옆방으로 가 침대에 던졌다. 마리아는 약한 신음을 뱉으며 등에 손톱자국이 날 만큼 힘껏 남편을 껴안았다. 그리고 자신의 몸속에 들어온 남편의 몸을 고스란히 느끼기 위해 온 신경을 집중했다. 마침내 그녀가 짧은 비명을 내지르며 베개 위로 떨어졌다.

"시간이 멈춰버렸으면 좋겠어!"

조반니가 아내의 눈썹과 입술과 젖꼭지를 차례로 어루만졌다. 그녀가 한숨을 토했다.

"취소할게요, 이제 녹초가 됐어요……"

그러면서도 그녀는 온 힘을 다해 남편을 끌어안았다.

* *
*

그녀는 그가 먹는 것을 바라보았다. 그는 조금 전 그녀와 사랑을 나눌 때와 똑같은 정열로 음식을 먹는 것처럼 보였다. 맹수 같은 치아가 그의 앞에 놓인 닭고기를 계속해서 씹어댔다. 그는 혀로 마구 소리를 냈고, 코로는 음식 향을 들이마셨다. 마리아는 그 대단한 생의 욕망에 매혹되어 도저히 눈을 돌릴 수 없었다. 그래도 된다면 그의 기름진 손가락을 핥고 싶을 지경이었다.

사랑을 나눈 후 그는 짤막하게 원정 이야기를 들려주었다. 그녀도 코시모의 내향적이면서도 격렬한 성격 때문에 걱정이라고 털어놓았다. 조반니는 특별히 우려하지 않았다. "어렸을 땐 나도 반항적이고 경계심 많은 아이였어"라고 그는 담담히 말했다. 마리아는 남편의 모친 카테리나 스포르차가 보르자 가문의 교황 알렉산데르 6세의 복수를 면하기 위해 그를 여자아이로 변장시켜 오랫동안 수녀원에 숨겼다는 이야기를 들은 적이 있었다. "불안한 어린 시절을 보낸 아비한테서 뭐든 숨기려는 기질을 물려받은 거겠지." 그가 덧붙였다. 모처럼 함께 보내는 달콤한 시간이었기에 그녀는 그의 말에 반박하지 않았다. 그에게 몸을 기댄 그녀의 머릿속에서는 '당신 언제 또 떠나요?'라는 질문이 맴돌았지만 그 말을 입에 올릴 용기는 없었다.

마리아가 키안티 언덕에서 수확한 포도주를 남편의 잔에 채웠다. 그가 한 모금 마시고 잔을 건넸다. 그녀는 남편의 입술이 닿았던 자리를 골라 마셨다.

그녀가 여전히 그를 관찰하고 있을 때 하녀가 손 닦을 물이 담긴 대야와 수건을 내밀었다. 남편의 갈망하는 눈길이 닿자 마리아는 얼굴을 붉혔다.

"내 사랑!"

그의 눈길이 그녀를 불태우고 자극했다. 불길은 깊숙한 그곳, 남편이 그처럼 달게 목을 축이는 그 샘물까지 내려가는 것 같았다.

그녀는 애써 자신의 욕망을 감추며 마침내 떨리는 목소리로 물었다.

"당신, 언제까지 집에 있을지 아직 말해주지 않았어요."

조반니가 한숨을 뱉었다.

"교황이 날 부르셨어. 롬바르디아 지방을 침략한 프랑스군을 해치우러 가야 해."

마리아는 눈앞이 아찔했다. 교황이란 얼마 전 클레멘스 7세란 이름으로 교황좌에 오른 줄리오 데 메디치를 말했다. 그가 그 자리를 차지한 것은 숱한 뒷거래와 거액의 돈이 오고간 덕분이었다. 그가 일찍이 예견한 것처럼 전임자 하드리아누스 6세는 9월에 때마침 세상을 떠났다. 독살임에 거의 의심의 여지가 없어, 그날 밤 로마인들이 교황의 주치의 집으로 몰려가 '조국의 해방자!'라는 글이 새겨진 관을 걸어줬을 정도였다.

"조반니, 부탁이에요, 가지 말아요."

"이 일을 회피할 순 없어."

그녀가 그의 손을 잡았다.

"당신은 너무 오랫동안 피렌체에서 떨어져 있었어요. 피렌체라면 내가 누구보다 잘 알아요…… 이곳의 비밀과 음모를 훤히 안다고요."

"무슨 뜻이야?"

"클레멘스 7세는 피렌체를 계속 지배하기를 원해요."

"나야 그걸 반대할 이유가 없지…… 시의원들이랑 어울리는 것보다 병사들과 같이 있는 게 훨씬 편해…… 게다가 난 재정과 세금 문제 같은 데 문외한이야."

"부탁이니 내 말 좀 들어요! 당신이 살아 있다는 사실만으로도 교황에게는 위협이란 말이에요. 당신이 메디치가의 유일한 합법적 후계자이니까요."

"하지만 난 그의 뜻에 맞설 의향이 조금도 없다니까!"

"그는 절대 그 말을 믿지 않을걸요. 그는 음흉하고 교활한 인물이라 아무도 신용하지 않으니까요."

마리아는 한숨을 내쉬고 말을 이었다.

"조반니, 당신은 너무 순진해요…… 당신 같은 인격자는 인간이 얼마나 교활한지 상상하지 못할 거예요. 난 클레멘스 7세의 계획이 훤히 보여요. 그는 그를 대신해, 그의 이름으로 통치할 추기경을 피렌체에 보낼 거예요…… 하지만 그 추기경도 교황이 진짜 피렌체를 쥐여주고 싶은 사람을 위해 자리를 지키는 허수아비에 지나지 않죠."

"그게 누군데?"

"그의 감춰놓은 아들이요."

"알레산드로는 아직 어린애야."

"이제 열두 살이 넘었어요…… 클레멘스 7세는 그리 오래 기다리지 않을걸요."

조반니가 잔을 채워 한 모금 마신 후 아내에게 다시 건넸지만 마리아는 거절했다. 그가 웃었다.

"취한 틈에 당신을 어떻게 할까봐 겁을 내는군?"

마리아가 미소를 지었다.

"바보 같은 소리 하지 말아요."

"당신은 어쩜 그리 똑똑하지? 교회 박사라도 되는 것 같군."

"신께서 조심하라고 일러주실 뿐이에요."

그녀는 일어나서 남편 뒤로 가 손을 어깨에 얹었다.

"조반니, 당신 목숨이 위험해요…… 우리 아들의 목숨도요. 만일 클레멘스 7세가 무기나 독약으로도 목적을 이루지 못하면 그땐 당신이 싸움터에서 죽게 만들 거라고요." 그녀가 손을 윗옷 밑으로 넣으며 속삭였다.

조반니가 소리 없이 웃었다.

"병사들이 날 뭐라고 부르는지 알아? 천하무적! 나 그렇게 쉽게 죽지 않아."

그가 젊은 여인의 가슴에 머리를 기댔다.

"정말 보드라워. 이보다 보드라운 게 또 있을까?"

그는 뒤로 돌아 그녀의 손을 잡았다.

"병영으로 돌아가기 전에 트레비오로 가서 지냅시다. 거기서 밤낮으로 사랑을 나눌 수 있어."

무젤로의 산속 한복판에 들어앉은 그 요새는 백오십 년 전에 메디치가의 창시자 조반니 디 비치가 사들여 대大 코시모가 개조하고 정비했다. 그후 후손들에게 상속되는 과정에서 방계 혈족의 손으로 넘어갔다. 성 자체는 자그마하고 근엄한 반면 정원들과 포도

덩굴로 뒤덮인 두 채의 정자는 매우 우아했다. 마리아는 조반니 못지않게 이 시골집을 좋아했다. 잠깐 얻어낸 그 시간 동안 남편이 곧 전쟁터로 돌아가야 한다는 사실을 그녀는 잊을 수 있을까?

2
1525~1526

그는 몹시 놀랐다. 갑자기 오른쪽 다리가 피로 물들면서 몸무게를 이기지 못하고 무릎이 꺾였다. 찌르고 쑤시고 빻는 듯한 고통이 엄습했다. 조반니 달레 반데 네레는 고꾸라졌다. 소총의 폭발음은 계속 터졌고 매콤한 화약 냄새가 코를 찔렀다. 누군가 다급하게 외치는 소리가 들렸다. 그의 눈이 스르르 감기고 어둠 속에서 마리아의 상냥한 얼굴이 나타났다.

주위에서 병사들이 부산하게 움직였다. 충실한 하사관 루칸토니오가 달려왔다.

"들것! 어서, 들것이 필요하겠어……"

"안 돼! 반격해! 반격하라고! 제기랄, 반격하래도!……" 조반니는 필사적으로 몸을 일으키려 했지만 다시 넘어졌다. 부러진 다리는 그의 몸을 더이상 지탱해주지 못했다.

용병대장은 파비아 성벽 밑에서 적진을 정찰하다가 공격을 받았다. 교황군의 깃발 아래 싸우던 그의 부대는 프랑수아 1세의 프랑스군과 합류해 파비아를 포위한 참이었다. 클레멘스 7세가 또 동맹을 뒤집었던 것이다. 카를 5세를 지지했던 그는 갑자기 프랑스 진영으로 돌아서서 프랑스 남부에서의 원정으로 전력이 약해진 독일의 황제군을 짓밟으라고 명령했다. 교황은 황제와 우정을 나누려 했지만 황제가 그것을 팽개친 탓인 듯했다. 지난해 카를 5세는 롬바르디아 지방에서 프랑수아 1세에게 커다란 타격을 입혔다. 프랑수아 1세는 그 전투에서 최고의 장수로 손꼽히던 바야르 기사를 잃었다. 그러나 프로방스 지방까지 유리한 전세를 이어가고 싶었던 황제군은 덫에 걸리고 말았다. 프랑스 국왕이 그들이 거쳐갈 마을들과 수확물을 전부 파괴하라고 앞질러 명령해둔 탓이었다. 많은 황제군 병사들이 질병과 기아로 목숨을 잃었다. 전세가 바뀌자 클레멘스 7세는 미련 없이 돌아섰다. 교황은 이제 전에 없이 강력해진 프랑스와 손을 잡았다. 1525년 벽두에 프랑수아 1세는 몸소 선두 지휘하며 롬바르디아 지방 재정복에 나섰다. 이미 밀라노가 그의 손에 떨어졌고 파비아도 그 뒤를 이을 터였다. 넉 달 전부터 도시를 장악하고 있던 황제군은 끈질기게 저항했지만 교황은 스위스 용병 그리고 조반니 달레 반데 네레의 용맹한 병사들까지 보강된 프랑스군이 결국 승리하리라 믿었다.

이런 급작스러운 정치 변동의 진짜 이유는 카를 5세가 교황에게 교회의 개혁을 목적으로 하는 공의회 소집을 강요한 데 있었다. 그는 클레멘스 7세가 전임 교황이 착수했던 개혁을 계속 추진하기를 원했다. 금욕과 엄격함 속에서 살 생각이 없는 새 교황으로서는 받아들이기 힘든 목표였다. 그는 교황좌에 앉자마자 황제와 프랑수아 1세 사이를 열심히 이간질했다. 전쟁이 계속되는 한 공의회 개최는 실현되기 힘들 것이라 계산한 까닭이었다.

차갑고 굵은 빗줄기가 병영에 떨어졌다. 길은 어디나 악취를 피우는 진흙으로 뒤덮여 더러웠다. 두 병사가 쳐든 들것에 실려가는 조반니 달레 반데 네레의 머리는 덜거덕덜거덕 흔들렸다. 그는 이를 악물고, 몸을 덮은 망토 밑에서 손을 뻗어 다친 다리에 충격이 가지 않도록 꽉 쥐고 있었다. 아픔은 둘째치고 며칠 후부터 벌어질 전투에 나갈 수 없는 것이 분할 뿐이었다.

이발사 겸 외과의사인 크리스토포 반디노가 그의 막사 근처에 대기하고 있었다. 혈색 좋은 이 통통한 사내의 지론은 부상 입은 팔다리는 일찌감치 절단해야 흔한 후유증인 부패를 방지할 수 있다는 것이었다. 조반니는 그를 보고 애써 몸을 일으켰다.

"이봐, 친구, 일단 칼은 칼집에 집어넣으시게…… 그리고 상처 부위를 찬찬히 좀 봐주구려."

돌팔이 의사가 미소를 지었다. 체격에 비해 놀랍게 섬세한 동작으로 그는 상처에 들러붙은 천을 잘라내기 시작했다. 부상당한 다리를 이리저리 짚어본 그가 눈살을 찌푸렸다.

"넓적다리가 부러졌고 종아리뼈도 썩 좋은 상태가 아니군요. 뼛조각들이 살에 섞여 있어요……"

"상관없소. 원래대로 고쳐놔요. 긁어내고 파헤치고 씻어내고 접합하고, 뭐든지 해도 좋지만 잘라내는 것만은 절대로 안 돼." 조반니가 외쳤다.

부관이 조반니에게 수통을 내밀었다. 용병대장은 천천히 들이켰다. 이내 뱃속이 뒤집힐 것처럼 뜨거워졌다. 정신을 잃기 전 그가 부관의 귀에 속삭였다.

"이 돌팔이가 내 다리를 절단하지 못하도록 잘 감시해!"

* *
*

견디기 힘든 고통이었다. 안락의자에 앉아 오른발을 다른 의자로 뻗어올린 조반니는 오금을 쥔 부목을 떼어내고 싶어 몸서리가 쳐질 지경이었다.

"제기랄, 그 돌팔이가 통닭처럼 꽁꽁 묶어놨어!" 그가 혼잣말로 불평했다.

그러나 실은 다리를 온존해준 의사가 고마웠다. 뼈를 맞추고, 화농을 방지하기 위해 상처를 태우고, 살을 꿰맨 다음 의사는 선언했다.

"이틀 뒤에도 혈농이 배어나오지 않으면 괜찮을 겁니다."

"만일 부패하면?"

"그땐 다리를 잃을 거예요. 물론 목숨도 같이 잃는 거죠."

부상을 입은 날로부터 열흘이 넘게 지났다. 고통은 가시지 않고 줄기차게 찾아왔지만 어쨌든 다리도 목숨도 건진 셈이었다. 피아첸차로 후송되어 파르메의 공작인 피에르 루이지 파르네세에게 맞아들여진 그는 전장과 뚝 떨어져 애만 태우고 있었다. 전황은 어떨까? 그의 부대와 프랑스군은 나폴리 총독 라노이가 지휘하는 황제군을 격퇴했을까? 왜 아무도 결과를 알려주지 않을까? 나쁜 징조일까? 조반니는 부상 입은 다리가, 굳이 스스로 정찰을 나섰던 부주의가 원망스러웠다. 그러나 그는 자기 자신밖에는 믿지 않는 사람이었다.

그는 파비아에서 받은 마리아의 편지를 또 읽었다. 사랑한다는 말과 조심하라는 당부가 번갈아 적힌 편지였다. '당신이 없는 밤은 춥고 외로워요…… 빨리 돌아와요. 당신이 곁에 없으면 살아 있는 것 같지가 않아요.' 그녀는 아들의 소식도 전했다. 코시모는 커가면서 전보다 온순해졌고 갑자기 화를 터뜨리는 일도 줄어들었다. 아이는 자연에 강한 호기심을 보였고 최근에는 돌을 수집한다고 했다.

코시모! 조반니는 아들에 대해 아는 것이 거의 없다고 또 한번 생각했다. 나중에, 그러니까 평화가 찾아오면 아들을 돌볼 시간을 내리라. 무기 다루는 법도 가르치고 토스카나의 시골에서 나란히 말을 달리리라…… 언젠가, 그렇다, 언젠가 꼭. 운이 따라준다면, 전쟁의 신이 그의 목숨을 살려준다면. 아내의 경고는 옳지 않았던가? 그녀는 편지에서도 누차 말했다. '클레멘스 7세는 당신을 희생시킬 궁리만 하고 있어요. 당신의 자존심과 용기를 이용해 제일 위험한 전쟁터만 골라 계속 내보내는 거예요. 집으로 돌아오세요, 부탁이에요…… 위선자에 악당인 교황을 위해 일하는 건 그만두세요!'

발소리가 들리더니 문이 조용히 열렸다. 문틈으로 피에트로 아레티노*의 풍채 좋은 그림자가 보였다. 작가, 특히 풍자작가인 그를 애초 조반니에게 소개한 이는 아직 추기경이었던 줄리오 데 메디치였다. 레오 10세가 교황에 재위하는 동안 피에트로는 로마에서 가장 이름을 날리는 인물들 가운데 하나였다. 호화롭고 분방한 삶을 누리는 그에게는 여자들은 물론이고 남자들의 애정도 늘 넉넉했고, 통렬한 글재주와 기지 넘치는 언행을 높이 사는 부유한 보호자들이 줄을 이었다. 그러나 하드리아누스 6세가 교황좌를 이어받으면서 악덕을 추방하는 시대가 되자 이 자유사상가는 카스텔 산탄젤로의 지하 감옥에 갇히는 신세를 면하려고 로마에서 도망쳐야 했다. 그는 우선 피렌체로, 줄리오 추기경 곁으로 피신했다. 그런 후 조반니가 잠깐 피렌체에 머무는 흔치 않은 기회에 그를 알게 되었다. 닮은 점이라고는 없는 두 사람이었지만 단번에 우정이 싹텄다. 용병대장은 작가의 자유로운 사상과 유머에 반했다. 작가는 용병대장의 용기와 대담함에 탄복했다. 너무 탄복한 나머지 호화로운 생활에 익숙한 이 궁정의 인물은 아예 전쟁터로 조반니를 따라나섰다. 클레멘스 7세가 즉위하자 피에트로 아레티노는 로마로 돌

---

* 피에트로 바치. 고향인 아레초를 따서 아레티노라 불렸다.(원주)

아갔다. 그는 원래의 생활을 되찾았다. 그러나 메디치가의 새 교황은 사촌인 레오 10세만큼 관대하지 않았다. 줄리아노 로마노라는 화가가 삽화를 그리고 아레티노가 시적으로 해설을 붙인 외설적인 소책자의 불법 간행을 교황은 썩 곱게 보지 않았다. 로마 교황청의 고위 성직자에 관한 무례한 소네트를 출간한 것을 계기로 그는 교황의 총애를 완전히 잃게 되었다. 그는 또 로마에서 도망쳤다. 그것은 알맞은 판단이었는데, 모욕을 당한 고위 성직자가 복수를 위해 자객을 고용한 참이었기 때문이다.

그리하여 피에트로 아레티노는 자신의 보호자이자 친구인 조반니 달레 반데 네레에게 달려왔던 것이다.

"들어오게, 피에트로!"

작가가 문을 밀고 앞으로 나섰다.

"자네를 깨울까봐……"

"이 망할 놈의 다리가 쑤시지만 않으면 한잠 잤을지도 모르지…… 자네 파비아에서 오는 길인가?"

그는 심각한 낯빛으로 고개를 끄덕거리고, 길고 곱슬곱슬한 턱수염을 기계적으로 만지작거렸다. 그가 챙 없는 벨벳 모자를 벗고 친구 앞에 앉았다.

"나쁜 소식일세. 자네가 상상하는 것보다 훨씬 나쁜 소식일 거야."

"우리가 졌나?" 조반니가 억양 없는 목소리로 물었다.

"황제군이 우릴 완전히 깔아뭉갰어. 아군은 만 명이나 전사한데다 숱한 병사들이 투항했고 프랑수아왕은 포로가 됐지."

조반니는 눈앞이 아찔했다. 그런 패전은 상상해본 적도 없었다. 프랑스군은 프로방스 지방의 원정으로 전력이 약해진 적군보다 몇 갑절 강성해 보이지 않았던가?

"그럼 내 병사들은?" 그가 물었다.

"진 싸움이란 걸 깨닫자 대부분 가랑잎처럼 흩어졌지……"

"겁쟁이들! 내가 있었더라면 그들도 계속 싸웠을 거야……"

"자네가 있었더라면, 조반니, 결과는 달라졌을 거야. 프랑스 진영에서도 다들 그렇게 인정하네."

용병대장은 아무 말도 하지 않았다. 그가 있었더라면 이겼을지도 모른다는 말은 초라한 위안일 뿐이었다. 전장에 없었던 덕에 수치스러운 패배를 면했다는 생각은 얼마나 쩨쩨한가. 싸움에 지고 흩어진 것은 어쨌든 그의 부대였다. 그가 제 몸처럼 아끼고 사랑했던 병사들. 언제나 그의 곁에 있었으며 그가 거푸 승리로 이끌었던 병사들.

"이야기를 해주게, 피에트로! 전부 알고 싶어. 그들이 어떤 굴욕을 겪고 얼마나 피를 흘리고 어떻게 죽었는지…… 다 얘기해봐!"

피에트로 아레티노가 고개를 끄덕였다. 입담이라면 자신 있는 그는 용병대장의 요구에 우쭐해졌다. 그래서 그 비통한 전투의 전모를 들려주었다. 전의를 잃었던 황제군에게 일만 이천 병력의 독일군 원군이 도착했다. 그러나 뒤늦은 그 원군을 합쳐도 아직은 프랑스 병력이 훨씬 많았다. 파비아 동쪽에 견고하게 진을 친 프랑스군은 적의 공격을 얼마든지 격퇴할 수 있었다. 황제군은 너무 무능해 보여서 프랑수아 1세의 몇몇 참모들은 적군이 허둥대다 싸우기도 전에 자멸할 거라며 전투를 중지하자는 조언을 할 정도였다. 그것은 프랑스 국왕의 공명심을 헤아리지 못한 처사였다. 왕의 눈앞에 버틴 적은 다름 아닌 부르봉의 샤를 3세, 그러니까 프랑스의 옛 총사령관으로서 조국을 배반하고 카를 5세 황제에게 건너간 인물이었다. 이 반역자는 벌로 자신의 전 재산을 몰수한 왕과 싸울 생각에 불타고 있었다. 어리석은 보니베 사령관의 부추김에 넘어간 프랑수아 1세는 전면 대결을 결정했다.

싸움은 2월 24일 동틀 무렵에 시작됐다. 먼저 대포를 쏘아대며 포문을 연 프랑스군은 빛나는 전과를 올렸다. 적의 최전방 전열이 무너졌다. 황제군은 옆쪽의 작은 골짜기로 후퇴했다. 프랑수아 1세는 승리를 확신하고 내처 적군을 뒤쫓으라고 명령했다. 그것이 비극적 실책이었다. 골짜기에서는 대포가 무용지물인 탓에 기병대와 보병대가 나서야 했다. 프랑스군이 우물쭈물하는 사이 적은 신속히 전열을 재정비했다. 황제군은 골짜기 사이에 숨어 있다가 프랑스 전위부대에 맹렬한 소총 공격을 가했다. 전사자가 속출했는데 그 가운데는 뛰어난 장교들도 많이 포함되어 있었다. 알랑송의 공작은 겁에 질려 후퇴 나팔을 불라고 명령한 후 날쌔게 줄행랑을 놓았다. 프랑스군은 수적으로 밀리기 시작했다. 순식간에 고립된 프랑수아 1세는 부상까지 입는 바람에 항복할 수밖에 없었다. 왕이 부르봉의 샤를 3세에게만은 검을 건네줄 수 없다고 거부하여 나폴리 총독 라노이가 무릎을 꿇고 그것을 받았다. 결과는 파국적이었다. 프랑스의 위엄은 크게 훼손됐고 전장은 시체들과 치료를 해달라고 울부짖는 부상병들로 우글거렸다. 그날 저녁, 포로가 된 왕은 모친에게 '명예만 제외하고 모든 것을 잃었다'라고 편지를 써 섭정을 부탁했다.

피에트로 아레티노가 이야기를 마쳤다. 조반니는 아무 말도 없었다. 굵은 눈물이 그의 뺨을 타고 흘러내렸다.

* *
*

도저히 마음이 내키지 않았지만 마리아는 그 일을 떠맡을 수밖에 없었다. 자애로운 위로를 아낌없이 보내준 이 사내가 그녀는 진심으로 싫었다. 교황! 유들유들하고 음험한 클레멘스 7세. 뱀보다 간사한 사내, 라고 그녀는 생각했다. 파비아의 참담한 패전 이튿날로, 카를 5세의 복수가 겁나 손바닥 뒤집듯 황제의 열렬한 추종자들 가운데 하나인 만투에 후작의 호의 속에서 지낸 것만 봐도 알 수 있지 않은가.

교황은 기도실에서 그녀와 단둘이 만나겠다고 했다. 그녀는 일 마니피코의 손녀, 그러니까 조카딸이 아니던가? 부상으로 여전히 피아첸차에 발이 묶여 있는 조반니가 아내에게 로마로 교황을 찾아가라고 부탁했다. 교황청이 아직 보수를 지불하지 않았기 때문이다. 파비아의 패전으로 사기가 떨어진데다 돈도 없는 그의 병사들은 뿔뿔이 흩어질 위험에 처했다.

"가장 용감하고 훌륭한 군인 조반니에겐 그저 고마운 마음뿐이란다. 우리 교회를 위해 그처럼 용맹하고 헌신적으로 싸워준 장교는 지금까지 아무도 없었지."

"존경하는 교황님, 칭찬해주시니 감사합니다. 하지만 제가 방문한 이유를 잘 아시겠지요……"

클레멘스 7세는 못 들은 체하고 자기 말만 계속했다.

"친애하는 조반니가 우릴 위해 싸우다가 부상당했다는 건 잊지 않으마. 소식을 듣고 어찌나 애통하던지. 목숨을 잃는 건 아닐까 걱정했지. 한데…… 용케 불운을 견뎌냈더구나. 하늘이 도우셨어. 때가 되면 그가 우리를 위해 또 싸워주리라 믿는다."

마리아는 거짓으로 가득찬 그 말에 격분해 단도직입으로 말하기로 했다.

"소중한 제 남편에게 교황님의 애정을 꼭 전하겠어요…… 하지만 약속한 보수 6천 두카 금화*를 교황청 출납원이 지불해주는 것이 그에겐 더 큰 위로가 될 겁니다."

교황은 거침없는 이야기에 소스라쳤지만 이내 침착함을 되찾았다. 붉은색 법의 위에 걸친 흰색 아마 겉옷 위에 양손을 포개놓고 눈은 반쯤 감은 채 교황이 달콤한 목소리로 말했다.

"아무렴, 지불하고말고. 그에게도 즉각 그 사실을 통보함세."

---

* 13세기 베네치아에서 주조된 금화.

교황이 일어섰다. 접견은 끝났다. 그가 그녀를 축복하기 위해 손을 들어올렸다. 마리아는 고개를 숙였다. 그녀가 문고리에 손을 얹었을 때 클레멘스 7세가 물었다.

"네 아들 코시모 이야기를 빼먹었구나⋯⋯ 그애가 무럭무럭 잘 크기를 빌겠다."

젊은 여인은 가슴이 내려앉아 아무 대답도 할 수 없었다. 이제 코시모도 위험했다.

* *
*

조반니는 벌써 오래전에 부상에서 말끔히 회복했다. 그는 기운을 되찾았다. 전운이 감돌고 있었다. 또 한번 동맹 관계가 뒤집혔던 것이다. 클레멘스 7세가 카를 5세와 사이좋게 지낸 것도 잠깐, 얼마 전 다시 프랑수아 1세 편으로 돌아섰다. 너무 강성해진 독일 황제가 독자적으로 움직일 것을 우려한 그는 프랑스, 영국, 베네치아, 피렌체 그리고 교황청도 가담하는 신성동맹의 결성을 제안했다. 물론 연맹의 우두머리는 교황 자신이 될 터였다.

프랑수아 1세는 두 아들을 카를 5세에게 볼모로 내주는 조건으로 열세 달의 포로 생활에서 풀려났다. 해방의 대가로 강요받은 모욕적인 조약을 지킬 생각은 없었지만 새로운 싸움에 뛰어드는 것은 썩 내키지 않았다. 어쨌든 그는 교황을 낙담시키지 않도록 조심했다. 클레멘스 7세는 황제군을 밀라노 밖으로 몰아낼 군대를 모집하는 일에 착수했다. 지휘권은 우르비노 공작이 맡았다. 자타가 공인하는 이탈리아 제일의 용병대장 조반니는 그의 밑에서 복무할 것을 받아들였다.

마리아 살비아티는 훌륭하게 일을 해냈다. 그녀는 남편의 군자금을 확보하느라 분투했다. 지난번 전쟁에서 잃은 수많은 말과 장비를 보충해야 했다. 안 그래도 곤궁한 마리아는 돈이 될 만한 것은 전부 팔고 보석들도 저당잡혔다. 조반니 달레 반데 네레는 아내 덕분에 당장이라도 진군할 수 있는 규율 잡힌 보병대를 다시 보유할 수 있었다. 소중한 보병대! 이 용병대장은 만인이 인정하는 전술학과는 상반되는 생각을 지녔다. 카이사르가 이끈 로마군처럼, 전투의 핵은 우선 보병이라고 그는 믿었다. 물론 기병대를 지휘하는 것이 한결 고상하고 위엄은 있었다. 그러나 조반니는 개의치 않았다. 그는 기병보다 공격에 덜 노출되며 더 효율적인 화승총수들에게 큰 기대를 걸었다.

피에트로 아레티노도 다시 모험에 나섰다. 두 사내는 용병대장의 막사에서 포도주를 나눠 마셨다. 조반니는 잠이 오지 않았다. 최초의 국지전은 썩 만족스럽지 못했다. 우르비노 공작 프란체스코 마리아 델라 로베레는 훌륭한 군인이란 명성에 못 미치는 인물이었다. 그는 용감한 부르봉의 공작이 지휘하는 적군과의 정면 대결을 꺼려 필요 이상으로 후퇴를 거듭하고 있었다.

"그는 겁이 나는 거야. 이기고 싶으면 공격해야 하는데!" 조반니가 단언했다.

피에트로가 미소를 지었다.

"자네 말이 맞을 거야…… 하지만 황제군의 독일인 보병들은 매우 강력해."

"비열한 신교도들이지."

"맞아. 그들도 결국 광신도에 불과해. 그저 우리 가톨릭 국가를 약탈하고 욕보이고 싶을 뿐이지."

"만일 우리가 저지하지 못하면 놈들이 로마까지 짓밟고 올라가 교황을 내쫓을 거야."

"그게 자네한테 유감스러운 일일까? 교황이야말로 자네를 가장 위협하는 적이라면 적인데……"

조반니가 어깨를 으쓱했다. 그러니까 피에트로도 그렇게 생각하는 것이다. 줄기차게 조심하라는 편지를 보내오는 마리아와 똑같이. '그는 이번 원정에서 당신이 파멸하기를 원해요. 자신의 서자가 당신 대신 피렌체의 통치권을 손에 넣기를 바라기 때문이죠…… 당신이 위험 앞에서 몸을 사리지 않는 군인이란 걸 알기에 교황은 그걸 이용하는 거예요. 부디 조심하세요, 내 사랑, 정말 부탁이에요. 할 수만 있거든 즉각 교황의 부대를 버리고 돌아오세요……'

"아니! 난 교황청의 깃발 아래서 싸울 거야. 내 믿음과 명예를 걸고." 조반니가 소리를 높였다.

"화내지 마…… 자네는 내 소중한 친구야. 그래서 나한텐 자네보다 명철하게 사태가 보여. 클레멘스 7세는 파렴치한에다 위선자야. 지금은 프랑수아 1세와 손을 잡았지만 전쟁 결과가 마음에 안 들면 주저 없이 그를 버릴 인물이야!"

용병대장은 무관심한 태도를 보였다. 피에트로 아레티노는 더 주장하지 않았다. 조반니가 자기 의무라 판단한 이상 무슨 수로도 말릴 수 없을 것이다. 끝까지, 다시 말해 죽을 때까지 그는 멈추지 않으리라.

* *
*

전투가 개시됐다. 머뭇거리기만 하던 우르비노 공작은 결국 진격 명령을 내렸다. 조반니는 검을 움켜쥐고 눈을 맞으며 보병대의 최전열에서 진군했다. 적과 대면한다는 생각에 그는 즐거울 지경이었다. 몇 주가 넘는 긴 기다림과 후퇴 끝에 그가 제일 자신 있는 것, 전쟁이 시작된 것이다. 그는 뱃속에서부터 기쁨이 치밀었다. 병사들이 그를 신뢰하고 따른다는 것을, 그 열기를 그는 느꼈다. 그의 용기가 병사들에게 전해지는 한 반드시 승리하리라.

비명, 불을 뿜는 화승총들, 으르렁거리는 대포 소리, 목구멍을 쿡쿡 쑤시는 매캐한 연기. 그의 눈앞에서, 민치오 비탈에 정렬했던 적의 최전열이 돌파됐다. 독일인 보병들이 속속 쓰러졌고 눈 덮인 평야는 시뻘겋게 물들였다.

쓰러진 적병들 틈에서 거구의 병사가 벌떡 일어나 조반니의 앞을 가로막았다. 적병의 창끝은 조반니의 쇠사슬 갑옷을 아슬아슬하게 스쳤고 조반니는 기민하게 칼을 휘둘러 상대 투구의 목가림을 쑤셔 목을 절반쯤 베었다. 적병의 입이 벌어졌지만 비명은 새어나오지 않았다. 병사는 도끼질을 당한 나무처럼 둔중하게 넘어졌다.

같은 순간 용병대장은 격렬한 아픔을 느꼈다. 또 오른쪽 다리였다. 파비아에서 당했던 바로 그 자리. 오른발을 내려다볼 엄두를 못 낸 채 그는 왼발로 버텼다…… 벌써 병사들이 달려왔다. 그러고 싶지 않았지만 그는 병사들의 품으로 쓰러졌다. 쏟아지는 그의 눈물은 고통이 아니라 분노 때문이었다.

"싸워라, 싸워, 전우들이여…… 내 이름을 걸고 싸워!"

* *
*

피에트로 아레티노는 친구와 동행하겠다고 고집했다. 만투에의 공작 페드리코 데 곤차구에가 가마에 실려 후송된 조반니를 맞아들였다. 그는 황제의 추종자였지만 전쟁의 규정상 부상을 입은 용병대장은 적군 아군을 가리지 않고 관대하게 맞아야 했다.

피에트로가 의사들과 협의할 때 우르비노 공작이 부상자의 방에 모습을 나타냈다. 교황군의 지휘관이 소형 경포에 당해 쓰러진 부하를 격려하러 온 것이다. 눈빛이 냉혹하고 키가 큰 프란체스코 마리아 델라 로베레가 조반니의 침대머리로 다가갔다.

"감사합니다. 이렇게 와주셔서 큰 위로가 됩니다." 부상자가 몸을 추스르며 말했다.

용병대장은 피를 많이 흘렸다. 창백한 얼굴로, 땀에 젖은 베개에 머리를 얹은 채 그는 가쁜 숨을 몰아쉬었다. 프란체스코는 그의 손을 잡고 뜻밖의 말을 입에 담았다.

"군인으로서 할일을 했다는 찬사만으로는 부족하구려. 귀관의 명성은 주님의 은총 안에서 영원히 기억될 거외다."

"벌써 고해라도 해서 제 인생을 정리하란 의미입니까?"

우르비노 공작이 고개를 끄덕였다. 조반니는 숨을 거칠게 내뱉으며 대꾸했다.

"전 항상 의무를 다했습니다. 그래야 한다면 앞으로도 할일을 계속할 겁니다!"

프란체스코가 떠나자 피에트로가 친구 곁으로 갔다. 조반니는 눈을 부릅뜬 채 헛소리를 하고 있었다.

"마리아, 날 버리지 마! 왜 당신 말을 귀담아 듣지 않았을까? 용서해요, 날 용서해…… 이봐, 자네, 루칸토니오, 대체 어디 있나? 싸움터에선 늘 붙어 있었는데…… 왜 옆에 없지?"

"사람을 보내 그를 불러왔으면 좋겠나?" 피에트로가 물었다.

조반니는 소스라치면서 악몽에서 빠져나왔다. 그가 고개를 들고 힘차게 대답했다.

"아니, 그러지 말게. 병문안이나 하려고 싸움터를 버릴 사람이 아니니까."

그는 베개 위로 다시 고개를 떨어뜨리고 신음을 흘렸다.

"이제 어떻게 되는 거지?…… 왜 운명의 여신이 등을 돌렸지? 난 비겁한 짓을 저지른 기억이 없는데……"

"조반니, 솔직히 말함세…… 죽음이 모든 고통을 씻어가리라는 말 따위로 내가 자네를 다독거린다면 그거야말로 자네의 용기를 모욕하는 일일 걸세."

피에트로는 잠시 숨을 고른 다음 결심한 듯 입을 열었다.

"자네는 중상을 입었어. 하지만 자유로이 행동하는 것보다 더 큰 행복은 없지…… 의사들한테 다 들었네. 대포에 당한 다리를 절단하도록 허락하게. 물론 불구가 될 거야. 그렇지만 절단된 사지와 부상의 흔적이야말로 마르스를 섬기는 군인들에겐 제일 아름다운 훈장이지."

조반니가 친구의 눈동자를 들여다보았다.

"빨리 하라고 하게!"

* *
*

소름끼치는 톱질. 피에트로 아레티노는 귀를 틀어막았다. 도저히 견딜 수 없는 소리였다.

조금 떨어진 곳, 방 한구석에서 톱이 자신의 대퇴골을 결딴내는 사이 조반니는 비명을 참느라 입을 앙다물었다. 의사들은 수술을 진행하는 동안 환자를 붙잡을 사람을 여남은 명 불러들였다. 용병대장은 웃으면서 일축했다.

"스무 명이 달려들어도 모자랄 거요!"

그는 만신창이가 된 다리를 내밀고, 뼛조각들을 찾아 살을 파헤칠 외과의사의 손끝을 밝히기 위해 용기를 내어 손수 양초를 갖다 댔다.

톱질은 계속됐다. 대체 언제 끝난담, 하고 피에트로는 한숨을 토했다. 그는 자신도 모르게 눈길을 주었다. 톱을 쥔 의사가 환자보다 더 겁을 먹은 것 같았다. 의사의 손끝은 서툴고 자신이 없었다. 푸주한도 그보다는 낫겠다고, 피에트로는 속으로 투덜거렸다. 그 순간 믿어지지 않게도, 요란한 웃음소리가 들렸다. 조반니였다! 그가 돌팔이 의사를 놀려대고 있었다.

"왜 떠는 거요? 모자라는 도구라도 있소?"

마침내 톱 소리가 그쳤다. 외과의사가 피투성이 잔해를 치우는 사이 다른 의사들은 부패를 방지하기 위해 상처를 태우기 시작했다. 지글거리는 소리와 살 타는 냄새가 퍼졌다. 조반니는 꿈쩍도 하지 않았다. 그가 쥔 양초의 불꽃은 흔들리지도 않았다.

"피에트로!"

피에트로 아레티노가 천천히 다가갔다. 의사들이 환자 옆의 자리를 내주었다. 용병대장은 활짝 웃었다.

"이봐, 뭐야, 피에트로! 당장 기절이라도 할 것 같은 얼굴이군. 그러지 말고 기뻐하라고, 난 다 나았으니까!"

작가는 그 겨울밤 내내 친구 곁을 지켰다. 조반니는 간간이 얕은 잠에 빠졌다. 잠에서 깨면 친구와 몇 마디 나누고 다시 불안한 잠에 빠지기를 거듭했다.

"마리아…… 내가 불구자여도, 목발을 짚고 나타나도 그녀는 날 사랑해줄까?"

그는 또 절단된 다리의 행방도 물었다.

"내 다리는 어떻게 했을까? 왜 나한텐 찬찬히 감상할 기회도 주지 않았지? 갖고 가서 고양이 밥으로 던져줬나?"

그가 신경질적인 웃음을 터뜨리고 눈을 감았다.

날이 밝자 고통이 찾아왔고 열이 오르기 시작했다. 피에트로가 포도주 잔을 내밀었지만 조반니는 거절했다.

"벗이여, 펜을 주게…… 유언을 작성해야겠어. 그런 다음 사랑하는 마리아에게 편지를 쓰고, 병사들한테도 작별 인사를 해야지. 그러고 나면 가서 신부를 데려오게."

피에트로는 최대한 확신에 찬 어투로 항변했다.

"틀림없이 나을 거야! 인내심을 갖고 기다리기만 하면 돼…… 이제 막 다리를 절단했을 뿐이잖아."

조반니는 고개를 가로저었다.

"아니야, 피에트로. 상처에서 풍기는 이 썩은 냄새가 자네에게도 느껴지지 않나? 이건 괴저야. 곧 몸뚱이 전체가 부패하기 시작할 거야……"

* *
*

고통! 그런 지독한 고통이 있으리라고는 조반니도 상상해본 적이 없었다. 불길이 그의 몸뚱이 구석구석을 핥으며 지나갔다. 그는 우는 소리도, 신음도 내지 않았다. 오직 자신을 집어삼키는 처절한 고통을 잊으려 애쓸 뿐이었다. 눈을 뜨자 멀찌감치 떨어져 그의 마지막을 지켜보는 하인들과 병사들이 보였다. 내 몸뚱이가 그리도 흉측하고 악취를 풍기는가? 얼어붙은 그 사람들 틈에서 간간이 흐느낌이 터졌다. 동정은 하지 마, 제발!

신부가 도착했다.

"신부님, 전 군인이었지만 군복이 아니라 법의를 걸쳤더라면 신부로서도 손색이 없었을 만큼 충실하게 살았습니다. 전 만인 앞에서도 고백성사를 할 자신이 있습니다, 스스로에게 부끄러운 짓은 저지른 적이 없으니까요."

그의 죄목? 대단한 게 없었다. 화를 낸 적이 몇 번, 오다가다 만난 귀여운 여자나 매춘부와 덧없이 몸을 섞은 적이 몇 번…… 마리아도 원망은 하지 않을 것이다. 그는 너무 자주, 너무 오랫동안 부부의 잠자리에서 멀어져 있었으니까. 더 무거운 죄라면 아마 아들 곁에 있어주지 못했다는 것이리라. 코시모는 자신을 두고 영영 가버리는 아버지를 용서할까? 조반니는 전쟁터와 명예를 위해 가족을 희생시켰다. 더욱이 이제부터 메디치가의 합법적 후계자인 코시모를 누가 클레멘스 7세의 야심으로부터 지켜줄 것인가…… 사랑하는 마리아, 그애를 멀리 데려가구려…… 둘 다 숨어요. 자객의 칼날과 독살의 위협으로부터 도망쳐야 해……

피에트로가 편지를 낭독해주고 있을 때 신부가 다시 들어왔다.

그러니까 마지막이 온 것이다. 피에트로가 무릎을 꿇자(조반니가 알기로 신앙심 같은 것이라곤 없는 친구였는데 말이다) 나머지 사람들도 일제히 그렇게 했다. 신부가 그에게 입을 맞출 십자가를 내주었다. 차디찬 금속에 입술이 닿자 싸움꾼이었던 어린 시절부터 몸속에서 들끓던 삶의 갈증도 비로소 가라앉았다.

"아듀토리움 노스트룸 인 노미네 도미니……"

머릿속으로 보랏빛 안개가 밀려들어왔다. 그리고 어두워졌다. 죽음이 어버이처럼 다정하게, 팔을 활짝 벌리고 다가왔다.

"인 노미네 파트리스 에 필리, 에 스피리투스 산티, 엑스팅구아투르 인 테 옴니 비르투스 디아볼리 페르 임포지시오넴 마눔 노스트라룸……"

악마는 물러났다…… "주여, 나를 당신 처소에 받아주소서!" 조반니 달레 반데 네레는 눈을 감았다. 신부가 그의 눈에 성유를 바를 때 그의 숨은 이미 끊겨 있었다.

* *
*

마리아는 창가에 앉아 눈물을 삼켰다. 바닥 없는 우물 속으로 추락하는 느낌이었다. 그는 영영 떠났다. 안뜰의 포도에 유쾌하게 부딪치는 말발굽소리도 두 번 다시 들을 수 없고, 숨이 막히도록 그의 품에 안길 수도 없다……

그녀 앞 의자 위에 두 통의 편지가 놓여 있었다. 한 통은 조반니가 쓴 것으로, 부상을 알리는 편지였다. 그러나 적절한 치료를 받았고 다친 다리를 절단한 덕에 목숨은 건질 것이라 적혀 있었다. 그는 어느 때보다 열렬히 사랑을 고백하고, 마리아의 값진 조언을 귀담아듣지 않은 것을 용서하라고 적었다. 코시모에게 전해달라는 몇 줄은 앞으로 아들의 교육을 직접 맡겠다는 약속이었다. "사랑하는 아내여, 당신 눈동자에, 어여쁜 그 몸 구석구석에 빠짐없이 입맞춤을 보내오."

그는 이때 이미 자신의 죽음을 짐작했을까? 그의 최후를 알리는 또 한 통의 편지에 아내가 대비할 수 있도록 거짓말을 했던 것일까?

두번째 편지는 그보다 조금 뒤에 도착했다. 피에트로 아레티노가 보낸, 용병대장의 죽음을 알리는 편지였다. 그로부터 그녀는 편지를 읽고 또 읽었다. 마치 다시 읽으면 운명이 바뀌기라도 할 것처럼.

부인, 제 고통과 부인의 고통을 견줄 생각은 없습니다. 아마 제 고통이 더 깊을 터인데, 제가 세상 누구보다 당신 남편의 죽음을 애통해하기 때문입니다. 그러나 당신은 그의 아내이고, 위로받지 못하는 아내들의 고통이야말로 무엇보다 크고 깊기에 이런 말도 다 속절없겠지요. 그런데도 그를 잃은 제 슬픔이 부인의 것 이상이라 감히 단언합니다. 부인은 평소부터 그 없이 지내는 데 익숙했고, 헤어져 지내는 시간 속에서 사랑을 단단히 하였지만 한 시간, 일 분, 아니 일 초도 그의 곁을 떠날 수 없었던 제 사랑은 훨씬 연약하기 때문입니다……

슬픔을 헤치고 쓰디쓴 질투가 번져나왔다. 그의 곁에서 웃음과 고통을 지켜보고, 나아가 숨을 거둘 때도 함께하는 은혜를 누린 것이 왜 그녀가 아니라 이 낯선 사내란 말인가? 왜 여인들은 물론이고 사내들도 사랑하기를 마다하지 않는다는 소문이 나도는 이 사내인가 말이다…… 남편의 부서진 삶의 몇 조각이나마 나눠 가질 수 있다면 뭐든 내놓으리라. 마지막 고통의 순간을 달래주고, 거친 얼굴을 한번 더 쓰다듬어주고, 땀에 젖은 이마에 입을 맞추고, 그 아닌 누구도 사랑하는 일은 없을 것이라 말해줄 수만 있다면……

그가 숨을 거두었을 때는 저도 죽고 싶었습니다. 줄리아노 디 라파엘로가 제작한 고인의 석고 마스크를 보았을 때도, 제 손으로 관 뚜껑을 덮을 때도, 따라갈 수만 있다면 그를 따라가고 싶었습니다. 하지만 그가 영원히 기억되리란 것이 제게 살아갈 힘을 주는 위안이었습니다. 홀로 된 부인 앞에 남은 나날을 아름답게 채색하고 달래줄, 누구나가 인정한 그의 위업이 제 눈물을 씻어줬습니다.*

* 『아레티노의 편지』, 앙드레 샤스텔과 나딘 블라무티에 번역, 스칼라 출판사.(원주)

이 사내는 어떻게 조반니의 명성이나 되새기는 걸로 그녀의 상처가 아물리라 생각했을까? 조반니가 죽은 것은 바로 그 명성 때문이었다. 그의 전설적 용맹함, 대담함 때문에…… 자부심 때문에 그는 죽지 않았는가…… 그녀는 동족을 죽여 영광을 추구하게 만드는 인간들의 미숙한 허영심이 미웠다. 남편은 결국 그녀보다 전쟁을 더 사랑했던 것이다. 그것이 진실이었다. 피에트로 아레티노의 글은 그녀에게 아무것도 아니었다. 그런데도 그녀는 계속 읽을 수밖에 없었다.

프랑수아 1세는 "조반니 경이 부상만 입지 않았다면 나도 포로가 되지 않았을 것을!"이라고 거듭 말했습니다. 그보다 아름다운 찬사를 받을 고인이 몇이나 될까요? 그가 거둔 숱한 승리를 떠올리면 그 영광의 빛으로 우리들까지 환해집니다. 그 빛줄기가 그가 누운 관을 인도했습니다. 조문객들도 놀란, 유례없이 성대한 장례식이었지요. 고귀한 어깨를 내밀어 그의 관을 둘러맨 훌륭한 장교들의 면면만 봐도 알 수 있는 일입니다. 가족과 측근을 대동한 곤차구에 후작 뒤로 수많은 조문객이 따랐고, 건물마다 열린 창문에 늘어선 여인들은 충격에 싸인 채 제 주인이기도 했던 당신 남편의 만신창이가 된 유해에 조의를 표했습니다. 그보다 더 훌륭한 군인은 지금까지 없었고 앞으로도 없으리라 사람들은 입을 모았습니다. 부인, 그의 업적을 되새기며 마음의 안식을 찾으시고 코시모는 제게 이 편지를 쓰라 하신 교황님께 보내도록 하십시오. 교황께서 고인을 대신해 코시모를 돌보겠노라 하십니다……

절대로 그런 일은 없을 것이다! 아들은 무기 부딪치는 소리와 인간의 야심에서 멀리 떨어져, 그녀 곁에 머물 것이다.

남편을 빼앗았고 아들마저 파멸시키려 할 교황에 대한 미움만이 이제부터 그녀가 살아갈 힘을 줄 것이다.

3
1534~1537

이미 봄이 왔다. 그러나 조반니의 죽음을 전해 들은 그 겨울밤 이후 마리아는 계절을 헤아리지 않았다. 그녀는 정자의 포도 덩굴 밑에서 책을 읽고 있는 아들을 바라보았다. 아들이 너무나 자랑스러웠다. 강인한 턱선, 어린 숫양처럼 튀어나온 이마, 매끄러운 입술, 야생적인 눈동자는 아버지를 꼭 닮았다. 다만 아버지의 매력이었던 유쾌한 기질 그리고 만인의 호감을 샀던 명랑함이 그에게는 부족했다.

모자의 안전을 보살피는 병사들과 농부들뿐인 이 트레비오 요새에 아들을 가두다시피 키우는 것에 자책감을 느낄 때도 있었다. 그러나 클레멘스 7세가 살아 있는 한 어떤 위험도 감수하고 싶지 않았다. 교황의 서자 알레산드로가 무사히 피렌체의 통치권을 거머쥔 마당이니 교황이 그들 모자에게 적의를 품을 이유가 사라졌는데도 그녀의 생각은 변하지 않았다.

그녀는 아들의 교육에 특히 신경을 썼다. 조반니의 군자금을 충당하느라 큰 지출을 하는 바람에 몹시 궁색했고, 그래서 은행가 필리포 스트로치에게 원조를 받는 형편이었지만 그녀는 피에르 프란체스코 리치오를 가정교사로 고용했다. 코시모는 공부를 싫어하지는 않았지만 몸을 움직이는 것을 훨씬 좋아했다. 그는 운동을 하면서 평소 억눌렀던 거친 기질을 마음껏 발산했다. 코시모는 무젤로의 울창한 숲에서 사냥을 즐겼고 검술에 뛰어났으며 폼*도 곧잘 했다. 잘생긴 그의 얼굴은 하녀들의 마음을 설레게 했다. 마리아는 아들이 이따금 예쁘장한 하녀들과 장난하는 것을 알았지만 모르는 체했다.

정작 그녀에게는 이제 아무 욕망도 없었다. 다시는 들춰보지 않는 책장처럼, 그녀의 젊음은 떠났다. 그런데도 저택의 돌 하나하나와 정원의 초목 한 그루 한 그루가 이곳에서 조반니와 함께 보낸 마지막 나날을 떠올리게 만들었다. 그들은 미친듯이 사랑했다. 정열은 그 무엇도 걷잡을 수 없는 세찬 불길과 같아 두 사람은 틈만 나면 서로를 쓰러뜨리고 뜨겁게 사랑을 나누었다. 그러나 마리아는 자신이 시간을 훔치고 있다는 것을 잘 알았다. 조반니가 떠나야 하는 순간이 시시각각 다가왔던 것이다.

그리고 이 공허감…… 몸도 마음도 고갈된 느낌. 마리아는 코시모가 어른이 되면 어느 수녀원으로든 들어가 고독 속에 잠기거나

* 테니스의 전신.

자선 수도회에서 봉사하며 여생을 보내리라 마음먹고 있었다.

가끔 피렌체의 소식이 후미진 이곳까지 들려왔다. 백합의 도시와 메디치가는 파란을 겪었다. 그 모두는 조반니가 죽고 얼마 지나지 않아 시작되었다. 부르봉의 총사령관은 용병대장의 죽음을 틈타 신성동맹의 부대를 쓸어버렸다. 이 성공에 자신을 얻은 카를 5세는 클레멘스 7세의 배신을 응징하기로 했다. 황제군에게는 로마까지 진격하라는 명령이 떨어졌다. 독일인 보병들과 신교도 용병들은 도시를 약탈하고 갖가지 잔혹 행위를 저질렀다. 카스텔 산탄젤로로 피난한 교황은 오랜 포위 끝에 결국 목숨을 건지기 위해 치욕적으로 도망칠 수밖에 없었다. 클레멘스 7세는 떠돌이 상인으로 변장하고 적의 손아귀에서 빠져나갔다.

영원의 도시가 약탈당하고 교황이 도망쳤다는 소식이 전해지자 피렌체에서는 시의회가 반란을 일으켰다. 시민들은 독단적이고 부도덕한 정책으로 비난받던 교황의 억압으로부터 해방되었다. 일 마니피코의 손녀인 '도도한' 클라리체 스트로치의 주도로 피렌체인들은 메디치가의 서자 알레산드로와 이폴리토를 추방했다. 백합의 도시에 남겨진 것은 어린 카테리나뿐이었는데, 그녀는 수복된 공화정의 인질로서 무라테* 수녀원에 갇혔다.

피렌체인들이 자유를 되찾은 뒤 얼마 지나지 않아 클레멘스 7세는 프랑수아 1세와 카를 5세를 쑤석거려 또 싸움을 붙이고, 그 참

* '유폐자들'이라는 뜻.(원주)

에 다시 카를 5세와 가까워졌다. 1529년 교황은 이탈리아에서의 독일 황제의 패권을 인정한다는 비밀조약을 맺었다. 그 대가로 황제는 메디치가의 권력 복귀를 약속했다. 그것이야말로 교황의 가장 열렬한 바람이자 정치 구상의 핵심이었다. 클레멘스 7세는 자신의 사생아 알레산드로에게 권력을 쥐여주고 싶었다. 그러자면 우선 사촌 이폴리토를 떼어놓아야 했다. 그의 야심을 제한하려면 추기경 자리 하나로 족할 터였다. 조반니 달레 반데 네레의 아들로 말하자면, 모친이 꽁꽁 숨겨둔 이상(피렌체에는 그의 존재조차 모르는 사람들도 있었다) 위험할 게 없었다.

황제는 우물거리지 않았다. 프랑수아 1세와 평화조약을 맺은 덕에 할일이 없어진 황제군은 즉각 피렌체로 진격했다. 피렌체는 이년이나 이탈리아반도를 짓찧은 전쟁이 벌어지는 동안 프랑스 진영에 섰던 괘씸한 도시가 아니던가. 포위가 몇 달이나 계속됐다. 침략자들이 수적으로 훨씬 우세했고, 클레멘스 7세가 시민들의 죄를 사면하겠노라 언약했음에도 불구하고 피렌체인들은 용감하게 저항했다. 그들은 위대한 미켈란젤로가 축성한 성벽들 밖으로 돌파를 시도해 성공을 거두기도 했다.

반면 그들이 카테리나 데 메디치에게 취한 행동은 썩 명예롭지 못했다. 피렌체의 한 의원은 어린 카테리나를 바구니에 앉혀 성벽 위에 매달아 적의 총알받이로 만들자고 제안했다. 또다른 의원은 그녀를 군인들에게 노리갯감으로 내돌린 후 공창公娼에 보내버리자고 주장했다. 결국 그녀를 무라테 수녀원에 가둬두는 한 메디치가에 대한 동정론이나 퍼뜨릴 뿐이니 다른 곳으로 옮기자는 결정이 내려졌다. 어린 소녀는 정 끌어내겠다면 수녀복을 입고 나가 부당함을 만천하에 알리겠다고 고집했다. 그녀를 데리러 갔던 시의원들도 그 뜻을 따를 수밖에 없었다.

1530년 8월의 싸움을 끝으로 피렌체 공화정은 마침내 패배를 인정했다. 도시의 문을 열기 전에 그들은 교황으로부터 공화정 제도를 존중하며 공화국의 이름으로 무기를 들었던 사람 전원을 사면한다는 약속을 받았다. 물론 그 약속이 지켜질 리 없었다. 황제군이 도시로 들어오자마자 무서운 탄압이 시작됐다. 수많은 시민이 체포되고 고문받고 추방됐다. 교황은 또 반란이 일어날 것을 우려해 사생아 아들을 권좌에 앉히는 일을 늦추는 게 좋겠다는 신중하고 잔인한 판단을 내렸다. 정권은 일단 교황의 심복에게 돌아갔다가 때가 되자 알레산드로가 나타났다. 아버지의 명에 따라 공화국의 우두머리로 임명된 그는 라르가 거리의 팔라초를 차지했다. 몇 달 후 클레멘스 7세는 카를 5세로부터 알레산드로를 피렌체의 공작으로 임명한다는 허락을 얻어냈다.

교황의 승리였다. 그러나 그의 음모는 그쯤에서 멈추지 않았다. 순전히 황제군의 주둔 덕에 백합의 도시를 다스리는 교황의 방탕하고 잔인한 아들은 이내 시민들의 반감을 샀다. 거무튀튀한 얼굴색과 숱이 많은 곱슬머리 때문에 '유색인'이라 불린 이 사내는 공포를 뿌리며 군림했다. 정적들은 군말 없이 그의 독단에 복종해야 했고 미인들은 제아무리 좋은 가문의 여자라 해도 그의 욕망을 거절할 수 없었다.

교황은 아들의 악행을 훤히 알고도 눈을 감았다. 그는 메디치가의 권력을 탄탄히 해줄 조약을 이리저리 맺느라 분주했다. 1533년 프랑수아 1세와 화해하기 위해 교황은 종손녀인 '용감한' 카테리나와 프랑스 왕의 둘째 아들 앙리의 결혼을 교섭했다. 은행가와 상인 가문의 자손이 유럽 제일의 왕가에 며느리로 들어가게 된 것이다. 이 눈부신 성공은 메디치가 전체의 영광이었다.

클레멘스 7세는 마르세유에서 몸소 이 결혼식을 축복하기로 했다. 그는 마리아 살비아티에게도 동행을 요구했다. 남편 조반니가 프랑스 진영을 위해 싸우다가 목숨을 잃은 인연을 생각하면 마리아로서도 거절하기 곤란했다. 그녀는 처음이자 마지막으로 은둔처를 벗어났다. 카테리나의 처지가 가여웠기에 그녀로서는 마음이 무거운 나들이였다. 사실 어린 '공작의 딸'에게 그 결혼은 고행길이나 같았다. 그녀가 아름다운 사촌 이폴리토를 사랑한다는 것은 누구나 알았다. 그러나 클레멘스 7세의 결정에 그런 것은 아무런 영향을 끼치지 못했다. 마리아 살비아티의 유일한 위안은 프랑수아 1세가 조반니를 기리며 그녀를 정중하게 맞아줬다는 것, 형편이 궁색하다는 것을 알자 하사금도 내렸다는 것이었다.

일 년 후 교황은 알레산드로와 카를 5세의 사생아 딸 마르그리트의 약혼을 성립시킴으로써 시소 정책을 완결했다. 메디치가의 권력은 바야흐로 부동의 것이라 믿어도 좋았다. 유일한 위협은 외려 가문 내부에 도사리고 있었다. 위험인물은 모친의 현명한 판단

덕에 일찌감치 떨어져나간 코시모가 아니라 이폴리토, 그러니까 추기경 자리를 차지해놓고도 사촌 때문에 권력을 놓친 것에 분개하는, 언젠가 피렌체의 새 주인이 되려고 노리는 이폴리토였다.

코시모는 여전히 책을 읽고 있었다. 마리아는 생각에 잠겼다. 아직 어린 아들이 국정에 관심을 비친 적은 없었다. 마리아는 교황의 음모가 두려웠고, 그래서 아들이 피렌체에 눈길도 주지 않도록 필사적으로 경계했다. 카테리나의 결혼식에서도 그녀는 교황에게 "제 아들이 알레산드로의 경쟁자가 되는 일은 절대 없을 겁니다"라고, 아예 못 박아 말해두었다. 교황은 만족했다. 그러면서도 코시모가 계속 피렌체에서 멀리 떨어져 지내는 것이 좋으리라 충고하며 넌지시 덧붙였다. "훌륭했던 아버지의 뒤를 이어 군인이 되면 좋을 텐데 말이야." 공포에 사로잡힌 그녀는 아무 대꾸도 할 수 없었다.

과묵한 이 아이 앞에는 어떤 미래가 기다리고 있을까? 아들이 전혀 속을 드러내지 않았기에 마리아도 짐작할 길이 없었다.

* *
*

가녀리고 세련된 그 청년에게는 묘하게 여성적인 매력이 있었다. 백합의 도시에 온 그는 알레산드로 공작의 눈에 들어 이내 친구가 되었다. 키가 작아 로렌치노라 불렸지만 그를 싫어하는 피렌체인들은 경멸의 뜻으로 '로렌차치오'라 불렀다. 그는 알레산드로의 먼 사촌이었고, 코시모처럼 메디치가의 차남 가계에 속했다. 애초 클레멘스 7세의 총애를 받았던 그는 어느 밤 무슨 광기가 발동했던지 고대 조각상들의 머리를 닥치는 대로 깨부수는 바람에 로마에서 쫓겨났다. 알레산드로는 이 청년이 어디서 힘이 나 그 귀한 대리석 조각상들을 때려부쉈는지 모를 일이라고 늘 의아하게 생각했다.

갓 스무 살이 된 청년은 이제 사촌의 단짝이었다. 알레산드로에게 수시로 놀림을 받기는 했지만 그는 권력자 사촌의 수족이자 어쩌면 연인이며 또 중매쟁이이기도 했다. 손꼽히는 호색한인 피렌체 공작을 위해 유부녀와 순진한 어린 아가씨를 불문하고 미녀들을 모집해오는 것도 그의 역할이었다. 그는 이 일에 어찌나 열심이었던지 수녀원 한 채를 통째로 조달한 적도 있었다. 알레산드로는 견습 수녀부터 수녀원장에 이르기까지 골고루 상대를 바꿔가며 실컷 즐거운 시간을 보냈다.

푹신한 쿠션에 비스듬히 몸을 기댄 채 로렌치노가 공작에게 흘낏 눈길을 던졌다. 공작은 경호대의 한 스페인 검객과 칼싸움을 하고 있었다. 로렌치노는 이런 남성적인 놀이를 썩 좋아하지 않았다. 그는 칼이라면 여인들이 흔히 옷 속에 감춰두는 호신용 단검밖에 지니지 않는 사람이었다.

검술 연습장은 칼 부딪치는 소리로 요란했다. 힘이 세고 장신인 알레산드로는 미사에 참석할 때를 빼고는 한시도 벗지 않는 강철 갑옷으로 무장하고 시합에 임했다. 그는 거무튀튀하고 길쭉한 얼굴을 흉하게 일그러뜨린 채 공격할 때마다 거센 고함을 내질렀다.

로렌치노는 작은 비수의 끝부분으로 손톱을 다듬기 시작했다. 유난히 큰 고함에 놀라 그가 고개를 들었다. 알레산드로가 펜싱의 제3자세에서 제4자세로 바꿔 얽혔던 칼을 풀어 상대의 공격을 물리친 참이었다. 그는 바로 반격하기 위해 한 다리를 앞으로 내밀고 잽싸게 되찔렀다. 그의 칼끝이 상대의 뺨을 스쳤다. 그가 입꼬리를 올리며 소리 없이 웃었다.

"널 완전히 끝내버릴 수도 있었어!" 공작이 검객에게 말했다.

"그러지그랬어?" 로렌치노가 무심한 어조로 내뱉었다.

공작이 웃음을 터뜨렸다. 검객은 적의에 찬 눈길로 경계 자세를 풀지 않았다. 대결이 다시 시작됐다. 로렌치노도 무표정한 얼굴로 손톱 손질을 계속했다. 갑자기 주변이 잠잠해졌다. 그가 고개를 들었다. 검객이 얼떨떨한 얼굴로 어깨에 손을 갖다댔고 어깨는 이내 붉게 물들기 시작했다. 공작은 조금도 미안한 빛이 없었다.

"뭘 꾸물거려? 너무 늦기 전에 의사한테나 가봐."

그런 다음 그는 로렌치노 쪽으로 돌아섰다.

"목말라."

청년이 꼼짝도 하지 않자 알레산드로는 피 묻은 칼끝을 로렌치노의 턱에 갖다댔다.

"목마르단 말이 안 들려?"

* *
*

이폴리토 데 메디치 추기경은 밖에서 들려오는 군중들의 환호성이 귀에 거슬렸다. 날이 더웠지만 그는 할 수 없이 창문을 닫았다. 생각할수록 자신의 처지가 기구해 한숨이 나왔다. 고인이 된 종숙부 클레멘스 7세의 명예, 나아가 로마인들이 빼앗으려고 노리는 유해를 보호하는 책임까지 그에게 돌아왔기 때문이다. 그에게서 피렌체 통치권을 가로채 방탕한 아들에게 내주었던 교황, 그가 사랑했던 다정한 카테리나도 빼앗은 교황인데도 말이다.

고명한 친척께서 병을 얻었다는 소식을 듣자 이폴리토는 곧장 로마로 달려왔다. 어쩌자고 그런 미친 짓을 저질렀을까? 메디치가에 대한 충성심 때문에? 교황을 원망하기는 했지만 이폴리토는 추기경 시절의 클레멘스 7세가 어린 자신을 돌봐줬던 것을 잊지 않았다. 더욱이 그들에게는 서자라는 공통점이 있지 않던가? 이폴리토는 지성과 파렴치함을 겸비한 이 비범한 인물에게 내심 감탄해왔다. 그러나 레오 10세의 유능한 자문관이었던 그가 하드리아누스 6세의 선종으로 교황좌에 오른 이래 자신의 충실한 추종자들을 모조리 실망시킨 것은 사실이었다. 프랑수아 1세와 카를 5세 사이를 쉴새없이 오가며 시소 게임을 벌인 일은 누구에게나 수수께끼였다. 특히 로마인들은 영원의 도시가 약탈당하도록 방치한 것을 용서할 수 없었다. 황제는 교황을 모욕함으로써 카노사의 굴욕*을

* 1077년 독일 황제 하인리히 4세는 교황 그레고리오 7세와의 대립 끝에 파문당하자 카노사에서 속죄자의 옷차림으로 잘못을 인정하고 용서를 빌어야 했다.(원주)

갔고 교황청의 권위를 깎아내렸다. 그 이후 교황은 합스부르크의 봉신으로 전락했다. 그 증거는 그보다 몇 달 전에 나타났다. 클레멘스 7세가 영국 국왕 헨리 8세의 결혼을 무효화하고 앤 불린과의 재혼을 인정하지 않은 것은 신실한 가톨릭교도인 카를 5세의 압력 때문이었다. 그 결과 영국 국교의 분열이 일어났다. 독일에서도 개신교로 돌아서는 사람이 갈수록 늘어나는 탓에 로마로서는 더욱 걱정스러운 사태였다.

이폴리토는 클레멘스 7세의 마지막 순간을 함께하면서 최후의 속내 이야기를 들었다. 종숙부는 주저하면서도 결국 자신의 뒤틀린 정책의 비밀을 털어놓았다. 그로서는 카를 5세 그리고 교회가 특권을 전부 포기하고 가톨릭주의 제일의 진실함으로 돌아갈 것을 주장하는 사람들이 한결같이 요구한 공의회 개최를 저지하는 일이 급선무였다. 공의회가 소집되어 그들의 주장이 받아들여지면 로마는 지상권의 일부를 잃을 터였다. 그것은 이탈리아에서 권위를 강화하고 알토란 같은 피렌체를 계속 지배할 것만 꿈꾸는 메디치 교황으로서는 받아들일 수 없는 일이었다.

"후세는 내가 재위하는 동안 저지른 실패만 기억할까, 이폴리토? 그건 부당하다. 나도 우리 조상들처럼 예술을 보호했다. 그리고 검소한 생활로 모범을 보였어……"

추기경은 죽어가는 순간의 그 비굴함에 연민을 느꼈다. 막강한 권력을 휘둘렀던 사내가 주님 앞에 불려간다는 생각에 어린애처럼 떨고 있었던 것이다.

밖에서 들려오던 외침이 잠잠해졌다. 얼마나 갈까? 클레멘스 7세가 사망했다는 소식에 로마는 커다란 기쁨에 휩싸였다. 교황의 유해는 매장되자마자 파헤쳐져 능욕을 당했다. 심지어 유해에 칼질을 해댄 불한당도 있었다. 이폴리토는 새 교황이 선출될 때까지 무덤을 밤낮으로 지키는 무장 경비대를 배치하는 책임을 맡았다.

추기경은 일하던 책상 앞으로 기계적으로 돌아와 앉았다. 얼떨결에 추기경이 된, 말보다 행동을 앞세우는 이 사내는 시인이기도 했는데, 『아이네이스』 제2권의 이탈리아어 번역을 막 마친 참이었다. 그러나 이날 저녁은 시를 지을 기분이 아니었다. 그는 백합의 도시를 생각했다. 피렌체 시민들이 알레산드로를 어떤 눈으로 보는지는 그도 잘 알았다. 교황의 사생아는 착실하게 원한을 쌓았다. 그와 그의 단짝 로렌치노, 타락한 그 둘이 손발을 맞춰 피렌체를 망치고 있었다…… 피렌체는 그 지독한 지배에서 벗어나야 했다. 이폴리토가 서둘러 반란을 조직하고 몹쓸 사촌을 몰아낼 준비를 해야 하리라. 클레멘스 7세의 죽음이 그에게 길을 열어주었다.

* *
*

가차없는 한여름의 열기가 평원을 달구었다. 그러나 산에는 조금은 선선한 신록의 피난처가 남아 있었다. 마리아는 성의 이층 창가에 앉아 수를 놓고 있었다.

농부들이 사과를 따는 과수원으로 힐끗 눈길을 던진 그녀는 계곡의 나무들 사이에서 먼지바람이 이는 것을 보았다. 누군가 트레비오를 향해 말을 달려올라오고 있다는 증거였다. 마리아는 외부인이 오는 것을 보면 겁부터 났다. 전령이 남편의 죽음을 알리는 편지를 가져온 그날 이래 늘 그랬다. 그곳은 철저히 보호되었고, 어지간한 정예부대가 아니면 요새까지 올라오지도 못할 테니 사실 쓸데없는 불안이었다.

사내가 비밀문 앞에 다다라 경비병들과 몇 마디 나눈 다음 안뜰로 들어왔다. 그는 정자 수리를 감독하고 있던 집사 앞에서 멈추었다. 마리아가 몸을 기울였지만 무슨 이야기인지 알아들을 수 없었다.

잠시 후 방문을 두드리는 소리가 들리고 하녀 하나가 울먹이며 나타났다.

"도나 마리아, 클레멘스 7세께서 돌아가셨답니다!"

마리아는 커다란 기쁨에 사로잡혔다. 마침내 괴물이 죽었다! 조반니의 원수를 갚은 것이다. 그녀는 하녀의 눈길을 생각해 만족감을 애써 감추었다. 하녀는 교황의 죽음에 기뻐하는 마리아를 이해하지 못할 것이다.

마리아는 기쁨을 아들과 함께 나누고 싶었다. 코시모는 최근 부쩍 빠져든 연금술 입문서를 읽고 있었다. 아들은 그 소식을 듣고도 아무 반응을 보이지 않아 모친을 실망시켰다. 사실 놀랄 일도 아니었다. 그녀가 여전히 남편의 기억 속에서 사는 반면 코시모는 이렇다 할 추억 하나 남겨주지 않은, 늘 곁에 없었던 아버지에 대해 일체 관심이 없었다. 어쩌면 가족을 버려두고 전쟁터만 누빈 것을 원망하는지도 몰랐다. 아들은 이미 읽던 책으로 다시 눈길을 떨어뜨리고 있었다. 당황한 마리아는 조용히 방문을 닫고 나갔다.

* *
*

그들은 '망명자'라 불렸다. 말하자면 '떠난 사람들'이란 뜻이었다. 피렌체 밖으로 추방당했거나 특히 알레산드로 데 메디치의 냉혹하고 부도덕한 독재를 피해 제 발로 떠난 이들은 갈수록 많아졌고, 갈수록 열렬히 폭군의 파멸을 빌었다.

1535년 한여름 그들의 사절단이 로마로 이폴리토 추기경을 찾아가 자신들을 대표해 카를 5세 황제에게 가줄 것을 요청했다. 황제의 봉신인 알레산드로가 악행을 일삼으니 군주의 손으로 해임하는 것이 마땅하다는 취지였다.

오래전부터 피렌체 밖의 이 반대 세력과 연합해온 추기경은 길게 망설이지 않았다. 그는 망명자들의 대변인이 되기를 수락했다. 근엄한 카를 5세가 비록 딸 마르그리트를 결혼 상대로 내주겠다 약속은 했지만(대신 약혼녀의 나이가 너무 어려 결혼식은 그 이듬해에야 치를 예정이었다), 피렌체를 욕되게 하고 아내가 될 사람도 모욕한 예비 사위를 쫓아내달라는 청원을 기꺼이 받아주리라고 이폴리토는 믿었다. 만일 공작이 퇴위하면 피렌체의 통치권은 물론이고 전임자의 어린 약혼녀도 자신에게 물려달라고 청할 수 있으리라. 뜻을 이루기 위해서라면 그깟 추기경 자리는 언제든지 내던질 수 있었다.

마침 합스부르크의 황제는 자신들의 아프리카 영지로부터 시작해 스페인과 이탈리아 해안을 휩쓸던 바르바리아인들과의 싸움에서 거듭 승리를 거두고 있었다. 황제는 튀니스를 빼앗고 그곳에 머물면서 유명한 해적 바르바로사에게 최후의 일격을 가하리라 공언한 참이었다.

이폴리토는 바로 여장을 차려 티레니아해에 면한 항구 가에테로 떠나기로 했다. 그곳에서 튀니스로 가는 배에 승선할 생각이었다. 추기경은 부푼 가슴으로, 무장 호위대의 선두에서 길을 떠났다. 8월의 찌는 더위에도 아랑곳없이 추기경 일행은 전속력으로 나아갔다. 이틀 후 일행은 이트리라는 촌락에 머물렀다. 그다음날이면 바다에 닿을 터였다.

저녁식사 전 조반니 안드레라는 피렌체 사람이 추기경에게 인사를 하겠다고 찾아왔다. 아마 알레산드로의 독재를 피해 도망친 망명자일 터였다. 이폴리토는 스스럼없이 손님을 맞아들였다. 추기경은 상냥한 그 손님과 포도주를 나눠마셨다. 손님이 떠나고 나서 추기경은 심한 복통을 일으켰다. 하인들이 그를 침대에 눕혔다. 그날밤 증세는 더욱 악화되었다.

"독약이다…… 그 못된 놈은 알레산드로가 보낸 거야……"

사람들이 조반니 안드레를 찾았지만 소용없었다. 그는 밤을 틈타 이미 이트리를 떠난 후였다. 추기경은 고통 끝에 동틀 무렵 숨을 거두었다.

* *
*

알레산드로는 노발대발하며 방안을 왔다갔다했다.

"그 여잘 데려다놔! 무조건 데려다놓으란 말이야!"

그는 절대 단념할 기색이 아니었다. 공작이 어찌나 화를 내는지 로렌치노는 굴복할 수밖에 없었다. 며칠 전 미사를 마치고 나오는 길에 피렌체의 주인은 처음 보는 미녀에게 반했다. 늘 그랬던 것처럼 그는 로렌치노에게 여자가 누구이며 어떻게 하면 손에 넣을 수 있을지 알아보라고 일렀다. 사실 알아보고 말고 할 것도 없는 일이었는데, 공작을 사로잡은 비너스가 바로 로렌치노의 누이 라우도미아였기 때문이다. 라우도미아는 남편 알레마노 살비아티가 죽자 고향으로 돌아온 참이었다.

오라비의 이야기를 들은 여인은 코웃음을 쳤다.

"어린 신부를 들여다 앉힌 지 얼마 되지도 않는 천하의 호색한과 밤을 보낼 만큼 내가 돌았다고 생각해? 오빠는 누이동생한테 그런 헛소리를 전하는 게 창피하지도 않아?"

로렌치노는 뜨끔했지만 내심 안도했다. 라우도미아의 거절에 공작은 펄펄 뛰었다.

"뭐야, 누이동생 하나 맘대로 못해? 못나빠진 촌뜨기 같으니!"

"한번 더 설득해보면 그애가 마음을 바꿀지도……"

"그게 네 신상에도 좋을 거다…… 돈은 얼마든지 써도 좋아. 그 계집을 내 침대로 데려오기 위해서라면 무한정 퍼 써도 좋다고. 대신 이것만 알아둬, 네가 일을 성사시키지 못하면 내 힘으로 그 계집애를 손에 넣을 거란 걸."

로렌치노가 모든 것을 끝내기로 결심한 건 그 순간이었을까? 날마다 욕을 얻어먹고 해괴하고 야비한 요구에 시달리는 것도 더는 못할 짓이었다. 애초에 그도 조금 퇴폐적이기는 했지만 부패한 사촌의 오만 가지 쾌락을 조달하다보니 어느덧 자신도 똑같은 인간으로 전락했다. 그는 피렌체인들로부터 미움받는 만큼이나 자기 자신을 증오했다. 감히 자신의 누이동생을 차지하려는 것이다. 그가 누구보다 속속들이 알고 있는 이 난봉꾼이 누이를 건드리는 것은 상상조차 하기 싫었다. 이제는 비겁하게 물러서지 않으리라! 다시는 그를 '로렌차치오'라고도, '로렌체타'(알레산드로는 그의 거동이 계집애 같다며 걸핏하면 이렇게 불렀다)라고도 부르게 놔두지 않을 것이다.

* *
*

1537년 주현절, 카니발의 기쁨은 절정에 달해 있었다. 로렌치노가 팔라초에 나타났을 때 알레산드로는 거나하게 취해 있었다.

"그애가 좋대."

"옳지!"라고 외치며 알레산드로는 로렌치노를 부둥켜안고 들뜬 얼굴로 내처 물었다. "언제 만날 수 있는데?"

"오늘밤이라도. 대신 그애가 내건 조건을 들어준다면."

"원한다면 그녀의 침대까지 무릎을 꿇고라도 가주지!"

"장소는 우리집이 좋겠대. 그럼 자네도 편할 테고…… 하지만 꼭 혼자 오라던데."

"호위대는 밖에 대기시키지."

"딱 한 명만, 멀리 숨어서 기다리게 하라고 당부했어."

"원하는 대로 해드린대도."

"저녁식사 후에 내가 직접 기다렸다 안내하겠어."

"좋아. 이런, 그녀를 안을 생각에 벌써 몸이 뜨거워지는데! 어떻게 입고 가야 그녀 맘에 들까?"

로렌치노가 웃었다.

"어차피 옷을 걸치고 있을 시간은 아주 짧을 텐데 뭐. 그애도 무척 들떠 있거든."

* *
*

1월의 그 밤은 얼어붙게 추웠다. 아직 술기운이 남은 알레산드로는 검은 담비 모피를 댄 긴 새틴 옷 위에 망토를 걸치고, 향수를 뿌린 장갑을 끼고 머리를 손질했다. 이날만은 이례적으로 갑옷도 입지 않았다. 집에서 몇 발짝 떨어진 데로 사랑을 나누러 가는데 거추장스러운 복장을 할 필요는 없었다. 로렌치노의 집은 메디치가의 팔라초에서 아주 가까웠다.

집을 나선 공작은 호위대를 물리치고 헝가리 병사 한 명만 데려갔다.

문을 두드리자 곧 로렌치노가 나왔다.

"그만 가봐…… 그리고 방문객한텐 신경쓸 것 없어, 사적인 약속이니까." 그가 헝가리 병사에게 말했다.

알레산드로가 집안으로 들어갔다.

"라우도미아는 아직 안 왔어. 자네가 도착하면 사람을 보내기로 했거든…… 내 방에서 기다리면서 좀 쉬어. 촛불을 밝혀놨고 침대 옆엔 몬테풀차노도 한 단지 준비해뒀어."

"로렌치노, 넌 정말 최고의 친구야."

"하지만 과음은 하지 마, 그애의 매력을 흠뻑 맛보며 좋은 시간을 보내고 싶다면 말이야."

공작이 킬킬거리며 웃었다. 그들은 함께 이층으로 올라갔다. 벽난로에서는 기분 좋게 불꽃이 타오르고 있었다. 알레산드로는 허리에 찬 칼을 풀어 침대에 던졌다. 로렌치노는 그것을 슬쩍 집어내 허리띠와 함께 의자 위에 적당히 헝클어놓았다. 공작은 태평한 얼굴로 벌렁 드러눕더니 이내 졸기 시작했다.

로렌치노는 아래층으로 내려가 집밖으로 사라졌다. 잠시 후 그는 어두운 골목길에서 두건으로 얼굴을 반쯤 가린 망토 차림의 거한과 만났다. 미켈로 델 토발라치노라는 이 사내는 동료 악당들로부터 '스코론콘콜로'라는 기괴한 별명으로 불렸는데, 아마 그가 입만 열면 욕설을 쏟아내는 탓일 터였다. 이따금 청부살인 의뢰도 해결하는 이 불한당은 로렌치노를 깊이 존경했는데, 그가 살인을 저질렀을 때 로렌치노가 개입해 특사를 얻어줬기 때문이었다. 그는 상대가 누구건, 심지어 교황이라 해도 자기 은인을 괴롭히는 놈은 결딴내주리라 맹세했다.

"준비는?"

자객은 잠자코 옷 사이에 감춘 기다란 검을 보여주었다. 달빛 아래 번득이는 칼날을 보며 로렌치노는 자신도 모르게 몸을 떨었다.

* *
*

그들은 차분히 계단을 올라갔다. 난생처음으로 로렌초의 손에는 무기가 들려 있었다. 그러나 날이 넓적한 단검을 쥔 그의 손은 떨리지 않았다. 그가 소리 없이 방문을 열고 안을 들여다보았다. 알레산드로는 벽을 향해 누워 곯아떨어져 있었다. 마음이 단단히 들떴을 테지만 낮에 마신 술기운을 이길 수 없었던 것이리라.

로렌치노가 침대로 다가갔다.

"자는 거야?"라고 묻는 것과 동시에 그의 단검이 사촌의 등에 가차 없이 꽂혔다. 칼끝이 등을 관통해 가슴으로 삐져나올 정도의 거센 일격이었다. 알레산드로는 치명타를 입었음에도 불구하고 번개처럼 잽싼 반응을 보였다. 그는 침대 밖으로 튀어나가 문 쪽으로 도망쳤다. 그 순간 스코론콘콜로가 그를 가로막았다. 자객이 휘두른 칼에 공작의 왼뺨이 뭉텅 떨어져나갔다. 그에게 떠밀린 공작은 피투성이가 되어 방 한가운데서 휘청거렸다. 로렌치노가 그를 침대로 내동댕이치고 달려들었다. 공작이 덫에 걸린 짐승처럼 울부짖자 로렌치노는 그의 입을 틀어막았다. 그러나 로렌치노는 이내 비명을 지르며 손을 떼고 말았다. 공작이 그의 엄지손가락을 뼈가 으스러지도록 물어뜯었던 것이다.

"스코론콘콜로, 뭘 꾸물거려?" 그가 신음을 흘리며 말했다.

둘의 몸이 바짝 엉켜 있어 자객은 선뜻 칼을 휘두를 수 없었다. 자칫하면 로렌치노에게 부상을 입힐지도 몰랐다. 마침내 그가 허리에 찬 기다란 칼을 꺼내 공작의 목에 쑤셔넣었다. 피가 분수처럼 솟구쳤다. 칼은 공작의 머리가 건들건들해질 때까지, 몇 번이나 목에 박혔다.

알레산드로는 죽었다. 로렌치노는 칼끝으로 찔러 숨이 끊어진 것을 확인했다. 두 살인자는 얼이 다 달아난 얼굴로 마주보았다. 그들도 피투성이였다. 마지막 순간에야 희생자의 신원을 알아챈 스코론콘콜로는 한마디도 하지 않았다. 로렌치노가 창문을 열었다. 밖에는 정적만 감돌았다. 무슨 일이 벌어졌는지 눈치챈 사람은 없는 것 같았다. 수시로 도락의 밤이 열리는 이 집에서 그 정도 소란은 아무것도 아니었다.

"뭐 하고 있어? 도와줘!"

그들은 공작의 피투성이 시체를 끌어올려 침대 위에 눕혔다. 로렌치노가 시체에 이불을 덮고 신경질적인 웃음을 터뜨렸다.

"내가 브루투스가 됐군? 내가 피렌체의 독재자를 죽였어!"

한 시간 후, 전날 허가를 요청해놓은 덕에 로렌치노는 무사히 도시의 문을 벗어날 수 있었다. 그는 스코론콘콜로와 함께 볼로냐를 향해 전속력으로 말을 달렸다.

4
1537~1538

소문은 단숨에 퍼졌다. 그것은 마치 얼어붙게 추운 1월의 그날, 돌연 도시 위에 따스한 봄바람이 부는 것과 같았다. 상점 주인들은 가게 문턱에서 행인들에게 말을 걸었고, 시민들은 무리를 지어 광장에 모여들었으며, 여인들은 웃었다. 폭군이 죽었다.

정확한 소식통이 있는 피렌체인들은 알레산드로의 시체가 양탄자에 말려 산로렌초 성당의 제의실로 옮겨졌다고 전했다. 대담한 사람들은 벌써 폭군을 죽여 없앤 장본인을 찬양하기 시작해, 어제까지는 경멸을 받았던 '로렌차치오'가 오늘은 갈채를 받았다. 한밤중에 도망친 것으로 보건대 의심의 여지가 없었다, 그가 해치운 것이다! 타락한 생활로 백합의 도시의 명예마저 더럽혔던 폭군을 로렌치노가 자기 손으로 죽인 것이다. 자유가 되돌아오고, 그 자유와 더불어 공화정도 다시 수립되리라.

소식을 제일 먼저 들은 사람은 이노첸초 치보 추기경이었다. 알레산드로가 일어날 시간이 됐는데도 모습을 보이지 않자 걱정이 된 측근들이 추기경에게 달려갔던 것이다. 간단한 조사 결과 공작이 전날 밤 로렌치노의 집에 갔다는 사실이 드러났다. 로렌치노의 집은 활짝 열려 있었고 피가 흥건한 방의 침대 위에 시체가 놓여 있었다. 신중을 기하며 추기경은 주둔군에게 알릴 시간을 벌기 위해 일단 입을 다물기로 했다. 공작의 죽음이 알려지면 도시 전체가 봉기하지 않을까 두려웠던 것이다. 오랜 폭정에 시달린 시민들이 독재자와 조금이라도 손을 잡았던 사람들에게 닥치는 대로 앙갚음을 할지도 몰랐다. 그런 연유로 알레산드로의 시체는 은밀하게 산 로렌초 성당으로 옮겨졌다.

치보 추기경은 즉각 피렌체의 시의원들, 그러니까 명맥만 남아 있던 공화정 최후의 기관인 48인 위원회 위원들을 불러모았다. 신속히 피렌체의 새 통치자를 뽑아야 했다.

논쟁은 격렬했다. 공화정 재건에는 의견이 일치했지만 누가 그 공화정의 제1인자가 될 것이냐를 두고는 제각기 다른 소리를 했다. 도미니코 카니지아니는 알레산드로의 서자 줄리오가 어떠냐고 제안했다. 장내는 웃음바다가 됐다. 그 사생아 아들은 겨우 다섯 살이었던 것이다. 추기경만은 내심 실망했는데 어린애가 지명되면 자신에게 도시의 감독권이 돌아올 수 있었기 때문이다. 팔라 루첼라이는 망명자들도 지도자 선출에 참여해야 한다고 지적했다. 독재의 제일 큰 희생자인 그들에게도 발언권이 있었고 특히 공화정

폐지 후 베네치아에 망명중인 필리포 스트로치는 그네들의 우두머리로 무시 못할 영향력을 갖고 있었다. 일 마니피코의 손녀이자 일명 '길들일 수 없는' 클라리체 데 메디치의 남편이며 명문 귀족 가문 태생인 이 부유한 은행가라면 피렌체의 대표자로 적절할 터였다. 회합의 참가자가 대부분 이 제안에 찬동할 즈음, 명망 높은 프란체스코 구이치아르디니가 일어섰다. 외교관이고 역사학자이며 법률학자로서 존경을 한몸에 받았고, 전통적으로 메디치가에 충성을 바쳐온 그는 레오 10세와 클레멘스 7세 밑에서 연이어 높은 자리를 차지했다. 막 종말을 고한 피렌체의 고약한 독재 치하에서는 추기경과 더불어 공작에게 조언할 수 있는 유일한 존재이기도 했다. 오십 줄로 접어든, 작달막하고 통통한 백발의 그는 귀티가 나고 현명해 보였다. 그 점잖은 호인의 얼굴 뒤에 숨은 약빠른 계산속을 아는 것은 몇몇 측근들뿐이었다. 장내가 조용해지며 그의 발언을 기다렸다.

"조반니 달레 반데 네레의 자제, 코시모를 불러들이는 건 어떨는지요? 모친은 로렌초의 손녀, 부친은 피렌체 최고의 용병대장이었지요……"

사람들은 일순 얼이 빠졌다. 어머니와 줄곧 숨어 살았던 이 코시모란 청년은 무명이긴 했지만 분명 메디치였다. 피렌체를 부유하게 만들고 어느 시대보다 번영시켰던 메디치가의 합법적 후계자였다. 그의 먼 조상은 피렌체 시민들로부터 '국부'라 불렸던 대大 코시모의 아우였다. 공화국 법률을 존중했던 그 왕관 없는 제후들 밑에서 피렌체가 얼마나 번성했었는지 연로한 의원들은 누구나 또렷이 기억하고 있었다. 메디치라는 마법은 놀라운 효과를 불러일으켰다. 알레산드로는 벌써 잊혔다…… 애초 이 폭군은 외국의 침략을 계기로 고향에 돌아와 권력을 가로챈 서출에 불과하지 않던가?

치보 추기경은 즉각 동조했다. 아직 어린 코시모를 대신해 자신이 국정을 좌지우지할 수 있으리라 기대했기 때문이다. 그러나 팔라 루첼라이는 쉽사리 동의하지 않았다.

"겨우 열일곱 살인 그 청년에 대해 우린 아는 게 하나도 없소이다…… 아버지가 훌륭하다고 자식도 훌륭하란 법은 없어요. 지독한 폭정에 그 고생을 하고도 어째 다들 갑자기 판단력이 마비되셨소? 여러분이 권력을 갖다바치려는 새파란 청년이 권력을 남용하고 자유를 억압하지 않는다고 누가 보장한단 말입니까?"

조반니 달레 반데 네레의 아들을 불러들인다는 생각에 흥분했던 사람들은 이내 냉정함을 되찾았다. 토론은 한참 계속됐지만 결론을 내지 못했다. 시의원들은 사흘 후, 망명자들의 유력인사 필리포 스트로치도 참석한 회합이 열릴 때까지 일단 교황 레오 10세의 조카인 치보 추기경이 도시를 다스린다는 것에 합의했다.

* *
*

마리아 살비아티는 아들의 돌변이 믿기지 않았다. 트레비오에서 은둔하는 이들 모자에게 프란체스코 구이치아르디니의 전령이 달려와 공작의 암살 소식을 알린 순간부터 코시모는 딴사람이 되었다. 새하얗던 뺨은 발그레하게 물들었고 늘 굳게 다물어 있던 입가에는 가벼운 미소가 떠올랐다. 알레산드로의 죽음으로 뱃속에 눌려 있던 야심이 일거에 분출되기라도 한 때문인지 심지어 키까지 더 커 보였다.

"피렌체로 떠나겠어요." 청년은 선언했다.

밖에서는 눈발이 날려 나뭇가지를 하얗게 만들기 시작했다. 마리아는 애써 불안을 감추었다. 아들이 곁을 떠나려 하고 있었다. 소용없을 줄 알면서도 그녀는 만류했다. "얘야, 너무 위험한 일이야…… 알레산드로는 메디치였어. 그의 죽음을 기뻐하는 자들은 그걸 잊지 않을 거야. 피렌체로 가면 너도 그들 손에 죽임을 당할 거야."

그러나 아들은 당당했다.

"난 조반니 달레 반데 네레의 아들이에요. 아버지의 병사들, 그리고 아버지가 섬겼던 사람들은 누구나 아버지를 기억하고 있어요. 그들이 내 편이 되어줄 겁니다."

"난 내 고향을 잘 안다…… 피렌체인들은 자신들의 우상을 얼마든지 간단히 죽여 없애는 사람들이야."

아들의 얼굴이 경련을 일으키는 것을 마리아는 알아차렸다. 그는 떨리는 목소리로, 분개한 얼굴로 또박또박 대꾸했다.

"아버지는 아무리 큰 위험 앞에서도 물러선 적이 없어요. 그 도시는 내 것입니다. 내 의무는 그곳으로 가 피렌체인들을 위해 봉사하는 겁니다. 난 물러서지 않을 거예요. 메디치의 명예가 달린 문제니까요."

모자는 서로 바라보았다. 눈앞의 아들은 이미 낯선 사람이 된 것 같았다. 코시모가 고개를 숙여 모친의 이마에 가볍게 입을 맞추었다. 그녀는 찬바람이 도는 것을 느꼈다.

"어머닌 항상 말씀하셨죠. 신을 두려워하고 공경하는 한 내게는 어떠한 곤경도 없을 거라고."

마리아는 자기 방 창가에서 아들의 출발을 내려다보았다. 밖은 어느덧 은세계였다. 코시모는 함박눈으로 변한 눈발을 맞으며 병사 둘을 거느리고 성의 비밀문을 건너갔다. 그는 한 번도 뒤돌아보지 않았다. 마리아는 가슴이 오그라들었다. 아마 두 번 다시 아들을 만날 수 없으리라.

* *
*

길은 좁고 불결했으며 시끄러운 소음으로 머릿속이 멍했다. 도시는 우글거렸다. 몇 집 건너 이웃들끼리 고함을 쳐 이야기를 나눴고, 참견 좋아하는 구경꾼들은 골목길 한복판에 버티고 서서 끝도 없는 잡담을 주고받았다. 길 쪽으로 열린 가게와 공방에서 흘러나오는 소음이 잡다한 소리들과 뒤섞였다. 장인들과 상인들의 도시, 분주하고 어수선하고 왁자지껄한 피렌체…… 기나긴 몇 해를 무젤로의 고독 속에서 지낸 코시모가 백합의 도시에 들어서자마자 얼떨떨해지는 것도 무리는 아니었다.

사람들을 헤치며 길을 트느라 애쓰는 무명의 세 기사를 눈여겨 보는 이는 아무도 없었다. 꼬맹이 사내아이 몇이 그들의 당당한 풍채를 뻰뻰한 눈초리로 흘끔거렸을 뿐이었다.

메디치가의 팔라초는 거들떠보지도 않은 채, 코시모의 발길은 어린 시절의 다정한 기억이 남아 있는, 외조부의 집인 살비아티가의 팔라초로 저절로 향했다. 그는 자신과 호위대의 거동이 수수하고 겸손하게 비치도록 주의를 기울였다. 어차피 입이 가벼운 하인들을 통해 그가 왔다는 소문이 퍼질 테고, 그러면 당장 사람들이 그를 부르러 올 것이다. 아직 어렸고 더욱이 국정에는 아무 관심 없는 시늉을 했지만, 실은 그는 피렌체의 정세를 늘 주시하고 있었다. 그는 모친의 눈을 피해 도시에서 온 전령들과 대사들에게 틈틈이 얻어낸 귀한 정보를 하나하나 머릿속에 담아두었다. 이를테면 프란체스코 구이치아르디니의 영향력, 치보 추기경이 피렌체의 귀족들에게 행사하는 정신적 권위, 필리포 스트로치의 야망, 나아가 알레산드로의 악행에도 불구하고 아직도 피렌체에서 메디치라는 이름이 지니는 위엄과 위신까지 그는 낱낱이 알고 있었다. 그러나 그는 섣불리 속마음을 드러내는 일 없이 듣기만 했다. 앳된 이 청년의 행동 지침은 요컨대 비밀주의였다. 그는 또 트레비오를 찾아왔던 한 점성술가의 예언을 수시로 되새겼다. 그는 옥타브 오귀스트와 카를 5세라는 두 황제와 똑같이 마갈궁을 타고났다고, 가장 좋은 별자리의 보호를 받는다고 점성술가도 단언하지 않았던가.

코시모의 예상은 적중했다. 심부름꾼 하나가 즉각 살비아티의 팔라초에 나타나 추기경이 찾는다는 말을 전했다.

그가 밖으로 한 걸음 나서자 환호가 터졌다. 거친 얼굴에 턱수염을 기른, 장년의 사내들이 문 앞에 모여 있었다.

"코시모다! 조반니 대장의 아들이다! 만세! 만세!"

부친의 옛 병사들이었다. 코시모는 커다란 자부심에 사로잡혔다. 그는 만족감을 감추고 겸손하게 그들과 인사를 나누었다. 사내들이 그를 추기경의 팔라초까지 호위하겠다고 나섰다. 길을 나아갈수록 사람들이 늘어났다. 행인들과 아이들이 합세했고 만세를 부르는 사람들도 더 많아졌다.

* *
*

창문 밑에 모인 한 떼의 군중을 내려다본 추기경은 재빨리 마음을 결정했다. 시민들이 메디치를 원한다면 그렇게 해주리라. 레오 10세의 조카인 자신이 몸소 백합의 도시에 메디치를 데려다 앉혔다는 평판이 나는 것도 나쁘지 않을 터였다.

게다가 코시모란 청년은 더없이 소박해 보이지 않는가! 추기경은 눈을 가느스름하게 뜨고 손을 무릎 위에 가지런히 올려놓은 채 청년을 뜯어보았다. 청년의 겸손한 몸가짐은 매우 호감을 주었다. 사람 보는 눈이 있다고 자부하는 치보 추기경은 이 어린 메디치라면 안심이라고 확신했다. 야심도 없고 이렇다 할 개성도 없는, 추기경의 말을 고분고분하게 따를 유순한 청년임이 분명했다.

"이보게, 48인 위원회에서 자네가 선출된다면 다 내가 힘쓴 덕일 테니, 내게 미리 네 가지 약속을 해줘야겠네……"

코시모가 눈을 내리깔았다. 뭐든 시키는 대로 하겠구먼, 하고 추기경은 생각했다. 그가 말을 이었다.

"우선 성스러운 교회의 가르침을 존중하여 부자와 가난뱅이를 불문하고 누구에게나 공평히 정의를 적용해야 할 것이네."

청년이 고개를 끄덕였다.

"다음으로, 피렌체를 무력으로 제압한 카를 5세의 억압에 굴복하지 않아야 할 걸세, 그게 시민들의 바람이니까."

이번에도 코시모는 동의했다. 추기경이 헛기침을 했다. 그다음 조항은 제법 미묘한 것으로, 조반니 달레 반데 네레의 아들이 순순히 받아들이지 않을지도 몰랐다. 이윽고 그가 입을 뗐다.

"비록 폭군이긴 했지만 알레산드르 공작의 암살은 법에 따라 처벌돼야 할 걸세. 이유가 무엇이건 개인적으로 정의를 바로잡는 일은 허용되지 않으니까. 마지막으로, 똑같은 이치로, 자네는 관용을 베풀어 공작의 서자 줄리오와 줄리아를 보호해야 할 걸세."

"예하, 지극히 타당한 조언이십니다. 명예를 걸고 그 네 가지 약속을 지키겠습니다."

추기경이 빙그레 웃었다. 아주 다루기 쉬운 청년이 틀림없었다. 이보다 더 충실하고 공손하게 피렌체 공화정을 섬길 신하는 구할 수 없으리라. 게다가 청년은 가난했으니 당국이 지급할 썩 많지 않은 급료에도 감지덕지할 터였다.

* *
*

추기경은 시의회 팔라초의 커다란 홀에서 열린 48인 위원회에 몸소 코시모 데 메디치를 소개하고 싶었다. 그는 다소 거들먹거리는 태도로 조반니 달레 반데 네레의 아들의 팔을 붙잡고 선언했다.

> 프리모 아벨소, 돈 데피치트 알테르
> 오레우스, 에 시밀리 프론데시트 비르가 메탈로*

시의원들이 박수갈채를 보내며 일어나 메디치가의 후계자에게 경의를 표했다. 치보 추기경이 프란체스코 구이치아르디니(그는 내심 자신의 딸 리사베타와 코시모를 결혼시킬 생각을 하고 있었다)의 도움을 받아 일을 잘 처리해놓은 덕에 위원회는 이미 이 청년의 입후보를 인정한 터였다. 베네치아에서 돌아온 필리포 스트로치도 별 도리가 없었다. 시민들이 메디치에게 압도적 지지를 보낸 마당이니 망명자들 조직의 수장인 그가 혼자 반대할 수는 없

---

* '첫 가지가 뽑혀나가자 그와 똑같은 황금 가지가 또 솟았으니, 그 줄기도 황금 잎사귀들로 뒤덮여 있더라' 에네이드, 6권. 이 두 줄의 글귀는 코시모 1세의 좌우명이 되었다.(원주)

었다.

코시모는 자신에게 주어진 명예를 감사히 받아들이고 선친의 영혼에 보호를 청했다. 그는 조반니가 조국을 위해 싸울 때 품었던 것과 똑같은 정열을 지니고 피렌체의 국사를 돌보리라. 그 효심에는 누구나 감복했다. 반신반의하던 사람들조차 앳된 청년의 얼굴에 놀랄 만한 위엄과 근엄함이 깃들었다는 것을 인정했다.

더욱이 이 회합이 개최되기도 전에 코시모가 위원회 측의 모든 요구를 순순히 받아들였다는 것에 시의원들은 크게 만족했다. 그는 공작의 지위를 포기하고 피렌체 공화국의 지도자 자리에 머물기로 동의했다. 48인 위원회에서 선출된 여덟 명의 자문관이 그를 보조할 것인데, 한마디로 이들이 실제로 권력을 지니리란 이야기였다. 그가 외출할 때에는 경호 담당 장교가 한 명 딸릴 것이다. 급료는 연간 1만2천 플로린씩 지급될 텐데 물론 한 푼도 인상되는 일은 없을 것이다.

고분고분한 이 청년이 절대 권력을 꿈꾸는 일은 없을 것이라고, 그의 정치적 조언자를 자처하는 프란체스코 구이치아르디니와 치보 추기경은 생각했다. 요컨대 이 둘이 피렌체의 국정을 좌지우지하며 제각기 제 몫을 챙길 수 있을 터였다.

출석한 위원들이 새 지도자의 겸손한 인품에 만족을 표한 가운데 취임이 끝나자 코시모는 조상들의 집인 라르가 거리의 팔라초로 돌아왔다. 그는 제일 먼저 전임자 알레산드로의 기억과 관련된 것은 모조리 지워 없애라고 명령했다. 그는 어디까지나 대大 코시모와 로렌초의 계승자였다. 언젠가 공작의 자리에 오르고는 싶었지만 어쨌든 다른 누구도 아닌 그 두 사람의 계승자로 대접받고 싶었다.

* *
*

방문 두드리는 소리가 들렸다. 하인이 프란체스코 구이치아르디니가 면담을 요청했다고 알려왔다. 코시모는 한숨을 뱉었다. 이 늙은이는 권위를 앞세워 수시로 잔소리를 늘어놓아 그를 못살게 굴었다. 공화국의 젊은 지도자는 대개는 묵묵히 그의 말을 들었지만 그가 자신의 딸 리사베타의 훌륭한 품성을 거론할 때면 못 들은 시늉을 했다.

"기다리라고 해!" 그가 냉랭하게 말했다.

피렌체의 주인이 되고 처음 얼마간 코시모는 치보 추기경의 권고를 열심히 따랐다. 알레산드로 공작을 암살한 자를 징벌하겠다는 의지를 증명하기 위해 로렌치노의 집을 파괴하라는 명령도 내렸다. 그것은 대단히 현명한 조처로서, 그의 첫 정치 행위였다. 사실 이 먼 사촌의 운명 따위는 그에게 중요하지 않았다. 외려 폭군을 제거해 자신에게 권력으로의 길을 열어준 것이 고마울 지경이었다. 그러나 메디치, 더욱이 공화국 지도자를 암살한 자가 처벌을 면할 수는 없다는 것을 피렌체인들에게 경고할 필요가 있었다.

다른 한편으로 그는 사람들이 딸려준 자문회에 알리지도 않고 카를 5세에게 비밀 대사를 파견했다. 피렌체는 현재 카를 5세의 봉토였다. 1530년 포위 작전 끝에 공화정이 항복한 이후 도시의 북부에 건설된 포르테사 다 바소에는 여전히 황제의 스페인군이 주둔하고 있었다. 코시모는 합스부르크의 황제가 48인 위원회의 선출 결과를 인정하고 자신을 전임 공작의 합법적 계승자로 만들어 주기를 기대했다. 동시에 황제의 딸, 그러니까 알레산드로의 죽음으로 과부가 된 젊은 마르그리트와의 결혼 허락도 받아내 황제와의 연대를 단단히 하고 싶었다.

자문회를 따돌린 이 독단적 행동은 코시모가 장차 적용할 통치 방식을 암시했다. 경험이 없음에도 불구하고 그는 조언자나 스승을 원하지 않았다. 오직 복종하는 사람, 이를테면 트레비오에서는 가정교사였지만 지금은 그의 수족처럼 움직이는 피에르 프란체스코 리치오 같은 인물만 주변에 두고자 했다. 그는 우선 알레산드로 공작에게 무조건 충성했던 오타비아노 데 메디치 사령관을 해임했다. 라르가 거리의 팔라초로 몰려드는 아첨꾼들로 말하자면, 그들이 굽실거리는 것을 즐기기는 했지만 청탁을 들어줄 생각은 없었다. 제일 먼저 모습을 드러낸 것은 다름 아닌 피에로 아레티노였는데, 조반니 달레 반데 네레의 벗이었고 장례식도 주관했던 자신이 친구의 아들에게 현명한 통치란 무엇인지 한마디 일러줘야 한다고 믿었기 때문이다. 이 넉살 좋은 구걸꾼은 코시모가 선출되자마자 자랑과 찬사를 구구절절이 적은 긴 편지를 보내왔다. '미래를 위해 공화국의 영토를 늘려야 하오. 통치가 뭔지, 인생이 뭔지 몰랐던 불쌍한 알레산드로가 그대에게 통치하는 법과 사는 법을 가르쳐준 셈이오. 암, 그렇고말고! 지배자가 제 욕심만 채우면 평판이 나빠지고 나아가 목숨까지 잃는 법. 그로써 도시와 시민들도 파멸하고 만다오. 전임자의 죽음이 그대에게 좋은 본보기가 될 거외다. 신을 경외하면서 카이사르의 보호하에 절제와 금욕의 생활에 임하시오. 절제와 금욕이 군사력보다 몇 갑절 충실하고 믿음직한 보호자란 걸 알아두구려.' 아레티노야말로 얼마나 방탕한 생활을 하는지는 천하가 다 아는데, 얼마나 뻔뻔스러운 충고인가!

코시모는 스페인 주둔군 대장으로 피렌체인인 알레산드로 비텔리와도 긴밀한 관계를 맺었다. 잘 훈련된 직업군인들로 구성된 군사력 없이는 어떤 권력도 성립할 수 없다는 것을 그는 부친의 예를 통해 알고 있었다. 때가 되면 오직 그의 명령으로만 움직이는 군대를 결성해야 할 것이다. 상인과 은행가와 장인의 도시 피렌체는 너무 오랫동안 자체 방어력을 기르지 못한 채 몇 푼만 더 주면 언제라도 등을 돌리는 용병들의 힘에 의존해왔다.

마지막으로, 이것 또한 자문회에는 알리지 않은 사항이었는데, 코시모는 전임자 알레산드로가 음모의 싹을 적발하고 반대파를 침묵시키기 위해 움직였던 밀정들의 그물망을 부활시키는 일을 서둘렀다. 이 일은 그의 시종에게 맡겼다. 음흉한 알메니 스포르차는 즉각 재능을 발휘했다. 수상쩍은 사람들의 뒤를 캐내는 데 그보다 능란한 인물은 없었다. 혹 그에게 발등을 찍힐지도 모른다는 걱정은 필요 없었는데, 코시모가 그의 약점을 쥐고 있었기 때문이다.

메디치가의 팔라초를 손에 넣고 얼마 지나지 않아 코시모는 알레산드로의 비밀 정리함에서 스포르차의 파렴치하고 방탕한 악행이 낱낱이 기록된 비망록을 발견했다. 애초 인간의 본성에 아무 기대도 하지 않는 이 청년은 어두운 일은 사악한 사람들에게 맡기는 게 제격이라고 믿었다.

코시모는 특히 저녁에, 조용한 서재에서 밀정들이 보내온 보고서를 즐겨 읽었다. 크고 작은 비밀들(그러나 작은 것들이 더 많았다)이 하나하나 벗겨질 때마다 널찍한 살롱과 아담한 규방이 눈앞에 한꺼번에 펼쳐지는 기분이었다. 책상에 보고서가 너무 많이 쌓여 있으면 새벽까지 읽는 날도 있었다.

다시 문을 두드리는 소리가 들렸다. 귀한 방문객께서 안달이 난 것이리라. 코시모가 마침내 그를 방으로 들였다. 구이치아르디니는 상냥한 미소를 지으며 들어와 허물없이 주저앉더니 미주알고주알 이야기를 쏟아내기 시작했다.

"자문회의 보고에 따르면 프랑스인들의 불평이 크답니다…… 어디로 보나 정당한 불평이오. 피렌체의 성벽에 황제의 주둔군이 버티는 건 프랑수아 1세한텐 심한 모욕이죠. 프랑스와 피렌체의 전통적 우정에도 위배되는 일이고요."

코시모는 전혀 반응이 없었다. 구이치아르디니가 말을 이었다.

"이 참에 카를 5세에게 군대를 물리고 피렌체의 자유를 존중하라고 요구하자는 자문회의 결정이 내려졌소……"

"우린 아무 행동도 취하지 않을 겁니다."

연로한 사내는 말을 잇지 못한 채 입만 벌리고 있었다. 이윽고 그가 훨씬 자신 없는 어조로 다시 말을 시작했다.

"알다시피 자문회는 최종 결정권을 가진 기관으로서……"

"앞으로는 아닙니다."

"이것, 참, 공은 선출되기 전에 자문회의 의견을 따르겠다고 약속했잖소."

"나를 얽맬 수 있는 약속 같은 것은 없습니다. 난 공화국의 지도자이고, 내가 다스립니다."

구이치아르디니는 어쩔 줄 몰라 고개만 가로저었다. 코시모는 거침없고 당당한 자신의 분신이 몸속에서 일어나는 느낌이었다. 얼마 전까지만 해도 모친의 치마폭에 숨어 있던 이 새파란 청년이 어떻게 자신을 공화국 제1인자로 만들어준 존엄한 자문회에 맞설 생각을 했을까? 그 직위는 어디까지나 상징적이란 걸, 그 자리에 앉은 것은 오직 한 가지 이유, 그가 메디치이기 때문이란 걸 잊었단 말인가?

"공은 그럴 수 없어요…… 자문회가 인정하지 않을 것이오……"

"위협인가요? 시민들이 나를 지지하며 내게는 군대가 있다는 걸 잊으셨습니까?"

"하지만 그건 외국의 군대요." 늙은 사내가 중얼거렸다.

"상관없습니다. 내 주인이신 카를 5세의 군대죠. 그리고 황제는 내가 그 군대를 마음대로 써도 된다고 허락하셨고요."

구이치아르디니는 아무 말도 못하고 물러났다. 때가 됐다, 라고 코시모는 생각했다. 그는 그 자리에 앉은 첫날부터 이 순간을 기다려왔다. 권력은 누구와도 나눠 가질 수 없었다. 그는 막 그것을 선포한 참이었다. 어느 한쪽이 완전히 파멸해야만 끝날 싸움이 시작됐다. 맞서 일어나, 의지를 관철하고, 반대파를 깨부수어야 했다. 싸울 준비는 되어 있었다. 코시모는 아버지를 떠올렸다. 조반니 달레 반데 네레라면 이렇게 어려운 전쟁에서 승리할 수 있었을까?

* *
*

공포. 공포만이 그의 권력을 굳혀줄 것이다. 두려움은 곧 존경이었다. 아직 마키아벨리*를 읽지는 않았지만 코시모는 사람들의 사랑을 받는 것보다 그들 위에 군림하는 게 더 중요하다는 것을 알고 있었다. 오디에린트, 둠 메투안.**

거대한 감시의 그물망이 도시를 조금씩 뒤덮고 있었다. 사람들은 언제 배신당할지 몰라 전전긍긍했다. 절친한 벗들끼리 눈을 흘겼고 부부들은 속마음을 감췄다. 코시모의 재정 감독관 라탄치오 고리니는 밀고자들에게 지갑을 활짝 열었다.

알메니 스포르차의 수많은 밀정들로부터는 매일, 피렌체의 유력 인사들이 코시모의 퇴위를 계획한다는 보고가 올라왔다. 심지

---

* 1527년에 사망한 니콜로 마키아벨리는 1513년에 『군주론』을 출간했다. 이 책은 일 마니피코 로렌초에게 헌정되었다.(원주)

** 나를 증오하는 자들은 나를 두려워하리니.(원주)

어 암살 계획도 있었다. 새파란 코시모를 권좌에 앉히면 만사가 자기들 마음대로 되리라 믿었던 이들. 프란체스코 구이치아르디니가 코시모의 본성을 발견한 그날처럼 그들도 환상이 깨져 크게 낙담하고 있었다.

음모의 주역은 필리포 스트로치였다. 자신을 제치고 코시모가 선출된 것에 앙심을 품은 이 은행가는 언젠가 도시의 일인자가 되리라는 야망을 버리지 않았다.

알레산드로 공작의 죽음 이후에도 피렌체로 돌아오지 않았던 망명자들도 활발히 움직이기 시작했다. 그 가운데 일부는 볼로냐에 모여 코시모를 새로운 폭군이라며 서슴없이 비난했다.

대부분 황제군일망정 군대와 경찰의 힘을 믿는 코시모는 반대 세력이 더 커지기 전에 선수를 치기로 했다. 우선 몇 가지 조치가 발표됐는데, 시민들에게 피렌체가 포위 상태란 인상을 주어 위기감을 조성하기 위해서였다. 해가 떨어진 후의 외출은 일체 금지됐다. 위반자는 재산을 압류당하거나 손목을 잘리는 처벌을 받을 것이다. 또 공공도로의 안전을 확보하기 위해 모든 시민은 밤이 되면 자기 집 창문에 촛불을 밝혀놓을 의무가 있었다. 이 조치를 위반하면 25플로린의 벌금을 물어야 했다. 싸움을 하거나 군중집회를 선동하다가 적발되면 사형에 처해질 터였다.

코시모의 예측대로 평민들은 불평하지 않았다. 공화국 지도자가 그런 강제 조치를 취할 때는 그만한 이유가 있지 않겠는가. 지도자의 뜻에 복종해 위기를 넘겨야 했다. 가난한 시민들은 누구나 1530년의 끔찍했던 포위를, 지긋지긋했던 기아와 물자 부족을 기억했다. 전통 있는 상인 가문 출신의 코시모는 전쟁과 정치 불안과 알레산드로 공작의 악행으로 피폐해진 피렌체를 다시 일으키겠다고 약속하지 않았던가? 더욱이 그는 '포폴라니'라 자처하며 민중의 편에 섰던 메디치가의 차남 가계가 아니던가?

세습 귀족들은 사정이 달랐다. 이 모욕적인 일련의 조치가 특히 자신들을 겨냥한다는 것을 그들이 모를 리 없었다. 프란체스코 구이치아르디니는 코시모에게 농락당한 분한 마음을 억누르며 아르체트리 저택에 은거해 『이탈리아 역사』라는 책의 저작에 몰두한다는 현명한 선택을 했다. 어떤 사람들은 추방당했고 어떤 사람들은 스스로 망명자 무리에 합류했다. 스트로치 일가는 망설인 끝에 망명자 쪽을 택했다. 코시모는 밀정들을 통해 이 은행가가 베네치아에 도착하자마자 도제스에 몸을 피해 있던 로렌치노를 만났고, 망명자들을 긴급히 소집했으며, 용병부대를 고용하기 위해 부지런히 움직인다는 보고를 받고도 놀라지 않았다. 보나마나 지휘권을 맡게 될 필리포의 아들 피에로는 별 볼 일 없는 피렌체군 정도는 손쉽게 제압할 이름 높은 용병대장이었다. 그러나 카를 5세가 토스카나에 숙영중인 자신의 군대를 곧 발발할 피렌체 동족상잔의 전쟁에 동원해도 좋다고 허락한다면 이야기는 달라질 것이다.

코시모는 모든 것을 건 한판 승부를 준비했다. 패하면 추방, 어쩌면 사형에 처해질지도 몰랐다. 이기면 피렌체의 긴 역사를 통해 줄기차게 메디치가의 권력을 반대해온 잘난 귀족 가문들의 싹을 일거에 쓸어버릴 수 있으리라.

여름이 가까웠다. 공기는 따뜻하고 향기로웠다. 안개 낀 트레비오를 떠나온 지 불과 다섯 달 만에 코시모는 몰라보게 달라졌다. 그런데도 그는 스스로의 변모에 조금도 놀라지 않았다. 분명 그는 언제라도 권력을 행사할 준비를 하고 있었던 것이리라. 모친이 애써 침묵을 지킨 것이 외려 그의 신념과 의지를 굳혔다. 마음속에서, 은밀하게, 그는 참았다. 그리고 그럴수록 단단해졌다. 그의 힘은 바로 거기에, 한마디도 털어놓지 않는 재주, 본심을 드러내지 않고 얼마든지 오랫동안 침묵할 수 있는 능력에 있었다. 그는 스스로에 대해서도 그런 노력을 함으로써 수시로 격한 분노를 터뜨리던 기질을 길들일 수 있었다. 물론 폭발적인 노여움을 느낄 때도 있었지만 그럴 때도 턱이 몇 번 떨리고 눈초리가 싸늘해질 뿐이었다.

피에르 프란체스코 리치오가 찾아왔다. 작달막하고 얼굴이 노리끼리하며 무뚝뚝한 그의 옛 가정교사는 비서이자 그림자 속의 가신으로 훌륭하게 변신했다. 그가 잠자코 주인의 손에 양피지 두루마리를 올려놓았다. 카를 5세의 인장이 보였다. 마침내 황제가 답장을 보낸 것이다.

코시모는 초조함을 억누르며 침착하게 책상으로 가 앉았다. 그가 단호하게 봉인을 뜯고 읽기 시작했다. 황제는 그를 알레산드로의 합법적 후계자로 인정하되 몇 가지 제약을 붙였다. 코시모는 어디까지나 황제의 가신으로서 복종의 의무가 있었고, 제국과의 동맹을 강화하기 위한 모든 요구를 받아들여야 했다. 코시모는 별로 개의치 않았다. 시간이 흐르면 황제가 강요한 이 관계도 해소할 수 있을 터였다. 대신 황제가 딸 마르그리트를 내줄 생각이 없다는 점에는 불만을 느꼈다.

그는 입을 꾹 다문 채 서서 팔을 건들거리며 기다리는 리치오를 향해 눈을 들어올렸다.

"이제부터 내 편지에 '피렌체 공작, 코시모'라고 서명하게."

* *
*

기어코 터지고 말 전쟁이었다. 스트로치는 막대한 재산을 풀어 사천 보병과 삼백 기병 규모의, 프랑스 용병이 대다수를 차지하는 군대를 모집했다. 예상대로 지휘권은 그의 아들 피에로에게 돌아갔다.

한여름에 피에로의 군대는 피렌체를 향해 진군을 시작했다. 카를 5세로부터 황제군을 투입해도 좋다는 허락을 받은 코시모는 알레산드로 비텔리에게 지휘권을 주었다.

적이 다가오고 있었다. 전위부대는 이미 산을 넘어 피렌체에서 멀지 않은 프라토 주변까지 와 있었다. 비텔리는 꾸물거릴 것 없이 기습을 감행하기로 했다. 동이 틀 무렵 그의 병사들이 몬테무를로에 숙영중인 적군에 돌격했다. 완벽한 승리였다. 죽거나 포로가 되지 않은 병사들은 뿔뿔이 흩어졌다. 용감하다던 대장 피에로 스트로치는 변장까지 하고 도망병들 틈에 끼어 필사적으로 도망쳤다. 그러나 그런 것은 아무래도 좋았다. 전쟁이 간단히 종결됐고 음모자들의 희망이 산산조각 났다는 것 말고도 이름 높은 망명자들이 다수 생포된 것이 비텔리는 무엇보다 흡족했다. 필리포 스트로치도 잠자다 말고 습격당하는 바람에 빠져나갈 수 없었다. 그의 생포는 특히 의미 있는 일로서, 돈벌이에 큰 애착을 갖는 비텔리는 이 혁혁한 전공으로 손에 넣을 거액의 플로린 금화를 유쾌한 마음으로 가늠해보고 있었다.

그날 저녁 비텔리는 피렌체에 입성했다. 그가 잡아들인 고명한 포로들은 초라한 몰골로 야윈 말에 올라타고 있었다. 시민들은 기뻐했다. 권력을 쥐었던 부자들이 더러운 행색으로 고개를 숙인 꼴은 가난한 사람들에게는 흐뭇한 구경거리였다. 남은 것은 그네들의 공개 처형이리라. 젊은 공작은 틀림없이 시민들이 기다리는 축제를 베풀 것이다.

* *
*

힐끗 보기만 해도 무시무시한 곳이었다. 바르젤로![*] 현재는 감옥이자 사형집행인들의 거주지로 쓰이는 옛 행정 장관의 궁전은 델

---

* 일 바르젤로는 원래 공화국 시절 경찰의 우두머리였는데 의미를 넓혀 이 건물에 그의 이름을 붙였다.(원주)

라 시뇨리아 팔라초 뒤에, 높다란 황토색 돌담에 둘러싸여 있었다. 알레산드로 비텔리에게 체포된 음모의 수뇌들은 그곳에 갇혀 있었다. 두꺼운 담장 뒤에서 고통스러운 비명이 들려올 때면 온 피렌체가 공포에 떨었다.

열여섯 명이 이미 처형됐다. 삼십구 년 전 사보나롤라 수도사가 죽은 화형대와 같은 장소에 설치된 시의회 광장의 공개 처형대에서 그들은 넷씩 차례로 목이 베였다. 이 처형은 공작의 정책에 유용했다. 이제 공작의 애독서가 된 『군주론』(그는 이 책을 매일 밤 잠들기 전에 읽었다)의 저자 마키아벨리도 법 위반자의 공개 처형을 주기적으로 반복해 공포를 야기함으로써만 복종을 유지할 수 있다고 하지 않았던가? 그러자면 교묘하게 시민들을 참여시켜 자신들의 의견도 그 처형에 반영됐다는 인상을 주어야 했다. 이른바 유력 인사들을 제압하는 데는 그것이 가장 손쉬운 수단이었다.

하층민들이 피를 포식할 만큼 했지만 바르젤로의 담장 뒤에서는 은밀한 고문과 사형이 계속됐다. 내로라하는 명가의 자제들이 차례차례 굴복했다. 복수심에 사로잡힌 코시모는 한 번의 관용도 베풀지 않았다.

남은 것은 반대파 제일의 저명인사 필리포 스트로치였다. 그는 알레산드로 비텔리의 손에 넘겨져 스페인군의 숙영지였던 포르테사에 갇혀 있었다. 악의 없는 우연이라고는 할 수 없는 것이, 이 요새가 실은 알레산드로 공작의 명령에 따라 그가 출자한 덕에 건설됐기 때문이었다.

코시모는 감옥으로 그를 찾아갔다. 몇 번이나 줄 고문*을 당한 스트로치에게서 평소의 풍모를 찾아볼 수 없었다. 그가 초췌한 얼굴로 가쁜 숨을 몰아쉬며 애원했다.

"돈이라면 얼마든지 있소. 몸값을 낼 테니 풀어주시오…… 달라는 대로 에큐 금화로 지불하리다."

"어차피 내 몫이 될 것을 내게 주겠다는 게 무슨 의미가 있습니까? 반역죄가 선고되는 즉시 공의 재산은 국가에 몰수될 거요."

"반역이라니, 다 지어낸 말이란 걸 잘 알 텐데요…… 권력을 찬탈하고 공화정을 무너뜨린 당신이야말로 반역죄를 저질렀소, 코시모."

"당신은 알레산드로 공작의 암살을 사주한 혐의로 고발될 거요."

"거짓말이오!"

"그렇다면 왜 베네치아에 가자마자 로렌치노를 만났소?"

스트로치는 아무 말도 하지 못했다. 이 순간 그는 유죄 선고를 피할 수 없으리란 것을 깨달았지만 그래도 코시모의 동정심에 한 번 더 호소했다.

"궁핍했던 공의 어머니가 날 찾아왔을 때 내가 도와준 걸 벌써 잊었소?"

젊은 공작은 대답하지 않았다. 공작의 자존심을 건드리는 바람

---

* 죄인을 교수대 꼭대기에 묶어 매달고 갑자기 땅바닥에 닿기 직전까지 떨어뜨리는 형벌. 프티 로베르 사전.(원주)

에 은행가는 일을 완전히 그르치고 말았다. 코시모는 눈길도 주지 않고 자리를 떴다.

몇 주일 후 필리포 스트로치는 감옥에서 시신으로 발견됐다. 시체 곁에는 피 묻은 칼이 놓여 있었다. 그가 남긴 편지*로 보건대 자살이라고 판정되어 조사는 서둘러 종결됐다. 그러나 그가 코시모(이제부터 코시모 1세라 불릴)의 명령에 따라 스페인 주둔군 대장 델 바스토에게 살해됐다는 것쯤은 피렌체 시민 누구나가 짐작할 수 있었다.

* *
*

내가 괴물을 낳았던가? 트레비오의 고독 속에서 마리아 살비아티는 혼자 묻고 또 물었다. 피렌체에서 소문이 들려올 때마다 그녀는 괴로움에 휩싸였다.

맨 처음 들려온 소문은 아들의 상상도 할 수 없는 공적이었다. 코시모는 이탈리아 최고의 정치가들이라 자부하는 피렌체의 명문 귀족들의 면전에서 순식간에 권력을 빼앗는 데 성공했던 것이다. 그녀는 아들을 단단히 잘못 알고 있었던 것이 분명했다…… 앳된 얼굴로 떠났던 아들은 사흘 만에 공화국의 지도자가 되었다. 그리

---

* '내 비록 사는 법은 몰랐지만 제대로 죽을 줄은 알리라'라고 적혀 있었고, 편지 말미에는 '내 유골에서 복수의 기사가 나오리라'라는 베르길리우스의 글도 인용되어 있었다.(원주)

고 지금은 공작의 지위를 손에 넣고 가차없이 적들을 제거하는 중이었다. 온 피렌체가 바르젤로의 음산한 담장 뒤에서 저질러지는 험한 이야기로 술렁거렸다. 그 모든 일을 주도하는 것이 아직 스무 살도 안 된 그녀의 아들이었다!

필리포 스트로치의 처지는 특히 그녀의 마음을 아프게 했다. 그녀가 도움을 청했을 때 그 은행가는 주저 없이 도와주었다. 그의 원조로 트레비오 요새를 유지했고, 아들의 안전을 책임지는 병사들의 급료를 지불했으며, 아들을 무술에 입문시킨 무예 선생과 공부를 봐준 가정교사도 고용했다. 코시모가 어떻게 그 사실을 잊을 수 있단 말인가?

음모에 가담한 어느 누구도 용서하지 않았던 것처럼 스트로치에게도 관용을 베풀지 않으리라 짐작한 그녀는 아들에게 편지를 써 자비를 청했다. 아들은 대답이 없었다. 며칠 후 그녀는 너그러운 은행가의 의심스러운 자살을 전해 들었다.

권력은 피를 쏟지 않고는 얻을 수 없는가? 그녀는 그 피가 언젠가 아들의 머리에 쏟아질 것이 두려웠다.

마리아는 휘날리는 눈발 속에서 아들이 떠난 그날을 떠올렸다. 흰 눈이 산을 뒤덮고 있었다. 냉랭한 작별 인사와 그의 얼굴에 드러난 불길한 결의도. 그때 이미 아들의 마음속에서는 모든 것이 결정되어 있었을까? 아들을 보호하겠다는 일념으로 그가 누려 마땅한 권리에 눈길조차 주지 않도록 몇 해나 숨어 살았지만 결국 헛일이었다. 아들의 가슴속을 헤아리지 못했던 것이다. 아들을 들볶는 불길을 보지 못했던 것이다.

그녀의 예감은 적중했다. 아들은 다시는 모친을 찾아오지 않았다. 아들의 새 인생에 그녀는 속해 있지 않았다. 어머니와 아들은 이제 남남이었다. 피렌체의 주인 코시모는 그녀가 모르는 사람이었다.

5
1539~1545

이게 사랑일까? 그는 첫눈에 사로잡혔다. 그녀가 너무 눈부셔서 그의 이마는 뜨거워지고 팔다리에서는 힘이 빠져나갔다.

엘레오노라, 아내가 될 처녀. 열일곱 살인 그녀는 이목구비가 섬세하고 얼굴빛이 맑아 천사 같았다. 잘 익은 붉은 과일 같은 입술에는 약간 장난기가 깃들어 있었다. 나폴리 총독이며 빌라프란카의 후작인, 엄격한 부친 페드로 데 톨레도의 손에 이끌려 그녀는 눈을 내리깐 채 다가왔다. 아직 로렌초의 기억이 떠다니는 포조 아카이아노의 아름다운 정원에서 그녀는 보석처럼 빛났다. 그녀가 뺨을 복숭앗빛으로 살짝 물들이며 고개를 숙였다. 코시모가 손을 내밀어 그녀를 일으켰다. 매끄러운 살갗과 가볍게 스쳤을 뿐인데 그 순간 그는 영원히 그녀의 사내가 되었다.

그는 감동을 누를 수 없었다. 철저한 타산에서 비롯된 이 결혼이 어쩌면 그를 행복한 사내로 만들어주는 것은 아닐까?

카를 5세가 사생아 딸을 아내로 내주지 않으리라(어디 그뿐인가, 황제는 딸이 알레산드로와 결혼하면서 받은 재산을 대부분 돌려달라는 명령까지 내렸다) 깨달은 코시모 1세는 즉각 피렌체의 세력을 강화하는 동시에 가문의 영광을 더욱 드높여줄 배우자 물색에 나섰다. 그는 나폴리 총독의 딸을 아내로 얻기 위해 대사를 파견했다. 이 결합이 스페인과의 동맹을 굳혀줄 뿐만 아니라 황제 때문에 빚어진 자신의 재정난을 타개해주리란 기대도 작용했다. 엘레오노라는 거부인 홀아비 아버지의 유일한 상속자였던 것이다.

돈 페드로 데 톨레도는 오래 고민하지 않았다. 프랑수아 1세도 소홀히 할 수 없었던 혼처에 딸을 주지 않을 수 있겠는가?

결혼식이 거행될 때까지 엘레오노라 부녀와 그들의 대규모 수행원은 산타마리아노벨라 수녀원에서 지낼 예정이었다. 코시모 1세는 자신의 행복을 경축하고 권력을 단단히 하기 위해 호화로운 결혼식을 할 필요가 있었다. 결혼식은 선조들이 묻힌 메디치가의 본당 산로렌초 성당에서 치를 것이고, 그보다 앞서 메디치가의 전통에 따라 피렌체 시민들에게도 갖가지 축제를 베풀 것이다.

젊은 공작이 반대자들을 말끔히 진압한 이래 도시는 안정을 되찾았다. 코시모의 예측대로 공포는 견줄 데 없는 효과를 거두었다. 공화정은 명목상 아직 살아 있었지만 국정을 놓고 논쟁하기를 즐기던 피렌체인들은 이제 입을 다물었다. 그들은 눈앞의 생업에만 관심을 쏟았다. 코시모의 독재를 앞장서서 성토하던 사람들조차 잠잠해졌다. 사람들은 숱한 고통과 음모와 정변을 거쳐 마침내 피렌체가 과거의 번영을 되찾아줄 권위 있는 군주를 만났다고 생각하기에 이르렀다.

자신의 안전도 고려하고 어린 아내에게 좋은 환경을 마련해주기 위해 코시모는 델라 시뇨리아 팔라초에 정주하기로 했다. 공화정 시절에는 피렌체의 장관과 시의원들이 상주했던 이 웅장한 건물은 권력의 중심부였다. 또 라르가 거리의 팔라초는 갖추지 못한 방어 능력을 완비한 요새이기도 했다. 이층으로 연결되는 출입구가 거의 없는 탄탄한 외벽들에는 돌출 회랑과 총안과 방어용 요철이 갖춰졌고 그 주변을 순찰로가 에워싸고 있었다.

코시모는 팔라초에 인접한 로지아 델라 시뇨리아에 자신의 경호를 담당할 스위스 용병들을 주둔시킬 생각이었다. 그는 즉각 건물의 보수와 치장에 착수하기로 했다. 모든 것은 아름다운 엘레오노라의 취향에 맞출 것이다.

* *
*

그녀가 그의 여자가 되려 했다. 결혼식 당일 그는 지치지도 않고 그녀를 바라보았다. 결혼식 의상을 입은 엘레오노라는 참으로 눈부셨다. 화려한 비단 드레스에는 갈색과 검은색 알밤들이 스페인풍으로 수놓여 있었다. 옷자락 사이에는 다산의 상징인 석류가 새겨져 그녀가 장차 순조로이 어머니가 될 수 있도록 축복했다. 목덜미에는 알이 굵은 두 겹의 진주 목걸이가 빛났고, 머리칼을 고정시킨 황금색 헤어네트 안에도 진주가 알알이 박혀 얼굴빛을 한결 돋보이게 만들었다.

예식과 연회 내내 코시모는 오로지 그녀만 바라보았다. 결혼식을 기다리는 사이 그는 이미 자신에게 약속된 기쁨을 얼마간 맛보았다. 스페인의 엄격한 교육을 받고 자랐음에도 불구하고 엘레오노라는 예비 신랑이 보여준 사랑의 표현에 조금씩 익숙해졌다.

하녀들과의 짧은 사랑밖에 경험한 적 없는 코시모는 거친 주인으로 군림하지 않도록 주의를 기울였다. 그는 성급한 성질을 죽이고 인내심을 발휘했다. 결혼식 날 밤에는 궁정의 사람들이 신혼부부의 침실을 방문하는 전통이 있었지만 코시모는 그런 것을 지킬 생각이 없었다. 하녀가 신부의 밤 단장을 마치고, 하인이 신랑의 잠옷을 가져다두고, 사제가 초야의 방을 축복하거든 자신과 아내만 남기고 다 물러나라고 그는 미리 명령해두었다.

부끄러움을 지우기 위해 눈을 감고 신랑의 뜻에 따라야 한다고 배운 신부는 몹시 겁에 질린 듯했다. 맨발에, 바닥까지 끌리는 단순한 잠옷만 입은 그녀는 그가 팔을 뻗어 안으려 하자 물러섰다.

"절대 함부로 굴지 않겠소. 당신이 동의하지 않으면 손가락 하나 움직이지 않을 거요."

"주님 앞에서 당신의 아내가 되었습니다. 당신 뜻을 따라야 해요."

"그것만으로는 충분치 않소. 난 당신이 날 사랑하기를 원해요."

"하지만 당신을 거의 알지 못하는걸요. 당신을 알 수 있도록 시간을 주세요."

"난 처음 본 순간부터 당신을 사랑하고 있소."

어린 신부의 입가에 잔잔한 미소가 드러났다. 코시모가 팔을 뻗었다. 그녀의 목덜미는 신선하고 보드라웠다. 엘레오노라는 살짝 움츠렸지만 그의 손길을 물리치지는 않았다.

"내게 당신을 불쾌하게 만드는 결점이 있소?" 그가 물었다.

"없어요. 당신은 아름답고 당당해요."

그가 천천히 그녀를 끌어당겼다.

"부부의 잠자리는 아이를 가지기 위한 것이오. 하지만 숱한 쾌락을 줄 수도 있지요."

엘레오노라의 눈이 휘둥그레졌다.

"그런 말은 처음 들어요!"

그녀는 이제 그와 아주 가까이 있었다. 그는 그녀의 향기를, 장미와 오렌지 향이 섞인 체취를 들이켰다. 그가 몸을 기울여 맨 처음 그의 손이 닿은 곳에 입을 맞추었다. 그녀는 소스라쳤다.

"조금은 자극을 느꼈소?"

그녀는 대답하지 않았다. 그가 다시 그녀의 목덜미에 입술을 갖다댔다.

"부탁이니 그만하세요……" 그녀가 항의조로 속삭였다.

그러나 코시모는 그 말이 진심이 아니란 것을 알아챘다. 고개를 든 그는 그녀의 뺨이 살짝 붉어졌고 호흡이 약간 가빠졌으며 얇은 아마 잠옷 밑의 유두가 뾰족해진 것을 보았다.

"이리 와요, 내 사랑."

그가 팔을 뻗자 그녀는 거절하지 않았다. 두 사람은 천천히, 황금빛 비단 닫집이 덮인 커다란 침대로 걸어갔다. 막상 침대에 다다르자 그녀는 재빨리 이불 속으로 들어가, 서둘러 잠옷을 벗는 코시모를 애써 외면했다.

이번에는 그가 침대 속으로 미끄러져들어갔다. 그녀는 눈을 감은 채 조금 가쁜 숨을 내쉬고 있었다. 그가 그녀에게 몸을 기울였다. 그녀의 호흡이 더 빨라졌다.

"내 아내가 되어주겠소?"

"예." 엘레오노라가 속삭였다.

코시모가 그녀의 어깨에 머리를 얹었다. 천천히, 그는 아내의 앞가슴으로 손을 가져갔다. 그녀는 움직이지 않았다. 따뜻한 젖가슴이 만져졌다. 그의 손끝은 그곳에 머물며 젖꼭지를 어루만졌다.

"당신의 조그만 가슴이 벅차게 뛰는 것 같은데……"

그녀는 가벼운 신음이, 짧은 흐느낌 같은 신음이 터지려는 것을 참았다.

"겁낼 것 없소, 내 사랑……"

그의 손이 보드라운 그녀의 아랫배를 미끄러져 은밀한 그곳의 주변을 서성거렸다. 마침내 그가 몸을 포개며 귓불에 속삭였다.

"아담과 하와도 우리와 똑같은 일을 했소……"

* *
*

델라 시뇨리아 팔라초 앞에는 유디트가 홀로페르네의 머리를 베려고 검을 들이대고 있었다. 옛날, 라르가 거리 메디치가의 정원을 장식했던 도나텔로의 이 유명한 조각상은 1494년 폭도들의 손으로 이곳에 옮겨졌다. 받침돌에는 '피렌체에 독재자로 군림하려는 모든 이에 대한 경고로서'라고 새겨져 있었다. 코시모 1세의 일부 측근들은 그것을 다른 데로 옮기자고 제안했지만 그는 그럴 생각이 없었다. 독재의 전당 앞에 당당히 세워두는 것이 한결 재미있지 않은가?

1540년 피렌체 공작은 델라 시뇨리아 팔라초에 정식으로 입주했다. 그는 건축가 바티스타 델 타소가 보수를 마친 그 건물의 낙성식에 첫 아이를 가진 아내와 동반했다.

"내 사랑, 내가 안내하리다."

부부 사이는 그들의 첫날밤처럼 변함없이 조화로웠다. 엘레오노라가 온순하고 사려 깊은 연인인 동시에 남편의 계획을 격려하고 그 실현을 지지하는 동반자란 사실에 코시모는 자못 놀랐다. 그녀는 남편을 위해 주저 없이 재산을 내놓았다. 아내가 지갑을 활짝 열어준 덕에 공작은 돈이 제일 많이 드는 계획을 실현할 수 있었는데, 그것은 바로 황제군으로부터 독립한, 피렌체의 안전을 책임질 독자적인 피렌체군의 창설이었다. 엘레오노라는 아직 젊었지만 신중한 조언자였다. 국정에 직접 개입하지는 않되 남편이 원할 때면 언제라도 현명한 대답을 내놓을 줄 알았다. 코시모는 아내의 말을 귀담아듣고 대부분 그것에 따랐다. 그녀는 특히 코시모의 화를 진정시키고, 격하고 충동적인 성격을 다스릴 수 있는 유일한 존재였다.

엘레오노라는 남편과 팔짱을 끼고 당당하게 새 거처로 들어갔다. 변하지 않고 옛 모습을 간직한 이층의 대부분은 엄청나게 넓은 '오백인 홀'이 차지했다. 사보나롤라 수도사의 명령으로 그곳으로 옮겨져 한때는 공화국 대자문회의가 열렸던 그 방은 공작의 접견실로 쓰일 것이다. 공작은 접견실의 높다란 연단 위에서 청탁을 하려고 찾아온 자들을 굽어볼 것이다. 코시모 1세는 그곳에 피렌체와 자신의 통치의 영광을 보여주는 거대한 벽화를 그리게 할 생각이었다. 같은 층에는 손님용 거처도 있었는데, 교황 레오 10세가 이따금 머물렀던 그곳도 옛 모습을 그대로 유지했다. 그곳에는 궁정의 손님들과 이름난 방문객이 머물게 될 것이다.

공작이 자신과 사랑하는 아내의 거처로 삼은 곳은 삼층이었다. 그는 물, 불, 흙 그리고 공기를 대표하는 우의적 그림들 때문에 '원소들의 방'이라 불리는 드넓은 방들에서 생활할 것이다. 바둑판 무늬의 타일에는 코시모의 이름이 새겨졌다. 제일 큰 방은 널찍한 테라스와 잇닿아 있었는데, 테라스에서는 산타크로체의 정면과 석양이면 황갈색으로 물드는 장밋빛 지붕들이 내려다보였다. 그러나 보수 작업의 꽃은 뭐니 뭐니 해도 엘레오노라의 거처였다. 시의원들의 검소한 옛 거처는 건축가의 손끝을 통해 아담하고 안락하고 내밀한 방들이 이어진 예술작품으로 바뀌었다. 각 방의 천장에는 여성의 덕목을 나타내는 스타라다노의 그림이 그려져 있었다. 특히 아름다운 것은 여주인의 침실이었다. 초록색 비단 벽지에 메디치가와 톨레도가의 문장이 새겨진 방패꼴 무늬로 장식된 그 방은 코시모에게는 말 그대로 엘레오노라의 미모에 대한 경의로 보였다. 침실 옆에 작은 방 두 개가 나란히 붙어 있었는데, 하나는 책상을 들여놓아 서재로 쓸 방, 또하나는 신심 깊은 공작 부인 전용의 자그만 예배당이었다.

코시모와 엘레오노라가 델라 시뇨리아 팔라초에 정주하는 것은 그들의 승리를 의미했다. 아름답고 숭배받는 이 부부는 새로 태어나는 피렌체를 상징했다. 공작은 훌륭한 선조들이 그랬던 것처럼 예술가를 후원하고, 화가와 금은세공사와 조각가에게 많은 주문을 했다. 또 도시를 아름답게 치장하되 오랜 전통의 상인 가문 출신답게 자신의 금고가 비는 일이 없도록 신경을 썼다. 엄격한 조세 제도 덕택에 피렌체의 주요 재원을 손에 넣은 코시모는 그것을 더 크게 불리고 싶었다. 경제적으로도 자신을 완벽하게 보조하는 아내와 협의하여 그는 메디치가를 부자로 만들어줬던 전통적 분야에 뛰어들었다. 광산을 개발하고 명반, 가죽, 옷감, 비단 등을 판매하고, 특히 흉작으로 인해 이탈리아 전역에서 부족한 곡물을 판매해 알토란 같은 이익을 낼 수 있었다. 동시에 산호와 수정과 관련된 사업부터 중국식 도기, 판유리, 플랑드르식 양탄자 생산에 이르기까지, 새로운 산업도 도입할 계획이었다.

그러나 상인 가문 출신인 이 제후의 가장 큰 야망은 어디까지나 정치였다. 코시모 1세는 자신의 지배하에서 토스카나 지방이 독립을 되찾고 단일성을 굳히기를 원했다. 그러자면 우선 황제의 주둔군이 도시를 떠나야 했다. 그가 섬기는 군주 카를 5세는 물론 그럴 생각이 없는 듯했다. 그렇다면 황제와 프랑수아 1세의 싸움이 재개되기를 기대할 수밖에 없었다. 이 년 전 교황 바오로 3세(그의 누이 줄리아 파르네세가 교황 알렉산데르 6세와 사랑한 덕분에 추기경이 되었다고 해서 옛날에는 '치마 추기경'으로 통했던 인물이다)가 두 군주 사이에 휴전을 성립시켰다. 서로 물어뜯을 생각만 하는 그들로서는 언제 깨질지 모르는, 위태로운 평화였다. 만일 전쟁이 또 터지면 카를 5세는 새 부대를 일으킬 자금이 필요해질 것이다. 늘 자금에 허덕이는 황제는 피렌체에 손을 벌릴 것이 뻔했다. 코시모는 그 대가로 주둔군을 물리라는 협상을 할 생각이었다. 때가 올 때까지는 피렌체와 프랑스의 전통적 우정은 잠시 잊고 합스부르크 편에 서는 것이 현명하리라.

엘레오노라와 코시모는 새 거처를 계속 돌아보았다. 그들은 커다란 호두나무 장들이 벽에 늘어선 넓은 방으로 들어섰다. 장들은 아직 비어 있었다.

"이곳은 지리학의 방으로 만들 거요. 한복판에 큼직한 지구 전도를 놓고 천장은 천체의 움직임을 관찰할 수 있게 할 거야. 지금까지 알려진 세상의 모든 지역과 그곳에 사는 짐승들과 사람들이 그려진 지도들도 수집하고……"

여인이 다정한 눈길로 남편을 바라보았다. 과묵한 코시모가 보기 드물게 유쾌한 열변을 토하고 있었다. 과학에 대한 그의 열정은 갈수록 깊어졌다. 그는 의학과 연금술에 흥미를 품었고 약초, 광물, 방향성 식물, 미약의 성질에 관심이 있었다.

"그리고 이 옷장에는 격식 있는 옷들과 귀중한 물건을 보관합시다."

갑자기 엘레오노라가 얼굴을 찡그렸다. 코시모가 놀라 그녀에게 다가갔다.

"산통이 시작됐소?"

그녀가 고개를 끄덕이며 그의 품에 안겼다.

"때가 됐어요…… 조산부를 불러주세요."

* *
*

파렴치한! 그는 가지가지 청탁으로 코시모를 못살게 굴었다. 피에트로 아레티노는 얼마 전에도 자신이 선친 조반니에게 베푼 온정을 모른 체한다며 불평을 늘어놓은 장황한 편지를 보내왔다. 그는 심지어 마리아 살비아티가 자신에게 보낸 편지의 한 구절까지 동원했다. '그이가 당신을 의지하고 뭐든지 털어놓도록 신께서 은혜를 베풀지 않으셨더라면 난 더욱 절망했을 겁니다.' 이 철면피한은 한술 더 떠 따끔한 충고로 편지를 끝맺었다. '그러니까 나를 무시해선 안 되오. 충실한 심복들에 대한 기억을 잊는, 은혜도 모르는 사람이란 평판보다 몹쓸 건 없기 때문이지요. 효심이라 함은 무릇 부모님을 향한 감사의 마음이오. 따라서 내 은혜를 잊는 건 곧 내가 줄기차게 상기시켜온 귀공의 위대한 선친의 기억을 모욕하는 것이오. 선친에게 큰 은혜를 입은 만큼 귀공의 그런 태도는 특히 수치스러운 줄 알아야 할 것입니다. 귀공이 출세한 건 분명 공작의 지위 덕분이지만 애초에 그 자리에 오른 것도 지금의 명성도 딴 게 아니라 선친의 위업 덕분인 걸 기억하셔야지요.'

코시모는 격분했다. 부친이 위대한 줄은 그도 잘 알았다. 그러나 피렌체 공작 자리에 올랐고 머지않아 토스카나의 대공이 되기를 꿈꾸는 그가, 제아무리 훌륭할지언정 조반니 달레 반데 네레에 대한 사람들의 기억에 기댈 필요는 없었다.

요컨대 코시모는 아레티노를 위해 지갑을 축낼 생각이 없었다. 이 풍자작가가 이런 식의 편지로 돈벌이를 한다는 것쯤은 익히 알기에 더욱 그러했다. 사실 아레티노가 젊은 남녀를 줄줄이 거느리고 베네치아의 팔라초에서 흥청망청 살 수 있는 것은 그가 출간하는 연감年鑑이 아니라 이런 편지들 덕분이었다. 편지에는 두 종류가 있었는데, 아첨과 찬사로 일관된 편지를 받은 유력 인사들은 세련된 문필가에게 칭찬을 받은 것에 우쭐해져 감사의 의미로 넉넉한 수입을 보장해주었다. 또하나는 가시 돋친 독설로 넘치는 편지였는데 이것들은 현금과 직결되는 뛰어난 효과가 있었다. 편지의 수신인들이 그것이 출판될까봐 겁을 집어먹었기 때문이다.

더욱이 로렌치노가 이 풍자작가의 팔라초를 들락거린다는 알메니 스포르차 수하의 밀정들의 보고를 받자 코시모의 노여움은 한층 깊어졌다. 공작으로서는 이만저만한 모욕이 아니었다. 알레산드로의 살인자, 로렌치노는 여전히 쫓기는 몸이었지만 망명자들로부터는 브루투스라도 되는 양 대접을 받고 있었다. 공작의 명령에 따라 제8경비대*는 도시의 벽에 다음과 같은 포고문을 붙였다.

조국의 배반자이자 제 주인의 암살범인 로렌치노 데 메디치를 장소와 수단을 불문하고 이탈리아 영토 안에서 죽이는 자에게는 귀족과 평민을 가리지 않고 일체의 공제금 없이 4천 플로린 금화를 하사한다. 그의 생전에는 본인에게, 사망한 후에는 직계 자손들에게 연간 1백 플로린의 연금을 지급하며, 그가 과거에 저지른 죄와 미래에 저지를지 모르는 모든 잘못도 무조건 사면한다.

처음 얼마간은 로렌치노도 이 도시 저 도시로 떠돌았다. 이스탄불까지 도피한 적도 있었다. 그러나 공작의 분노가 결국 유야무야되리라 생각한 그는 피렌체 공화주의자들이 상당수 피해 사는 도제스로 돌아와 몸을 숨겼다. 코시모가 복수를 포기하는 사람이 아니란 걸 모른 탓이었다. 공작은 로렌치노도 자신처럼 메디치가의

* 피렌체의 경찰.(원주)

차남 가계란 사실 때문에라도 더욱 그를 그대로 둘 수 없었다. 당장은 정치적 야망을 드러내지 않는다 해도 망명자들의 쑤석거림에 언젠가 경쟁자로 고개를 들지 않겠는가? 독재자 알레산드로를 암살함으로써 어쨌거나 그는 공화주의에 기여하지 않았던가?

젊은 공작은 일찌감치 그 위험을 인식했다. 로렌치노의 뒤에 밀정과 자객을 계속 붙이고(그런데도 헛일이었다. 용의주도한 로렌치노가 해가 떨어진 다음에만, 그것도 반드시 곤돌라를 이용해서만 외출했기 때문이다) 피렌체의 여론이 자칭 브루투스에게서 등을 돌리게끔 그의 악행과 방만한 생활을 낱낱이 폭로하고 전임자의 죄까지 뒤집어씌워 선전한 것도 다 그 때문이었다. 작전은 시민들에게 성공적으로 먹혀들었다. 암살자 로렌치노가 자객의 칼에 쓰러지면 코시모 1세는 비로소 정의가 바로잡혔다고 당당히 선언할 수 있을 것이다.

* *
*

그녀는 온 힘을 다해 죽음을 불렀다. 너무 피로했고 너무 고독했다. 짐작했던 대로 그녀는 다시는 아들을 보지 못했다. 아들은 결혼식에도 모친을 부르지 않았다. 그저 선친이 어린 시절 몇 해를 보낸 이곳 카스텔로에 정착하도록 주선함으로써 약간의 관심을 표현했을 뿐이었다. 그래서 마리아 살비아티는 칙칙한 무젤로보다 조금은 더 밝은 이 시골로 왔다. 오렌지 향기 그득한 그곳에서 그녀는 농장의 동물들을 돌보고, 성도미니크회의 제삼회원*들과 같은 검소한 복장을 하고 가난한 농부들을 방문해 자선을 베풀었다.

정원의 오솔길을 걸으면서 그녀는 소중한 조반니에 대한 기억을 떠올리려 애썼다. 그러나 그 기억조차도 흐릿해져갔다. 그의 죽음을 전해 들은 그날로부터 십칠 년이 흘렀다. 행복했던 지난날의 영상이 손가락 사이로 모래알이 빠져나가는 것처럼 하나하나 잊히는 것이 마리아는 서글펐다. 드물고 또 짧았던 그들의 재회 때마다 맛본 행복을 그녀는 되새기고 있었을까? 그녀는 집안의 거울을 모조리 부수었다. 거울을 봐야 할 이유는 이제 없었다. 조반니가 사랑했던 마리아는 영원히 사라졌다.

며칠 전부터 그녀는 자리에서 일어나지 않았다. 병에 걸린 것은 아니었다. 몸이 텅 빈 것 같을 뿐이었다. 그녀는 음식도 넘기지 않고 조용히 숨만 쉬었다. 몸뚱이란 껍질을 버리고 싶다는 생각만 간절했다. 그런데도 그녀의 영혼은 그 껍데기 속에서, 새장에 갇힌 새처럼 아직 파닥거리고 있었다. 스스로 삶을 버리려 하는 자신의 교만함을 자책하는 순간도 있었다. 이렇게 제 몸을 포기할 권리가 있을까? 그것은 자살이 아닌가? 주님이 잠시 맡기신 귀중한 그 목숨의 주인은 그녀가 아니지 않던가? 고해신부는 쇠약해진 그녀를 보고 음식을 먹도록 설득했다. 마리아는 아직 배고픔이 엄습하는 것 자체로도 큰 위안이란 말을 감히 하지 못했다.

* 세속 생활을 하면서 수도원의 규율을 따르는 신도.

그러나 아들을 보지 못한 채 눈을 감을 수 있을까? 몸져누운 그녀는 곧 공작의 궁전에 전령을 보냈다. 전령은 빈손으로 돌아와 코시모가 피렌체 주변의 시골에서 사냥중이라고 알려왔다. 아들이 그토록 좋아하는 사냥을 멈추고 돌아오리라 기대하기는 힘들 것이었다.

그런데 아들이 왔다. 방이 어두운 탓인지 그녀는 그를 첫눈에 알아보지 못했다. 1537년 눈발 속에서 앳된 얼굴로 떠난 아들은 짧고 꼬불꼬불한 밤색 턱수염을 기른 사내가 되어 있었다. 아들은 단단하고 근엄했다. 아무것에도 흥미가 없어 보이는 짙은 눈동자, 약간 튀어나온 그 눈동자만이 아들의 가슴속 고뇌를 드러내고 있었다.

그는 침묵한 채 침대 곁에 서 있었다. 마리아는 아들이 사냥용 장화를 신고 있는 것을 알아차렸다.

"어머니."

그가 모친의 손을 잡았다. 아들의 거친 손이 어머니의 야윈 손을 쥐고 있었다. 그녀가 중얼거렸지만 너무 작은 목소리여서 코시모는 몸을 숙여야 했다.

"난 후회도 비난도 없이 떠난다. 국정이란 무거운 짐이 너를 독차지한 게지…… 널 축복한다, 아들아. 하지만 때가 되면 오로지 주님 앞에서 네 삶의 계산을 치러야 한다는 걸 잊지 말거라."

그녀는 지쳐 입을 다물고 애써 숨을 골랐다. 코시모는 미동도 하지 않았다. 그러나 마리아는 그가 자신의 손을 더 힘차게 쥐는 것처럼 느꼈다.

"편히 가십시오, 어머니…… 저를 위해 어머니가 해주신 모든 일에 감사드립니다."

아들은 어차피 오래전에 그녀를 떠났다. 그는 너무 멀리 있었다. 그래도 그녀는 마지막으로 힘을 쥐어짜 말했다.

"난 검소한 검은 옷을 입고 땅에 묻히고 싶다. 관에는 그저 내 이름, 마리아라고만 새기거라."

코시모는 어둠 속에서 머리를 끄덕이고 이내 사라졌다.

마리아…… 남편이 그녀를 품에 안고 사랑을 속삭일 때마다 다정하게 불렀던 이름! 마리아, 라고 그녀는 숨을 헐떡이며 가만히 말했다. 조반니가 그녀를 부르는 것만 같았다.

엿새 후 마리아 살비아티는 마흔네 살의 나이에 숨이 꺼졌다.

* *
*

멀리서 후끈한 바람이 불어와 올리브나무와 과일나무들을 흔들고 지나갔다. 엘레오노라는 더위를 피해 정자 그늘에서 쉬고 있었다. 그녀는 기다란 의자에 피로한 몸을 뉘었다. 어린 무어인 노예가 부채질을 하면서 이따금 신선한 물로 여주인의 이마와 뺨 그리고 목덜미를 적셔주었다.

공작 부인은 또 아기를 가졌다. 그녀는 벌써 아들 둘과 딸 둘, 네 아이의 어머니였다. 코시모는 날이 갈수록 열렬하게 그녀를 사랑했다. 임신으로 거동이 불편한 것도 아랑곳하지 않고 그는 끊임없이 아내를 찾았다.

무더위가 시작되자 부부는 즐겨 여름을 보내는 포조 아 카이아노로 왔다. 피렌체에서 좀 떨어진 곳에 일 마니피코가 지은 이 저택이 공작은 무척 마음에 들었다. 그는 일명 '일 트리볼로'라 불리는 조각가 니콜로 페리콜리에게 이곳을 보수하는 일을 맡겼다. 로렌초의 이른 죽음과 그 이후 메디치가를 덮친 우여곡절로 인해 공사가 마무리되지 못한 채 방치됐던 정원들을 호화로운 저택과 어울리게 새로 단장할 필요가 있었다. 저택 앞에는 널찍한 잔디밭이 조성됐다. 본래 경계심이 많은 코시모 1세는 농부들의 호기심도 물리칠 겸 잔디밭 네 귀퉁이에 작은 보루를 세워 그 사이를 두툼한 벽으로 둘러치게 했다. 저택 양쪽에는 오렌지나무를, 그 뒤로는 갖가지 과일나무를 줄지어 심었다. 저택과 맞닿은 넓은 관상용 정원도 꾸며졌는데, 한가운데는 울타리로 둘러싸인 팔각형 정자가 세워져 엘레오노라가 떡갈나무 그늘에서 쉴 수 있었다.

코시모의 관심은 포조 아 카이아노를 아름답게 꾸미는 데만 머물지 않았다. 일 마니피코를 본떠 그는 영지 내의 타볼라 농장을 대대적으로 재개발했다. 그는 그곳에서 롬바르디아 평원처럼 젖소를 길러 피렌체 전역에 치즈를 공급했다. 쌀과 과일을 재배하고 뽕나무를 심었으며 포도밭도 조성했다. 양식장과 닭장, 토끼굴과 꿩 사육장, 가금류 사육장도 있었다. 마지막으로, 이것 또한 로렌초를 본뜬 것이었는데, 이국적인 짐승들이 가득한 동물원도 만들었다.

귀를 때리는 폭음에 엘레오노라는 소스라쳤다. 십여 마리의 새가 키 작은 숲과 울타리 뒤에서 솟구쳐 시끄럽게 울어대며 하늘로 흩어졌다. 나무들 틈에서 코시모가 나타났다. 그는 한 손에는 총구가 나팔처럼 벌어진 소총을, 다른 손에는 피를 흘리는 산비둘기를 들고 있었다.

"놀랐잖아요." 엘레오노라가 뾰로통하게 말했다.

공작이 다가와 새를 잔디밭 위에 던졌다.

"그렇다면 내 사랑, 당신의 용서를 천 번 구하겠소."

코시모는 아내 곁에 무릎을 꿇고 손에 입을 맞추었다. 엘레오노라가 소리 없이 웃었다. 그녀는 자신이 남편에게 행사하는 영향력이 여전히 변함없다는 것에 새삼 감동했다. 오직 그녀만이 눈길 한 번으로 노여움을 잠재우고 말 한마디로 근심을 흩어버릴 수 있었다.

그가 아내의 둥그런 배에 손을 갖다댔다. 어린 노예는 눈길을 돌렸다.

"내 아이를 가진 당신을 너무나 사랑하오."

"내 아이이기도 하지 않던가요?" 그녀가 짓궂게 물었다.

"우리 아이지……"

가벼운 기침 소리가 들려 코시모가 뒤를 돌아보았다. 알메니 스포르차가 정자 입구에 서 있었다.

"무슨 일인가?" 공작이 무뚝뚝하게 물었다.

"벤베누토 첼리니가 면담을 요청했습니다."

공작이 잠자코 있자 엘레오노라가 남편을 앞질러 말했다.

"넓은 살롱에서 그를 맞아들이겠어요."

시종이 다시 헛기침을 하고 입을 뗐다.

"한 가지 예하께 미리 말씀드릴 것이…… 그 금은세공사에겐 고약한 평판이 따라다닙니다. 살인자에 도둑이고 또……"

그가 엘레오노라를 힐끗 쳐다보았다. 그러고는 목소리를 낮춰 말을 끝맺었다.

"동성애자라는 소문도 있습니다."

"그런데도 프랑수아 1세는 그에게 훌륭한 작품을 주문했지요." 공작 부인이 쌀쌀맞게 되받았다.

* *
*

작달막하고 팔다리가 굵은 그 사내는 예술가보다는 병사처럼 보였다. 커다란 두상은 약간 벗어졌고 눈동자는 자신 있고 생생하게 반짝였으며 콧수염은 불손해 보였다. 뺨을 뒤덮다시피 한 회색 턱수염은 균형 잡힌 이목구비와 제법 잘 어울렸지만, 애석하게도 코 위에 돋은 무사마귀 두 개가 인상을 망쳐놓았다.

높다란 천장에는 격자무늬가 새겨져 있고 폰토르모의 벽화들이 벽을 장식한 널찍한 살롱 한복판에 놓인 호화로운 두 개의 안락의자에 공작 부부는 앉아 있었다. 조금 떨어진 곳에 벤베누토 첼리니가 서 있었다. 금은세공사는 호감을 살 생각으로 우선 옛날이야기부터 끄집어냈다. 그의 가계는 대대로 피렌체의 주인들과 인연이 깊었고, 친형은 코시모 1세의 선친 조반니의 휘하에서 싸웠다는 것이다. 메디치가의 번영을 자기보다 더 기뻐하는 사람은 없을 거라고 그는 호언했다.

공작이 담담히 수다를 중지시켰다.

"그보다 프랑스 국왕 밑에선 어떤 작업을 했는지 좀 들려주겠나?"

벤베누토 첼리니는 그 위대한 군주를 위해 자신이 제작한 작품들을 입심 좋게 설명하기 시작했다. 애초 바오로 3세의 명령으로 살인과 도둑질이라는 죄명으로 감옥에 갇혀 있던 이 예술가를 프랑스 국왕이 힘을 써서 감옥에서 빼내고 그의 궁정으로 불러들였다. 그는 프랑스 국왕의 주문으로 제작한 황금 소금통을 열심히 묘사했다. 독창적인 그 작품은 다리가 엉킨 채 서로 마주보는 벌거벗은 두 남녀로 이루어져 있었다. 사내는 대양의 신 오케아노스로, 한 손에는 삼지창을, 다른 손에는 정교한 배(이것이 소금통이었다)를 쥐고 있었고 여인은 땅의 여신 키벨레로, 후추통으로 쓰일 움푹한 이오니아 양식의 신전을 들고 있었다.

"그걸 보신 프랑수아 1세께선 너무 놀라신 나머지 짤막한 고함을 지르셨지요. 감탄이 절로 나오는 작품이었으니까요."

"그래서, 결과적으로 그가 대금을 치렀나?"

"그게 말입니다…… 국왕께선 칭찬만 엄청나게 해주셨지요…… 아시다시피 훌륭한 군주들이란 전쟁 외의 용도에는 지갑을 잘 열지 않으셔서 말입니다……"

"하지만 그대는 위대한 레오나르도 못지않게 많은 대금을 국왕에게 지불받은 것으로 아는데."

"그건 사실입니다. 대신 국왕의 호의로 묵었던 네슬레의 왕궁에선 갖가지 명목의 지출도 무척 많았지요. 게다가 헐뜯기 좋아하는 그 시끄러운 궁정에서 전 이리저리 반감을 샀답니다. 국왕의 애인 에탕프 부인도 절 썩 좋아하지 않으셨죠. 오죽하면 왕의 총애를 받는 그런 멋진 궁정 생활을 포기해야 했겠습니까."

벤베누토는 열두 개의 조각상을 주조하라고 프랑스 국왕이 내준 돈을 챙겨, 조각상은 달랑 한 개만 건네준 채 프랑스를 떠나온 형편이었다. 프랑수아 1세의 궁정에 심어둔 밀정들의 입을 통해 코시모는 그 사실을 다 알고 있었다.

"이보게, 벤베누토, 내 집을 위해 그대의 재능을 발휘해보겠나?"

금은세공사는 잠자코 눈을 깜박거렸다. 공작의 주문으로 벌어들일 돈(수백 에큐는 가볍게 넘을 것이다)을 벌써 헤아리는 것이라고 엘레오노라는 짐작했다.

"저는 아직 프랑스 국왕께 많은 의무를 지고 있습니다. 그분은 제게 자유를 돌려주셨을 뿐만 아니라 큰 자비를 베푸시어 어느 금은세공사도 꿈꾸지 못했을 작품들을 만들 기회를 주셨기 때문이지요."

"하지만 그대는 지금 내 나라에 있어. 내 일이 끝나면 얼마든지 프랑스로 돌아갈 수 있을 테지."

"조국을 위해 작품을 제작하는 것은 커다란 영예이고말고요. 그렇지만 만일 이대로 여기 눌러앉아 작업을 하자면……"

엘레오노라가 남편을 힐끗 쳐다보았다. 입가가 몇 번 떨리는 것으로 보건대 남편은 화가 치밀기 시작한 것이 분명했다. 엘레오노라는 얼른 미소를 지으며 말했다.

"공작이 넉넉한 우정의 표시를 해주시어 프랑스 국왕에게 진 빚쯤은 잠시 잊어도 후회가 없게 해주실 거예요."

벤베누토가 고개를 끄덕였다. 더 머뭇거리기는 불가능했다.

"그렇게 하겠습니다. 예하의 주문을 충실하게 받들어 작품을 제작하도록 노력하겠습니다. 다만 청이 하나 있습니다…… 제 본업은 금은세공사, 그것도 분명 금세기 최고의 금은세공사일 겁니다. 하지만 조각가로서의 재능도 발휘해보고 싶습니다."

"안 될 것도 없지. 마침 시의회 광장을 장식할 페르세우스 조각상이 하나 있었으면 하던 참이네." 코시모가 냉랭하게 대답했다.

"하지만 거기에는 이미 위대한 도나텔로의 〈유디트〉와 미켈란젤로의 명작 〈다비드〉가 있지 않습니까? 저의 〈페르세우스〉가 그 두 걸작과 경쟁할 수 있을까요?"

"견본품을 가져오면 내가 판단하지."

코시모 1세가 일어서자 엘레오노라도 일어섰다. 벤베누토가 머리를 숙였다.

"늦어도 두 달 후엔 밀랍 초벌을 보여드리겠습니다, 예하."

* *
*

코시모가 기침을 해댔다. 화덕의 잉걸불에 놓인 삼발이 위 구리 막자사발에서 새빨간 연기가 뭉게뭉게 올라왔다.

"문을 열어! 숨이 막히잖아."

삼십대 사내가 급히 문으로 달려갔다. 싹싹하고 겸손하며 눈빛이 총명한 바르톨롬메오 콘치노는 공작의 새 비서였다. 이른바 공작의 '주조장'에 드나들 권리가 있는 것은 오직 그뿐이었는데, 벽이 시커멓게 그을린 그 작은 방은 증류기, 약재들이 저장된 병, 다양한 가루나 기름을 함유한 액체가 보관된 각양각색의 용기들로 가득했다. 알메니 스포르차는 그 특권을 질투해 기회만 있으면 새 비서를 못살게 굴었다. 코시모는 일절 개입하지 않았다. 수하의 심복 둘이 충성심을 경쟁하며 서로 견제하는 것도 썩 나쁘지 않을 터였다.

문으로 연기가 빠져나가기 시작했다. 건축가 바사리가 또 불평을 늘어놓겠다고 코시모는 생각했다. 연금술과 의학 실험으로 번번이 연기가 올라가 위층의 그림들이 피해를 입었기 때문이다. 그러나 증류와 분해 작업, 그 밖의 다양한 실험들이 공작에게는 무엇보다 소중했다. 특히 전갈의 기름으로부터 대부분의 독물에 효과가 있는 강력한 해독제를 만들어낸 것이 그는 자랑스러웠다. 두 명의 사형수에게 자신이 배합한 유독성 물질을 먹이고 나서 행한 실험으로 그는 확신을 얻었다. 물론 약물 실험에서 살아남은 사형수들은 기분 좋게 사면해주었다.

코시모는 새로운 약을 발견하기 위해 약초와 채소를 깊이 연구하는 한편 토스카나의 풍부한 광물에도 흥미를 품었다. 그는 또 과거와 현재의 위대한 연금술사들이 하나같이 주장하는 것처럼, 금속을 녹이고 정련하고 섞어 싸구려 혼합물을 황금으로 바꾸는 방법을 찾아내리란 희망을 버리지 않았다.

연기가 완전히 흩어지자 공작은 『광물과 증류의 책』이라는 두툼한 책을 집어들었다. 시토회 수도사 바실리오 라피의 저작물로서 코시모 1세에게 헌정된 이 책은 연금술의 전 분야를 다루고, 자연의 비밀스러운 원리를 해독하며, 철학자들의 호기심을 충족시키는 야심작이었다. 저자는 일곱 행성 각각의 특수한 힘이 지구상에서 적절한 특질과 결합함으로써 주요한 일곱 금속이 만들어지는 기원이 되었다고 주장했다. 그러나 그는 금속에 관한 모든 이론의 근원에는 유황(원인)과 수은(모태)이 있다고 했던 아리스토텔레스의 주장을 인용하는 것도 잊지 않았다.

코시모가 비서에게 책을 건넸다.

"읽게."

두 사람은 이미 책의 처음 세 장에 등장하는 방법들을 하나하나 실험해봤다. 네번째 장은 연금술사들의 주장이 엇갈리는 주요한 논점을 다루고 있었다. 바르톨롬메오가 소리내어 읽기 시작했다.

"아비센나의 의견을 따르는 알베르투스 마그누스는 금속들은 같은 종류가 아니라고 주장했다. 따라서 근원 물질로 되돌리지 않는 한 변환되는 것은 불가능하다……"

"그러니까 불로 녹여야 한다는 거지." 공작이 해설을 붙였다.

"또한 기본적으로 건조한 성분인 유황, 축축한 성분인 수은을 그 과정에 추가해야 한다. 그러나 더 옛날의 연금술사들, 이를테면 『리베르 헤르메티스 데 알시미아』의 지은이는 금속들이 하나의 단일한 종류에 속한다는 정반대의 주장을 폈다. 그는 금속들 가운데 아무것이나 변환해도 원래의 본질 이른바 '현자의 수은'으로 돌아갈 수 있다고……"

"다시 말해 황금!"

코시모는 생각에 잠겼다. 그런 다음 말없이 실험실을 나갔다. 바르톨롬메오가 주인을 따라나가 문을 이중으로 잠갔다. 실험실은 팔라초에서 가장 비밀스러운 장소였다.

6
1546~1548

위기일발이었다. 자칫했으면 자객의 칼에 죽었다는 것을 그는 그제야 실감했다. 호위대가 기민하게 대응하지 않았으면 살아남지 못했을 것이다.

코시모가 비단 시장이 들어설 메르카토 누오보의 공사 현장을 돌아보러 갈 때 돌연 무장 호위대의 열이 흐트러졌다. 칼을 거머쥔 거구의 자객이 코시모를 겨누고 달려든 것이다. 비명을 듣고 코시모가 뒤돌아보았다. 눈앞에 칼날이 번득였다. 칼날은 그를 내려치기 직전 아슬아슬하게 멈췄다. 그런 다음 땅으로 떨어졌다. 자객은 무수한 창칼에 찔려 쓰러졌다.

싸늘한 분노가 코시모를 사로잡았다. 등에서 식은땀 한줄기가 흘러내렸다. 그러나 그는 한순간도 진정으로 두렵지는 않았다. 자객의 칼이 그를 내리치려던 순간에도. 비겁한 자들! 산타마리아델피오레 성당에서 벌어졌다던 먼 친척 줄리아노의 암살 사건이 그의 머리를 스쳤다. 암살자들의 광분한 칼끝이 줄리아노의 몸뚱이에 쉴새없이 박히는 사이 그의 형 로렌초는 부상을 입었지만 무사히 빠져나갔다. 피렌체는 슬픔에 휩싸였다…… 피렌체에서 가장 사랑받던, 다정한 미남 도련님이 목숨을 잃었던 것이다.

메디치가와 식스투스 4세 교황과의 기나긴 싸움의 원인이 되었던 그 사건을 코시모는 모친과 외조부모로부터 몇 번이나 들었다. 분노한 시민들은 범인들을 찾아 온 도시를 뒤졌다. 붙들린 사람들은 시민들의 손에 참살됐다…… 뿌려진 피를 씻기 위해서는 더 많은 피를 흘려야 했다.

코시모는? 오늘 그가 죽는다면 사람들은 울어줄까? 두려운 지배자를 잃은 시민들은 어떤 얼굴로 애도할까? 폭군 알레산드로가 죽었을 때 피렌체인들은 슬퍼하지 않았다. 슬퍼하기는커녕 그의 관에 돌을 던졌다.

상관없었다. 어쨌든 그는 살아 있었고 여전히 이 도시를 다스렸다. 그러나 만일 자객의 칼이 그를 해쳤더라면 어떻게 됐을지 상상해보지 않을 수 없었다. 그의 장남은 겨우 다섯 살이었다. 공화당원들이 그 기회를 이용해 다시 고개를 들 테고, 엘레오노라의 섭정을 방해할 것이다. 코시모는 알고 있었다. 아내는 그 미모로 찬탄을 받았지만 사랑받지는 못했다. 피렌체인들에게 그녀는 여전히 '스페인 여자', 시민들과 섞이지 않는 외국인, 장막을 내린 가마를 타고서만 외출하는 여자였다. 그녀가 절제할 줄 아는 신심의 소유

자란 것은 누구나 인정했고(그런데도 그녀가 남편을 부추겨 공화국에서 쫓겨났던 예수회 수도사들을 다시 불러들였다고 비난하는 사람들도 있긴 했다) 자신의 지갑을 열어 가난한 처녀들의 지참금을 내주는 것도 칭송했지만, 받아들여주지는 않았다. 시민들과 그의 가족 사이의 거리감은 사실 코시모에게도 책임이 있었는데, 절대 권력은 군주와 그 가족의 신비감을 유지함으로써만 얻어진다는 게 그의 지론이었기 때문이다. 거리감은 존경을 일으키고 비밀은 두려움을 가져왔다. 군주와 그 가족은 대중 앞에 모습을 드러내는 일이 드물수록 시민들에게 강한 인상을 주는 법이었다.

팔라초의 높다란 담장 안으로 돌아와 안전해진 그는 곧바로 알메니 스포르차를 불러들였다. 시종은 언제나처럼 음험한 낯빛으로, 발소리도 없이 서재로 들어왔다. 걷는 것이 아니라 차라리 미끄러지는 것처럼 보였다.

"누군가?" 공작은 이렇게만 물었다.

스포르차의 얼굴에 차가운 미소가 떠올랐다.

"스트로치 형제입니다. 루카의 시민인 프란체스코 벨루마키란 인물과 결탁했죠. 그들은 자기네 아버지의 복수를 포기하지 않았던 겁니다."

코시모는 침묵을 지켰다. 고개를 숙인 채 그는 생각에 잠겼다.

"로렌치노는? 그도 개입했나?" 마침내 코시모가 물었다.

"제 밀정들의 보고에 따르면 그는 베네치아를 떠나지 않았습니다."

"하지만 일이 성공하면 피렌체로 돌아올 준비를 하고 있었을 게 틀림없어. 그가 스트로치 형제들 가운데 하나인 카푸의 수도원장과 수시로 만나 즐긴다는 사실은 누구나 알지."

그러나 코시모도 내심 그 야들야들한 사촌이 몇 년 전의 자신처럼 대담하게 권력을 차지할 인물은 못 된다고 생각했다. 그는 그럴 만한 그릇이 아니었다. 다만 그의 존재 자체가 권좌에 대한 모욕이었다.

"끝내야 해." 공작이 버럭 소리쳤다.

성난 어조에 시종은 소스라치며 자신도 모르게 한 발짝 뒤로 물러섰다.

"보통 조심하는 게 아니어서 말입니다." 스포르차가 중얼거렸다.

"놈은 지금 어디 머물고 있지?"

"줄리아노 부오나코르시의 집입니다. 거기서 벤베누토 첼리니의 방문도 받았고요."

코시모는 일순 당황했다. 제자와 불순한 관계라는 혐의로 경찰의 주시를 받는 금은세공사가 자신의 허락도 없이 멋대로 피렌체를 벗어났다는 것은 그도 알고 있었다. 그러나 로렌치노와 내통한 것은 도를 넘어선 행동이었다.

"믿을 만한 정보인가?"

"제 밀정들은 한 번도 틀린 말을 한 적이 없습니다."

코시모는 격분했지만 내색하지 않았다. 벤베누토가 위험을 눈치채면 프랑스로 돌아가버릴 수도 있었다. 그러면 프랑수아 1세는 그가 저지른 좀도둑질에도 불구하고 다시 호의를 베풀 것이 분명했다. 이 금은세공사의 무한한 재능을 생각하면 다소 정직하지 못한 성정쯤은 문제가 되지 않았기 때문이다. 더욱이 그는 페르세우스 조각상 제작에 착수한데다 코시모의 흉상 초벌 작업을 끝마쳤고 엘레오노라에게서는 몇 가지 보석과 황금 꽃병의 주문도 받아둔 상황이었다. 그러니 어서 피렌체로 돌아오는 것이 좋을 터였다. 하지만 공작이 그의 나쁜 행실을 눈감아준다 해도 알레산드로의 암살범과 어울렸다는 사실만은 잊지 않을 것이다.

"벤베누토 건은 잊어버려! 로렌치노를 최대한 빨리 처리하는 데 전념하게."

시종은 들어올 때와 마찬가지로 소리 없이 물러났다.

* *
*

엘레오노라는 반쯤 벗은 몸으로 단장하고 있었다. 한 하녀가 촛불 아래서 빛을 내며 출렁이는 긴 밤색 머리칼에 빗질을 하는 사이 다른 하녀는 그녀가 결혼식에서 입은 화려한 비단 드레스를 가져왔다. 공작 부인이 일어섰다. 아이를 여섯이나 낳았지만(막내 페드리코가 태어난 것은 불과 몇 달 전이었다) 배가 좀 동그스름해지고 허리가 살짝 풍만해진 것만 제외하면 여전히 탄탄하고 유혹적인 몸이었다. 엘레오노라는 건강한 생활을 유지하기 위해 애썼다. 식사는 절제했고 피렌체 최고의 약제사이며 조향사의 대가로 통하는 로몰로 로셀리가 제작하는 가루분과 화장수와 크림을 듬뿍 사용했다.

그녀는 하녀의 도움을 받아 무거운 드레스를 입은 다음 진주 목걸이를 했다. 다른 하녀가 머리를 가닥가닥 땋아 감아올린 후 황금색 헤어네트를 씌우고 거울을 내밀었다. 엘레오노라는 오랫동안 거울을 들여다보았다. 웃을 때면 미세한 잔주름이 눈가에서 물결쳤지만 스페인제 백색 분을 조금만 바르면 그 가벼운 세월의 자국쯤은 말끔히 지워졌다. 젊음! 코시모의 정열을 자극하고 첫날밤 이래 둘을 묶어준 아름다운 애정을 유지하자면 언제까지고 젊음을 간직해야 했다. 상류층 사내들이 으레 부부의 침실 밖에서도 여자들을 찾는데도 남편은 그렇지 않다는 것에 그녀는 감사했다.

마침내 준비가 끝났다. '일 브론치노'라 불리는, 공작의 궁정에서 인기를 누리는 화가 안젤로 디 코시모 디 마리아노가 옆방에서 기다리고 있었다. 코시모는 아내가 눈부시게 아름다웠던 결혼식 날의 드레스를 입고 포즈를 취할 것을 고집했다. 미켈란젤로가 '아름다운 화풍'이라 명명했던 화풍의 뛰어난 대표자 일 브론치노는 이미 그녀의 전용 예배당 둥근 천장에 성서의 인물을 묘사한 훌륭한 그림들을 그렸다. 특히 수많은 인물이 등장하는 〈홍해를 건너다〉란 벽화는 엘레오노라가 절찬하는 작품이었다.

"조반니를 데려와." 엘레오노라가 말했다.

하녀가 얼른 달려나갔다. 공작 부인은 자신이 제일 귀여워하는 아들과 나란히 화폭에 담기기를 원했다. 그녀는 아이들을 남의 손에 맡기지 않는 주의깊고 다정한 모친으로 비치고 싶었다. 남편의 충실한 연인인 동시에 그렇게 많은 자식을 낳아줬다는 사실에 그녀는 자부심을 느꼈다.

조반니가 엘레오노라의 품으로 뛰어들었다. 두 살 반이 된 볼이 통통한 금발의 사내아이는 어머니의 화려한 옷차림에 눈이 휘둥그레졌다. 아이도 깃과 소맷부리에 수가 놓인 셔츠 위에 짤막한 조끼를 입고 있었다.

"엄마, 참 예쁘다!" 아이가 혀 짧은 소리로 말했다.

엘레오노라가 소리 없이 웃으며 아들의 이마에 입을 맞추었다.

"가자!"

그녀는 아들의 손을 잡고 옆방으로 갔다. 화가가 공손히 인사를 하며 모자를 맞아들였다. 너그러운 눈빛의 작달막한 사내였다. 그는 정중한 태도로 창문 앞에 내건 벽걸이 천을 배경으로 배치한 의자를 엘레오노라에게 권했다. 그리고 그 오른편에 아이를 세웠다. 그는 뒤쪽으로 몇 발짝 물러나 눈을 가늘게 떴다. 공작 부인은 야릇한 기분이 되었다. 화가는 그녀를 마치 물건을 보듯 관찰하고 있었다. 그녀의 이미지는 정물처럼 고정되어 화가의 눈앞에 숨김없이 드러나리라……

"잠시 실례해도 되겠습니까?"

일 브론치노가 조심스럽게 그녀의 오른팔을 잡아 아이의 어깨 위에 내려놓았다. 그리고는 몇 발짝 물러나 관찰한 다음 다시 돌아왔다. 이번에는 아이의 왼손을 엘레오노라의 허벅지 위에 올려놓았다. 그러자 아이가 제 엄마를 고스란히 차지한 것처럼 보였다. 공작 부인도 만족한 얼굴로 왼팔을 뻗어 화려한 비단 드레스의 주름 사이에 길고 흰 손가락을 올려놓았다.

"고귀하고 존엄하신 부인, 저를 바라봐주시겠습니까?"

화가가 판지에 핀으로 고정한 종이를 이젤에 올려놓고 은색 연필로 스케치를 시작했다. 그의 손끝은 경쾌하고 자신감 넘쳤으며 너그럽던 눈빛은 날카롭게 빛났다. 화가는 전혀 딴사람이 된 것 같았다.

잠시 후 화가는 포즈를 취하는 일에 피로를 느낀 공작 부인에게 초벌 스케치를 보여주었다. 아직 밑그림일 뿐이었지만 엘레오노라는 가슴이 내려앉았다. 그녀의 눈빛은 정말 그렇게 고요하고 쓸쓸하고 슬퍼 보이는 걸까? 아니면 가족들에게 불행이 닥칠지도 모른다는 불길한 예감이 그때 이미 그 눈빛에 깃들어 있었을까?

* *
*

헨리 8세와 프랑수아 1세가 연이어 세상을 떠났다. 그것이 얼마나 중대한 사건인지 제대로 인식할 필요가 있었다. 두 군주의 죽음은 모든 것을 바꾸었다. 전통적인 경쟁자 둘이 떨어져나가자 카를 5세는 더 막강한 힘을 갖게 되었다. 코시모에게는 어느 때보다 황제의 가신으로서 관계를 돈독히 하는 일이 중요했다. 예상대로 황제는 코시모에게 전쟁 자금을 요청했다. 코시모는 흔쾌히 돈을 빌려주었다. 피렌체에는 아직 황제군이 주둔했지만 메디치가의 금고에서 플로린 금화가 빠져나갈 때마다 토스카나에서의 그의 패권도 조금씩 강화되었다.

반종교개혁의 이름으로 교황청에서 종교재판이 재개된 이후 교황 바오로 3세는 이탈리아 전역에서 종교재판을 강요하려 들었고, 카를 5세는 그 교황과 맞섰다. 코시모는 교묘하게 카를 5세의 편을 들었다. 자신의 왕국을 온전히 틀어쥐고 싶은 황제로서는 종교재판을 핑계로 교황청이 황제의 땅에서 멋대로 행동하는 것을 용납할 수 없었다. 대립은 종교적 차원을 넘어 다른 곳으로도 번졌다. 합스부르크의 감독에서 벗어나려는 도시들이 교황과 그 동맹 프랑스에 원조를 청했던 것이다. 교황이 언젠가는 피렌체의 국정에도 간섭을 하고 나설 것을 우려한 코시모 1세는 카를 5세의 편에 서기로 했다. 바오로 3세는 코시모와 황제 사이를 이간질하기 위해 연이어 대사들을 파견해 달콤한 유혹을 펼쳤지만 코시모는 완강히 뿌리쳤다.

코시모는 황제에게 즉각 결속을 약속해야 했고, 같은 연유로 로마에 관련된 정책에 대해 의견을 개진해야 했다.

피에르 프란체스코 리치오는 펜과 종이 앞에 서서 주인의 말을 기다렸다. 코시모는 서재를 이리저리 걸으면서 황제에게 보낼 편지를 머릿속에서 공들여 다듬었다. 아첨과 조언을 적당히 버무리고, 특히 자신의 행동에 가타부타 토를 다는 것을 질색하는 황제의 심기를 건드리지 않도록 주의해야 했다. 코시모는 그래도 감행했다.

"받아적게!"

옛 가정교사가 펜을 쥐었다. 코시모는 의례적인 찬사를 몇 마디 늘어놓은 다음 본론으로 돌입했다.

"공의회의 절차를 거쳐 교회를 완전히 개혁하기 위해 폐하의 모든 권한을 이용하심이 옳을 겁니다……"

일 년 전에 소집된 트리엔트공의회는 애초 루터주의로 인해 분열된 유럽의 반종교개혁을 촉진하는 것이 목적이었다. 그러나 바오로 3세는 이 말 많은 모임을 무엇보다 교황의 지상권을 강화할 기회로 이용하려 했다.

"폐하의 강력한 권위만이 사제들의 전횡에 종말을 고하고 교황의 왕국을 정신적 분야로 제한하게 해줄 것입니다."

코시모는 잠시 생각한 다음 말을 이었다.

"성스러운 우리 교회는 모든 악습을 버리고 주 그리스도 안에서의 순수한 믿음으로 돌아가야 합니다."

리치오의 얼굴이 창백해졌다. 젊은 주인의 대담한 발언은 개혁파들의 가르침과 합치하지 않는가? 이 생각이 밖으로 알려지면 종교재판소에서 고발을 당할지도 몰랐다.

비서의 마음속을 간파한 그가 짓궂게 물었다.

"왜? 나한텐 반교황주의자가 될 권리가 없던가?"

그가 커다랗게 웃음을 터뜨렸다. 좀처럼 없는 일이었으므로 리치오는 소스라쳤다.

* *
*

넓디넓은 오백인 홀에서 코시모는 마지막 접견을 마쳤다. 그가 고개를 들어 격자무늬 천장을 올려다보았다. 그는 얼마 전 화가이자 건축가인 조르조 바사리에게 살롱의 거대한 벽들을 장식하는 일을 맡겼다. 안드레아 델 사르토의 제자이며 미켈란젤로를 숭배하는 젊은 예술가는 이미 옥좌의 그리스도가 천사 군단을 다스리는 장면의 초안을 가져왔다. 그 그림은 천장 한복판에 그려져 피렌체의 주인의 힘과 영광을 상징할 것이다.

코시모가 리치오를 앞장세워 옥좌를 떠나는 순간 알메니 스포르차가 다가왔다. 시종은 만면에 웃음을 띠고 있었다.

"각하, 끝났습니다."

공작은 바로 알아들었다. 아직 주변을 왔다갔다하는 사람들이 있었지만 보나마나 시시한 청탁을 늘어놓기 위해서일 터였다. 그는 그들을 거칠게 물리치고 스포르차와 함께 삼층의 서재로 서둘러 돌아갔다.

문이 닫히자마자 코시모가 물었다.

"죽었나?"

"벌써 사흘 전에 돌처럼 차가워졌지요."

공작은 고개를 끄덕였지만 노골적인 만족감을 드러내지는 않았다.

"자세히 말해봐."

시종은 흡족한 낯으로 긴 이야기를 시작했다. 로렌치노가 머무는 집 주변에는 두 자객이 배치되어 밤낮으로 감시를 계속했다. 자기 목에 현상금이 걸린 것을 아는 로렌치노는 극도로 조심했다. 이따금 외출할 때는 해가 떨어진 다음, 늘 이용하는 곤돌라가 숙소 발치에서 그를 태워 사라졌다. 지난주 어느 저녁, 마음을 들뜨게 만드는 약속이라도 있었던지 그는 육로를 택하는 부주의를 저질렀다. 자객들은 어둠을 틈타 골목길에서 그를 덮쳤다. 그는 비명을 지를 새도 없이 단검에 쓰러졌다.

코시모 1세는 아무 논평도 달지 않았다. 스포르차가 방을 나가자 이윽고 그가 중얼거렸다.

"자칭 브루투스는 죽었어!"

* *
*

사내아이가 또 태어났다. 엘레오노라는 아이에게 가르시아라는 스페인식 이름을 붙였다. 해산을 마치자마자 코시모가 그녀를 찾아왔다.

"안 돼요!" 남편이 들어서는 것을 보고 그녀가 소리쳤다.

몸을 푼 직후의 모습을, 젖은 속옷 차림에 눈자위가 푸르스름하고, 이마에는 땀이 흐르는 모습을 그녀는 보여주기 싫었다.

그는 아랑곳없는 얼굴로 다가가 아내에게 입을 맞추었다.

"내 사랑, 당신 아닌 그 누구도 나를 이렇게 행복하게 해줄 수는 없을 거요."

갓난아기가 조산부의 품에서 울고 있었다. 코시모는 잠시 아이를 들여다보고 아내의 침대머리로 와 앉았다. 해산을 도운 여인들이 방을 서둘러 치우고 눈치껏 물러갔다. 다른 훌륭한 가문에서도 일을 해본 그녀들은 이처럼 신분 높은, 더욱이 결혼하고 몇 해나 흐른 부부가 자신들이 부리는 사람들 앞에서 서슴없이 사랑의 표현을 주고받는 것에 놀랐다.

코시모는 아내에게 몸을 숙이고 섬세한 흰 삼베 저고리를 열었다. 탱탱한 젖꼭지가 드러났다.

"이러지 말아요……"

그러나 한편으로 그 젖가슴이 그녀는 자랑스러웠다. 그가 보라색 젖꼭지에 살며시 입술을 갖다댔다.

"저 꼬마 불한당 녀석이 당신을 독점하고 이 샘물을 마실 거라 생각하면 얼마나 질투를 느끼는지 알아?"

그녀가 웃으면서 남편의 목에 손을 둘렀다.

"정말이지 바보 같은 소리예요……"

그가 몸을 일으켰다.

"좋은 생각이 났어…… 가족이 늘어나 이 집이 너무 협소해졌소. 당신의 아름다움을 거울처럼 보여줄 궁전을 갖고 싶소."

엘레오노라는 감동한 얼굴로 남편의 말을 들었다. 아르노강 좌안에는 피티가 소유였던 미완성의 팔라초가 있었다. 구십 년 전 피티가의 우두머리 루카는 메디치가에 맞서 음모를 꾸몄다. 음모는 무산됐지만 피에로 일 고토소의 복수는 가차없었다. 피티가는 파산했고 피렌체에서 제일 화려한 건물이 될 것이 틀림없었던, 건설 중이던 그들의 팔라초는 그때부터 줄곧 방치되어 있었다. 코시모는 건축가 바르톨롬메오 아만나티에게 그 건물의 보수와 확장을 이미 비밀리에 의뢰해둔 터였다.

그가 말을 이었다.

"건물 뒤편엔 광대한 언덕이 있소. 그 땅을 사들여 아이들이 마음껏 뛰어놀 넓은 정원을 조성하면 좋을 거야."

"제 지갑은 열려 있어요, 소중한 당신. 하지만 지금은 좀 쉬게 해주세요, 몹시 피곤해요."

코시모가 일어나 아내의 이마에 입을 맞추었다.

"몸을 추스르거든 장차 당신 것이 될 저택의 공사 현장에 같이 가봅시다."

엘레오노라는 대답 대신 미소를 짓고 눈을 감았다. 눈을 떴을 때 남편은 곁에 없었다. 이 행복을 믿어도 될까? 애초 정치적 계산이었던 그들의 결혼은 조화로운 결합으로 변모했다. 까칠하고 화를 잘 내는 남편을 사랑하는 법을 그녀는 조금씩 터득했다. 남편의 노여움을 가라앉힐 수 있는 사람은 오직 그녀뿐이었다. 처음에는 남편의 다정하고 정성스러운 사랑에 얌전히 몸을 맡기기만 했던 그녀는 문득 놀랍게도 자신 역시 거기서 기쁨을 느끼는 것을 깨달았다. 반복되는 임신으로 몸이 고달픈 것만 빼면 벌써 오래전부터 그녀는 남편이 잠자리를 나누러 오는 것을 꺼리지 않았다.

행복하느냐고? 너무 행복해서 차라리 두려울 지경이었다. 언젠가 이 커다란 행복에 대한 값을 치러야 하는 건 아닐까? 스페인인인 그녀는 금욕적이고 엄격한 종교적 환경 안에서 자랐다. 그녀는 누구도 지상에서 행복하기를 꿈꾸어서는 안 된다고 배웠다. 완전한 행복은 오직 신께서만 주관하셨다. 조만간 신은 왼손으로 그녀에게 건네주셨던 것을 오른손으로 거둬가시리라.

엘레오노라는 오한을 느꼈다. 이불자락 밑에서 웅크린 채 그녀는 소리 죽여 울었다.

* *
*

도시는 무장하고 있었다. 미늘창이나 총구가 나팔처럼 벌어진 소총을 쥔 시민들이 거리를 어슬렁거렸다. 근처 시골에서 온 농부처럼 보이는 사람들은 쇠스랑이나 낫을 갖고 돌아다녔다.

코시모 1세와 그의 호위대는 조심스럽게 전진했다. 그의 방문은 시에나 당국에 미리 통고했는데도 공작은 경계했다. 그는 메디치였고, 피렌체와 오랜 세월 대립해온 시에나 사람들에게 메디치가는 미움을 받았다. 골목길을 돌자 돌연 피아차 델 캄포가 눈앞에 나타났다. 장밋빛 포도鋪道 위에 반원형으로 우아한 저택들이 서 있었는데 황갈색 벽돌들이 햇빛을 받아 찬란한 금갈색으로 물들어 있었다. 그 한복판에 팔라초 푸블리코가 서 있었다. 팔라초 옆에 나란히 붙은 늘씬하고 당당한 탑 꼭대기에는 총안이 뚫린 흰색 석조 수루가 있었다. 코시모 1세는 그 광경에 사로잡혀 말을 멈추었다. 그곳은 그 자체로 예술작품이었다. 오만한 시에나의 심장은 빛에 잠긴 그곳, 폰테 가이아*의 웃음에 리듬을 맞춰 시간이 흐르는 듯한 그곳에서 뛰고 있었다. 그 순간 코시모는 언젠가 이 도시가 자신이 다스리는 토스카나 공국의 보배가 되리라 꿈꾸었다.

무장한 부르주아와 장인들의 무리가 정부 청사 앞에 몰려 있었다. 안에서는 9인 자문회가 협의를 하는 중일 것이다. 시에나인들이 반란을 일으켜 스페인 주둔군과 십 년 전부터 도시를 다스리던 카를 5세의 대리인을 내쫓은 그날 이후로 9인 자문회는 계속 거기 머물고 있었다. 공화정이 재건됐고 시에나는 이탈리아에서 여전히 카를 5세의 가장 껄끄러운 맞수인 교황의 보호 아래 놓였다.

카를 5세는 자신의 권위가 침해되는 것을 더 참을 수 없었다. 그는 이미 군대를 동원했다. 한동안 반도들에게 내몰렸던 그의 부대도 다시 도시로 밀고들어올 수 있었다. 비록 황제와의 관계는 돈독했지만 코시모 1세는 자신이 그렇게 열심히 쫓아버리려고 애썼던 스페인인들이 또 한번 토스카나로 몰려오지나 않을까 우려했다. 그래서 그는 재빨리 중재를 자처했다. 양 진영은 그를 중재자로 받아들였다. 과거의 대립과 싸움을 잊지 않았던 시에나인들의 경계심, 그리고 로마와 프랑스를 상대로 한 피할 수 없는 전쟁이 또 터

* 기쁨의 분수.(원주)

지기 전에 이탈리아에서의 입장을 강화하려는 카를 5세의 호의가 작용한 덕분이었다.

이제 양쪽을 다 만족시키면서 코시모의 시에나에서의 기반을 은연중에 굳혀줄 타협안을 구상하는 일만 남아 있었다.

코시모는 크게 웃었다. 평소의 그에게는 매우 드문 일이었다. 협의를 시작하기 전에 9인 자문회는 코시모에게 먼저 살라 델라 파체를 구경시켰다. 다분히 의도적이었다. 그곳에 2세기 전 로렌체티라는 화가가 그린, 〈좋은 통치와 나쁜 통치의 결과〉란 두 폭의 훌륭한 벽화가 있었기 때문이다. 진정한 정치적 교훈인 이 작품의 우의를 시에나인들은 소중히 해왔다. 시에나를 상징하는 빛깔의 옷을 입은 고상한 노인은 좋은 통치를 의미했는데, 각각 신중함과 자비를 대표하는 두 사람에게 둘러싸였고 주변에는 성실함과 희망의 천사들이 날아다녔다. 맞은편 옥좌에는 나쁜 통치를 상징하는, 흡혈귀 같은 이를 드러낸 뿔 난 루시퍼가 앉아 있었다. 그가 저지르는 독재는 오만, 인색함, 잔혹함, 분열, 전쟁 따위의 악을 야기했다. 요컨대 이 화가, 그리고 코시모 1세를 굳이 그림 앞으로 데려간 시의원들이 주고자 한 분명한 교훈은 딱 하나, 독재는 분열과 황폐를 낳지만 시민의 통치는 평화와 번영을 가져온다는 것이었다.

피렌체 공작은 순진한 감동을 표시해 9인 자문회를 놀라게 만들었다. 그들의 짓궂은 의도는 빗나간 것 같았다. 몇몇 사람은 이 젊은 독재자가 어쩌면 보기보다 훨씬 무서운 존재라는 것을 직감했다.

협상은 풍성한 식사와 술로 도중에 몇 번씩 끊기면서 길고 지루하게 이어졌다. 시에나 출신의 교황 알렉산데르 3세가 독일 황제 프리드리히 1세에게 거둔 승리를 그린 거대한 벽화들 아래 버티고 앉은(이것 또한 상징적 의미였다) 의원들은 시에나의 독립성과 공화정 유지를 목청껏 주장했다. 삼십 년 전에는 잔인한 전제군주에게 억압당했고, 그뒤에는 도시의 망루들을 파괴하도록 명한 카를 5세에게 굴복한 그들은 어렵게 되찾은 자유를 포기하려 하지 않았다. 코시모는 그들이 세상에서 가장 강력한 황제와 맞설 힘을 갖추지 못했다고 지적했다. 황제의 감독을 거부하겠다고 계속 버티면 도시는 포위당하고 결국 황제군 앞에 무릎을 꿇을 것이다. 그러면 지금까지보다 몇 갑절 지독한 속박과 불행을 맛보지 않겠는가.

시의원들은 바오로 3세가 원군을 보낼 것이며 프랑스 국왕도 자신들을 지지할 것이라 반박했다. '그럴지도 모르지요'라고, 공작은 일단 수긍했다. 그러나 언제 올지도 모르는 그 원군을 기다리는 사이 무슨 일이 벌어질까? 집들은 불타고 아녀자들은 겁탈을 당하며 아이들마저도 칼날에 쓰러질 것이다. 그보다는 타협안을 찾는 것이 이성적이었다. 코시모는 조목조목 차분한 논조로 스페인인들의 복귀를 받아들여야 한다고 설득했다. 황제는 모욕이 걷혔다고 여기면 그들의 자치를 허락하는 자비를 베풀 것이다. 카를 5세와 그의 대리인이 권력은 유지하되 어디까지나 명목상이란 의미였다. 완강한 공화주의자들은 반대했다. 그들은 어떤 군주도 원하지 않았다. 그러나 중도파는 생각이 달랐다. 그들은 중재안을 따르기로 했다.

공작은 녹초가 됐지만 어쨌든 협상은 그의 뜻대로 성사됐다. 이 외교적 승리로 황제와의 관계에서 그의 입장이 강화될 것이다. 황제는 코시모 덕에 새 전쟁의 복발(다시 말해 추가 지출)을 면한 일을 고마워할 것이고, 그가 시에나인들에게 내놓은 현명한 충고도 조만간 어떤 형태로든 감사를 받으리라. 코시모야말로 관용과 공정함을 실천하는 좋은 통치의 본보기가 아니던가?

* *
*

시에나에서 돌아온 코시모는 격노했다. 벤베누토 첼리니와 함께 있는 그에게 이번에도 미켈란젤로가 그의 요구를 거절했다는 소식이 전해졌던 것이다. 이탈리아 제일의 조각가이자 화가는 좀처럼 고향으로 돌아오지 않고 줄곧 로마에 머물며 교황 바오로 3세의 호의와 주문을 받아 숱한 작품을 제작하고 있었다.

급기야 공작은 그를 설득하기 위해 추기경을 대사로 파견하기에 이르렀다. 대사는 시의원의 직책을 보장하며 제작할 작품과 보수는 미켈란젤로 본인에게 일임한다는 파격적인 제안을 했다. 그러나 너무나 위대하여 그 보호자까지 영광스럽게 만드는 거장은 교황 곁에 남는 쪽을 택했다. 그는 코시모의 호의에 일체 무관심했다. 애국심에 대한 호소도 소용없었다. 그가 수락한 것은 산타트리니타 다리를 새로 설계하는 일뿐이었는데(아르노강에 원래 있던 다리는 홍수로 떠내려갔다) 건축은 그의 제자인 조각가 바르톨롬메오 아만나티에게 맡길 예정이었다.

"자네는 이런 고집을 이해할 수 있나?" 코시모가 물었다.

"군주들의 사랑을 거절할 수 있는 건 오직 천재들뿐이죠." 벤베누토 첼리니가 대답했다.

공작이 그를 노려보았다. 미켈란젤로가 최후의 걸작 두 개, 그러니까 네무르의 공작 줄리아노의 무덤과 우르비노 공작이자 카테리나의 부친인 로렌초 데 메디치의 무덤을 완성하고 피렌체를 떠난 지 십 년이 넘었다. 그후에 그는 라우렌치아나 도서관의 우아한 현관을 설계했고, 미남 청년의 아양에 이끌려 로마로 떠났다. 그는 바오로 3세의 주문으로 즉각 〈최후의 심판〉이란 대벽화와 산피에트로 대성당의 돔 건조에 착수했다.

"나보다도 피렌체가 더 그를 기다리고 있어." 공작이 내뱉었다.

벤베누토는 코시모의 노여움을 살까봐 아무 대꾸도 하지 않았다. 두 사내는 데이 레오니가에 면한 팔라초의 작은 방, 작업대 앞에 나란히 서 있었다. 코시모의 더러워진 손에는 녹 얼룩이 진 울퉁불퉁한 흙덩어리가 쥐여 있었다. 그가 금은세공에 쓰이는 작은 정을 덩어리에 갖다대고 말했다.

"부수게!"

벤베누토는 작은 망치를 손에 쥔 채 망설였다.

"부수라니까, 내 말이 안 들리나?"

"예하께 부상을 입힐 수도 있습니다."

"자네는 가장 솜씨 좋은 금은세공사가 아니던가?"

마침내 벤베누토가 덩어리를 부수었다. 커다란 흙뭉치가 떨어져 나가자 그 밑에서 푸르스름한 빛이 드러났다.

"청동이다! 그럴 줄 알았어!" 코시모가 감탄을 터뜨렸다.

그는 정을 재차 덩어리에 갖다대고 벤베누토에게 일을 계속하라고 재촉했다. 흙 껍질 속에서 작고 섬세한 조각상이 기적처럼 조금씩 모습을 드러냈다. 두 사내의 손끝은 더욱 신중해졌다. 뺨이 새빨개져서 눈동자를 반짝거리는 코시모는 보기 드물게 흥분한 모습이었다. 이 공동 작업 덕분에 둘의 거리감은 사라진 것 같았다. 어느덧 그들은 몇 백 년 전부터 땅속에 묻혀 있던 조각상을 소생시키는 데 여념이 없는 동료가 되어 있었다.

"투구에 창, 그리고 방패…… 이건 미네르바야!" 공작이 자신 있게 선언했다.

"붓으로 세척하는 마무리 작업은 제가 하게 해주십시오……" 벤베누토가 제안했다.

"아니! 내가 해."

코시모는 직접 도구를 쥐고 작은 조각상의 틈새에 붙은 흙을 살살 털어내기 시작했다. 그 부드러운 손끝은 마치 여인을 어루만지는 것 같았다.

"오른발은 깨졌군…… 이 정도는 자네가 간단히 수복할 수 있을 테지."

"예하, 그러자면 주문하신 페르세우스상 제작이 더 늦어질 겁니다."

공작은 어깨를 으쓱했다. 그는 눈앞의 발굴에 감동한 나머지 아직 고안이 덜 끝난 벤베누토의 페르세우스는 안중에도 없었다.

"똑똑히 보게, 얼마나 아름다운지!"

공작이 갑자기 웃음을 터뜨리더니 광기 어린 눈빛으로 혼잣말을 중얼거렸다.

"주피터의 다리 사이에서 나왔으니 아름다울 수밖에."

얼마 전부터 코시모 1세는 에트루리아 시대 예술품의 발굴과 수집에 힘을 쏟았다. 많은 사람들이 그런 것처럼 에트루리아인이 토스카나인의 먼 조상이며 그들의 언어가 라틴어를 능가한다고 믿는 코시모에게 그것은 정치적으로도 큰 의미를 지닌 일이었다. 보물들을 발굴함으로써 그는 황금기에 이탈리아의 일부를 지배했다가 로마에 지배된 에트루리아인의 우수성을 부각시키고자 했다. 그는 피에르 프란체스코 지암불라리 같은 피렌체 학자들의 연구를 독려했는데, 그들의 주장에 따르면 에트루리아의 도시들은 홍수에서 탈출한 노아의 손으로 세워졌다고 했다. 코시모 자신도 이 민족 신화의 구축에 공헌한 셈이었다. 그는 피렌체의 국경 너머로 뻗어나갈 진정한 토스카나 대공국을 건설함으로써 고대 에트루리아의 부활에 기여하지 않았던가? 또 과학과 의학과 연금술 연구에 힘씀으로써 가장 신성한 비밀들의 수탁자이며 스스로의 생명을 구백 살까지 연장해준, 강력한 묘약의 창조자이기도 한 노아의 지혜를 이어가는 게 아니던가?

코시모는 이 같은 야심을 품고 에트루리아의 주요 열두 도시 가운데 하나인 키우시 주변의 땅을 대대적으로 발굴했다. 몇몇 조각상은 이미 햇빛을 보았다. 조각상들은 세척되고 솔질이 되어 코시모의 손에 들어갔고, 코시모는 그것들을 물리지도 않고 바라보고 또 바라보았다.

"내일도 오게. 대충 다듬어야 할 조각상이 아직 많으니까."

"그렇지만 페르세우스가……"

"됐어! 그럼 하루일을 마친 후 석양 무렵에 와. 기다리지."

공작은 다시 평소의 모습으로 돌아와 있었다. 벤베누토 첼리니는 고개를 숙여 인사한 다음 방을 나갔다. 혼자 남은 코시모는 미네르바 조각상을 가만히 다시 손에 쥐었다. 녹청을 띤 청동은 따뜻했다. 그는 조각상을 가슴에 품고 자신이 저 옛날 그것을 만든 익명의 조각가라고 상상해보았다……

예술은 그의 줄기찬 관심사 가운데 하나가 되었다. 그는 이제 부자였고, 당대의 위대한 석학과 예술가를 주변에 모았던 일 마니피코와 얼마든지 어깨를 나란히 할 수 있었다. 그는 1494년과 1527년의 약탈 때 사방으로 흩어졌던 메디치가의 귀한 수집품들을 다시 사들이는 데 열심이었다. 그의 심부름꾼들이 그림과 조각을 찾아 전 유럽을 구석구석 뒤졌다. 그는 또 예술의 후원자를 자처했다. 브론치노는 메디치가의 창시자 조반니 디 비치로부터 코시모의 아이들에 이르는 초상화 연작을 주문받았다. 바사리는 델라 시뇨리아 팔라초에 피렌체의 번영을 그린 커다란 벽화들을 제작했다. 반디넬리는 〈헤라클레스와 카쿠스〉를 조각했는데 그것은 시의회 광장을 장식할 예정이었다. 폰토르모는 섬세한 붓끝을 살려 미켈란젤로의 밑그림을 바탕으로 〈비너스와 사랑의 신〉을 그렸다.

미켈란젤로! 거장 중의 거장 미켈란젤로는 대체 왜 그를 거절할까? 코시모는 처음으로 자신의 권력이 절대적이 아니란 것을 깨달았다. '군주들의 사랑'이라고, 벤베누토는 말했었다. 거장 미켈란젤로를 사로잡지 못하는 군주…… 차라리 그도 예술가가 되었더라면 좋았을 것을…… 조각가의 상상력이 가진 힘에 비하면 권력이란 별것도 아니었다. 끊임없이 커지는 그의 영광도 헛되기만 했다. 그가 사들인 숱한 그림과 조각도 거기 새긴 예술가들의 서명이 없다면 무슨 가치가 있단 말인가?

이 순간 왜 그는 이토록 고독할까? 누구에게도, 사랑하는 엘레오노라에게도 그의 외로움을 털어놓을 수 없었다.

7
1551~1555

소들이 끄는 짐수레가 사방으로 오갔다. 보볼리 언덕은 어수선한 공사장이 되어 있었다. 삽과 곡괭이를 든 백여 명의 인부가 흙을 파헤치고 땅을 골랐다. 석공들은 거대한 대리석 덩어리를 잘라 다듬었다. 정원사들은 벌써 나무를 심기 시작했다.

코시모 1세는 건축가이자 조각가인 암만난티와 나란히 서서 자랑스럽게 일대를 바라보았다. 전부 그의 의지대로 만들어진 풍경이었다. 버려져 있던 야생의 자연 속에서 거대한 정원이 조금씩 모습을 드러내고 있었다. 테라스와 테라스 사이에는 야트막한 비탈이 조성됐고 그 비탈을 따라 올라가면 우아하고 광대한 풍경이 펼쳐졌다. 옛 피티가의 팔라초 뒤에 있는 언덕의 개조와 단장 작업이 끝나면서 신록의 도시가 태어났다. 골목길과 대로, 크고 작은 광장, 극장과 분수 들이 있는, 말 그대로 도시의 축소판이었다. 산업도시 피렌체가 피우는 역겨운 악취로부터 뚝 떨어진 도시 속의 도시. 공작은 시민들과 멀어지는 것을 개의치 않았다. 왕관 없는 제후였던 메디치가 사람들은 자신들에게 권력을 쥐여준 시민들 한복판에서 살아야 했다. 이제는 달랐다. 공작이란 지위는 우월함과 신비로움을 필요로 했다. 그것은 경계심 많고 비밀을 좋아하는 코시모의 성격에도 들어맞았다.

암만난티가 도면을 펼치고 설명하기 시작했다.

"이곳에 반대편 비탈까지 이어지는 긴 실편백 오솔길을 만들 계획입니다……"

공작은 생각에 잠겨 있었다. 머지않아 정원을 둘러쌀 높다란 담장 안에서, 언덕 꼭대기에 세워져 도시를 굽어볼 요새의 보호를 받으며 그의 가족과 궁정은 평화로이 지낼 것이다. 그는 또 팔라초 밖에 새 '주조장'도 지을 생각이었다. 그러면 벽과 그림들이 더러워진다는 바사리의 불평을 들을 필요도 없으리라. 식물원도 지어 그가 연구하는 몰약을 만드는 데 유용한 약초를 재배할 것이다.

"언덕 중턱쯤에는 넵튠에게 헌정할 큰 저수지를 조성해 신선하고 유쾌한 분위기를 낼 겁니다. 신록이 우거진 비밀스러운 오솔길도 많이 만들어 대단한 볼거리에 지친 방문객들의 눈을 쉬게 해줘야지요. 장미와 진달래를 심고 여기저기 벤치를 놓아 언제든 쉬어 갈 수 있게 하고……"

코시모는 고개를 끄덕거렸다. 엘레오노라가 하녀를 거느리고 다가왔다. 건축가는 깊숙이 허리를 숙여 예를 표한 다음 물러났다.

공작이 아내의 손에 입을 맞추었다.

“당신의 보볼리 정원은 온 이탈리아에서 가장 아름다울 거요……”

“당신의 정원이기도 하잖아요?”

“그것이 당신 지갑에서 나왔다는 걸 난 잊지 않았소.”

“여자의 환심을 사는 데 능한 분이군요.” 그녀가 웃었다.

그가 그녀의 팔짱을 꼈다. 그들은 나란히 몇 발짝 걸었다.

“당신이 지낼 거처를 봤소?”

“어서 거기서 살고 싶어요.”

“곧 그렇게 될 거요…… 암만난티가 완공이 멀지 않았다고 했소. 아이들도 마음껏 뛰어놀 수 있어.”

아이들. 아이들은 이제 여덟이었다. 코시모는 하루도 거르지 않고 아이들을 찾아갔다. 그는 늘 아이들의 건강과 교육에 신경을 썼다. 장남 프란체스코는 과학에 재능을 보였다. 다만 코시모가 틈날 때마다 들려주는 국정에 관해서는 영 취미가 없었다. 차남 조반니는 전혀 달랐다. 체격이 좋고 호기심이 풍부한 이 아이는 코시모가 피렌체와 토스카나에 대한 야심을 피력할 때면 진지한 얼굴로 귀를 기울였다. 메디치가의 전통이 그랬듯이 공작은 때가 되면 교황 율리오 3세에게 차남의 추기경 자리를 청탁할 생각이었다. 전임자보다는 덜 꼬장꼬장한 교황은 카를 5세와 가까운 사이였기에 황제의 동맹이자 가신인 코시모에게도 퍽 우호적이었다.

“좀 피곤해요. 이만 물러나겠어요.”

아내는 시녀의 시중을 받으며 꽃무늬가 있는 긴 드레스를 햇빛 속에서 출렁거리며 멀어졌다. 그녀는 여전히 아름다웠고 변함없이 다정했다. 그런데도 코시모는 이따금 깊은 근심에 사로잡혔다. 엘레오노라가 갈수록 자주 피로한 기색을 내비친 것이다. 잦은 임신이 그녀 몸을 상하게 만들었을까?

공작은 이내 머릿속의 어두운 생각을 몰아내고 암만난티에게 돌아갔다.

* *
*

공작의 연금술 작업의 동료인 바르톨롬메오 콘치노는 측근들 가운데서 단연 영향력을 발휘하기 시작했다. 중요한 외교 임무가 그에게 맡겨질 때도 있었다. 대공은 이제 비서의 조언을 구했고 그 조언은 늘 적절한 것으로 판명됐다.

초봄의 이날 두 사내는 공작의 서재에서 머리를 맞대고 있었다. 몇 년 잠잠했던 이탈리아에 전운이 감도는 것이 공작의 근심거리였다. 대개 그 지역 출신의 민병대로서 대포와 갤리선도 갖춘 강력하고 잘 훈련된 토스카나군을 거느리게 되면서 코시모 1세는 열강들의 전투 무대를 이탈리아반도 밖으로 내몰 수 있었다. 그리하여 카를 5세 그리고 카테리나 드 메디치와 결혼한 프랑스 국왕 앙리 2세는 각각 로렌 지방과 사보이아 지방에서 싸움을 벌이는 중이었다. 그뿐 아니라 황제는 헝가리에서는 터키군과, 독일에서는 개신교도 군주들과도 맞서느라 정신이 없었다.

늘 이탈리아를 노리던 프랑스는 합스부르크가 잠시 약화된 틈을 놓치지 않았다. 피렌체 공작은 밀정들의 보고로 황제의 독재와 스페인의 거만함에 염증을 느낀 상당수의 이탈리아 군주들이 프랑스 쪽과 손을 잡으려 한다는 것을 알고 있었다. 앙리 2세의 베네치아 대사 투르농의 추기경이 공을 들인 덕에 이 거물 군주들은 카를 5세에 맞서는 연맹을 결성할 움직임을 보였다. 그 물결이 반란을 일으킬 기회만 엿보던 시에나 공화국의 성벽 밑까지 흘러간 것은 당연했다. 최근의 소식에 따르면 코시모가 1548년에 중재한 약한 평화는 깨져버렸다. 시에나인들이 다시 한번 황제가 주둔시킨 스페인군을 몰아내고 프랑스 국왕을 대신 불러들인 것이다.

"브리사크의 사령관이 진군을 시작했어. 그의 부대가 곧 도착할 거야."

"프랑스에선 앙리 2세가 지휘권을 그에게 맡긴 건 순전히 그 미남 사령관이 호시탐탐 노리는 디안 드 푸아티에로부터 떼어놓기 위해서라는 소문이 돈다지요." 바르톨롬메오가 웃으면서 말했다.

공작은 아무 반응도 보이지 않았다. 그러나 프랑스 국왕이 애인을 공공연히 총애함으로써 카테리나를 모욕하는 것은 언짢았다. 그도 프랑스 왕비를 썩 좋아하지는 않았지만 메디치가의 여인이 그런 대접을 받는 것이 유쾌할 리 없었다.

코시모가 다시 말했다.

"황제에 대한 반란이 다른 데로도 번지지 않나 주시해야 해. 하지만 더 심각한 건 시에나가 토스카나의 도시이고 그들의 혼란이 우리 코앞까지 와 있다는 것이지."

"예하가 이번에도 시에나를 다잡으시면 카를 5세의 호의를 얻으실 게 분명합니다……"

"호의 따윈 아무래도 좋아! 어차피 개입한다면 한결 현실적인 보상이 있어야지."

바르톨롬메오 콘치노가 빙그레 웃었다. 일전에 체결한 평화조약으로 공작은 해안의 몇몇 도시를 손에 넣었다. 나아가 황제는 코시모 1세의 군대가 엘베섬에 주둔하도록 허락했는데, 그곳은 황제가 몸소 방어 시설을 강화해 요새로 만들고 포르토페라이오항을 확장한 터였다.

"그렇다면 전쟁에 돌입하실 생각인지요?" 비서가 물었다.

"아니, 아직 때가 아니야. 합스부르크가에 대한 내 충성의 표시로 우선 황제의 지배를 근본부터 흔들려는 그 군주들에게 대사부터 파견해야지…… 내가 그들 편에 합류하는 일은 없으리라고 못박아둘 거야."

"그럼 시에나는요?"

"토스카나군을 직접 개입시키기 전에 나폴리 왕국의 스페인 주둔군이 진군을 시작할 때까지 기다려야지."

"그들이 시에나를 굴복시킬 수 없기를 기대하면서 말이지요?"

코시모가 눈가에 주름을 만들며 소리 없이 웃었다.

"내 생각을 읽었군, 바르톨롬메오. 그런 다음 카를 5세의 이름으로 시에나에서 프랑스군을 몰아낼 거야. 물론 반란자들에겐 관용을 베풀 생각이야. 대신 앞으로 시에나의 요새엔 피렌체군이 주둔하는 거지."

* *
*

그렇게 아름다운 작품이 발굴된 것은 처음이었다. 손질되고 반들반들하게 닦여 코시모의 수집품 방으로 옮겨진 조각상은 찬란한 빛을 내뿜었다. 키마이라! 그것은 아레초에서 발굴돼 고대 조각상 애호가로 알려진 공작의 손에 곧장 들어왔다.

양의 머리에 사자 몸뚱이, 위협적인 뱀 주둥이가 붙은 꼬리를 하고 네발로 버티고 선 그 괴물은 금방이라도 달려들어 누구든 갈기갈기 찢어버릴 것 같았다.

엘레오노라는 몸을 떨면서도 괴물로부터 시선을 돌릴 수 없었다.

"치우세요, 부탁이에요."

코시모가 아내의 어깨를 감쌌다.

"뭘 두려워하는 거요?"

"모르겠어요…… 그냥 무서워요!"

그런데도 그녀는 조각상으로부터 눈길을 거두지 못했다. 촛불 아래서 불꽃 같은 혓바닥을 날름거리는 푸르스름한 조각상 주변에는 불길한 후광이 떠 있는 듯했다.

그가 아내를 꼭 안았다. 아내는 여전히 떨고 있었다.

"이건 조각상일 뿐이오. 더없이 생생하지만 실은 죽은 작품이지."

"아뇨…… 살아 있어요. 금속 살갗 밑에서 떨리는 팽팽한 근육이 당신 눈엔 안 보이나요?"

코시모는 하마터면 웃음을 터뜨릴 뻔했다. 그러나 엘레오노라는 정말로 두려워하고 있었다. 마침내 그녀가 괴물에게서 눈길을 거두고 남편의 품에 얼굴을 묻었다.

"다시는 저걸 보고 싶지 않아요!"

"안심해요, 이건 아무 해도 끼칠 수 없어."

"원래 묻혀 있던 땅속으로 돌려보내세요."

"하지만 이건 견줄 데 없는 예술작품이오."

"무슨 상관이에요? 이걸 집안에 놔두면 불행한 일이 일어날 거예요, 난 느낄 수 있어요."

공작은 엘레오노라를 다정하게 이끌어 거처로 데려다주었다. 조금은 차분함을 되찾은 그녀가 남편에게 재차 다짐을 받았다.

"약속했어요, 그렇죠?"

코시모가 고개를 끄덕였다. 그러나 그는 그런 훌륭한 작품을 포기할 생각이 없었다. 아내의 눈이 닿지 않게 자신의 수집품 연구실 안에 보관해두면 될 일이었다.

* *
*

거리와 궁전들의 합각마다 합스부르크의 깃발과 메디치가의 붉은색과 흰색 깃발이 뒤섞여 내걸렸다. 코시모 1세는 피렌체가 장인인 빌라프란카 후작, 돈 페드로 데 톨레도를 성대하게 맞아들이기를 원했다. 코시모의 예상대로 카를 5세는 나폴리의 스페인 병력을 파견해 시에나의 반란을 진압하기로 했다.

피렌체의 대사들이 나폴리군을 맞으러 갔다. 숙영지는 만장일치로 백합의 도시에서 제법 떨어진 곳으로 결정됐다. 피렌체 시민들에게 지난날 황제군이 도시로 밀고들어왔을 때의 썩 좋지 않은 기억이 남아 있는 탓이었다. 돈 페드로를 비롯한 고위 장교들만 도시로 들어와 합당한 대접을 받을 터였다.

결혼식 이래 아버지를 한 번도 만나지 못한 엘레오노라는 기뻐했다. 돈 페드로는 그들의 새 팔라초에 머물 예정이었다. 산타마리아델피오레 대성당의 엄숙한 미사가 끝나면 코시모가 연회와 무도회와 축제를 베풀 것이다.

공작 부부의 아이들은 들떠서 팔라초의 널찍한 홀을 뛰어다녔다. 그애들은 할아버지라면 초상화로밖에 본 적이 없었다. 초상화 속의 조부는 야위고 근엄했으며 단조로운 검은 옷을 입고 숫양 장식이 달린 황금 목걸이를 하고 있었다. 모친은 그것이 합스부르크의 신하에게 가장 명예로운 황금양털 훈장이라고 일러주었다.

아침 아홉시경 제3시의 기도를 마친 코시모 1세가 은제 갑옷 위에 모피를 댄 짧은 망토를 걸치고 화려한 마구를 입힌 백마에 올라 팔라초를 나섰다. 우아하게 차린 호위대가 그를 에워쌌다. 그는 피렌체로 입성할 장인이 통과할 로마나 문으로 향했다. 눈을 뿌릴 듯한 두툼한 잿빛 구름장들이 찬바람에 휩쓸려 이리저리 흩어졌다.

거의 도착했을 즈음 스페인 기사 한 명이 성벽의 비밀문 앞에 나타났다. 그는 당장 공작을 만나게 해달라고 요구했다. 돈 페드로가 돌연 중병으로 쓰러져 전신 마비 상태라는 전갈이었다. 나폴리 총독은 임시로 만든 가마에 누워 천천히 피렌체로 향하는 중이었다. 코시모는 가장 훌륭한 의사단을 소집하라 지시하고 전속력으로 팔라초를 향해 달렸다.

* *
*

턱이 축 늘어지고 눈이 퀭한 이 노인이 아버지라니, 엘레오노라는 믿기지 않았다. 돈 페드로는 도착하자마자 사혈 처치를 받았다. 의식은 돌아오지 않았다. 두번째 사혈도 효과를 보지 못했다. 공작부인은 의사들을 전부 방에서 내보냈다. 아버지와 단둘이 있고 싶었다.

그녀가 부친의 굳은 입술가에 흐르는 침을 닦아냈다. 죽어가는 부친의 가슴이 가볍게 헐떡거렸다. 그는 아직 숨을 쉬고 있었다. 엘레오노라는 침대 곁에 무릎을 꿇고 눈을 감았다. 그러고는 열렬히 기도했다. 왜 오랜 헤어짐 끝에 재회한 순간에 아버지를 빼앗겨야 하는가? 왜 그녀가 그런 가혹한 일을 당해야 하는가? 오 주님, 아버지를 살려주세요! 어차피 데려가셔야 한다면 마지막으로 저를 축복할 수 있는 힘이라도 주세요! 성모마리아여, 하루도 빠짐없이 경배한 성모마리아여, 아버지의 목소리를 한 번만 더 듣게 해주세요, 제발 그렇게 해주세요……

그녀가 노인의 야윈 손등에 이마를 갖다댔다. 손은 차디찼다. 불현듯 한 가지 생각이 머릿속을 가로질렀다. 키마이라! 불길한 후광을 내뿜던 괴물! 코시모는 약속대로 정말 그것을 버렸을까?

엘레오노라는 벌떡 일어나 아버지의 잿빛 얼굴을 내려다보고는 방을 나갔다. 옆방에서 대기하던 신부들이 우르르 돈 페드로의 침대머리로 몰려들었다.

* *
*

코시모는 바르톨롬메오 콘치노와 대책을 협의중이었다. 장인의 급환, 그리고 의사들의 말대로라면 피할 수 없을 그의 죽음에 대비해 새 작전을 짜야 했다. 우두머리를 잃은 황제군은 어떻게 될까? 방어 진지를 구축하고 기다리는 시에나와 프랑스군에 돌격할 수 있을까?

공작은 장인이 갑자기 쓰러지는 바람에 외려 득이 됐다는 것을 인정하지 않을 수 없었다. 황제군이 싸워보지도 않고 나폴리로 철

군하면 그가 카를 5세의 이름으로 군대를 일으킬 것이고, 승리를 거두면 큰 이득을 챙길 수 있으리라.

"그렇게 간단치는 않을 겁니다. 밀정들의 최근 보고에 따르면 시에나군 지휘권이 피에로 스트로치에게 돌아갈 거랍니다." 바르톨롬메오가 말했다.

공작의 얼굴이 굳어졌다. 공작에겐 최악의 적이자 없애려고 그리 애썼던 자였다. 일찍이 그의 부친 필리포는 코시모에게 맞서 음모를 꾸며 감옥에 갇혔다가 암살됐다. 그 아들이, 이미 그의 목숨을 노린 적이 있는 피에로 스트로치가 프랑스 편에 서서 시에나 반군의 수뇌가 된 것이다……

"틀림없는 정보인가?" 그가 날카롭게 반문했다.

"그렇습니다, 예하. 시에나인들이 제대로 고른 셈이지요. 피에로는 우수한 용병대장이니까요."

"그리고 내가 미워하는 것 못지않게 그도 나를 싫어하지!"

코시모가 주먹을 그러쥐었다. 바르톨롬메오는 주인의 주먹 쥔 뼈마디가 새하얘지는 것을 보았다.

"장인이 운명하면 즉각 우리 부대에 출병 준비를 시키도록 해."

"나폴리인들이 발길을 돌릴 때까지 기다리는 게 좋지 않을까요?"

"난 그들을 잘 알아…… 그 용병들은 용맹한 지도자가 끌어줄 때만 싸우지. 돈 페드로의 죽음이 알려지면 십중팔구 숙영지를 벗어나 시민들을 약탈하면서 뿔뿔이 흩어질 거라고."

그는 잠시 뜸을 들였다가 덧붙였다.

"시에나인들이 피에로 스트로치의 손을 빌린 건 실수야…… 그들의 도발에 최후의 피 한 방울까지 값을 치르게 해주겠어."

주인의 험악한 얼굴을 보고 바르톨롬메오 콘치노는 자신도 모르게 약간 물러섰다. 그들은 공작 부인이 들어오는 것을 알아채지 못했다. 엘레오노라는 얼굴을 일그러뜨린 채, 눈물이 가득 담긴 눈으로 분노의 여신처럼 남편 품에 달려들었다.

"키마이라! 그걸 어쩌셨어요? 그것이 불행을 가져올 줄 알았어…… 아버지의 병환은 그것 때문이에요!"

코시모가 아내를 떼어내는 사이 바르톨롬메오는 조용히 물러났다.

"당신은 내 말을 듣지 않았어요! 그걸 버리지 않았다고요!"

엘레오노라가 흐느낌을 터뜨렸다. 공작이 아내를 품에 안고 위로하려 했지만 소용없었다. 그녀는 거칠게 그의 품에서 빠져나갔다.

"내게 거짓말을 했죠…… 그 괴물이 우리집에 불행을 몰고온 거예요. 이제 너무 늦었어요. 불행은 다시는 이 집을 떠나지 않을 거예요."

그녀는 비틀거리더니 정신을 잃었다. 쓰러지기 직전 코시모가 아슬아슬하게 그녀를 붙들었다.

* *
*

슬픔에 빠진 아내의 비위를 맞추기 위해 공작은 돈 페드로를 대성당에 매장한 뒤 온 피렌체가 복상할 것을 명령했다.

공작 부인의 불안은 그 정도로는 가라앉지 않았다. 아버지의 죽음 이후 터진 사건들로 그녀의 두려움은 더욱 깊어졌다.

지진이 발생해 허술한 집들이 무너졌다. 그다음엔 피렌체의 하늘에 야릇한 불빛이 나타나는 것이 목격됐다. 심지어 하늘에서 목소리와 무기 부딪치는 소리가 들렸다는 사람들도 있었다. 전조를 쉽사리 믿는 피렌체인들은 사보나롤라 수도사의 시대가 재래한 것이라 여겼다. 그 공포에 답하듯 돈 페드로의 죽음으로 흩어진 황제군은 여인들을 범하고 재물을 약탈했다. 그 가운데에는 피렌체에서 도망친 용병들도 섞여 있었다. 시에나가 야기하고 프랑스인들이 은밀히 부채질한 이 동요는 토스카나 전역으로 번질 위험이 있었다. 볼테라, 아레초, 피스토이아가 피렌체의 독재에 맞서 꿈틀거렸다. 망명자들이 이 도시에서 저 도시로 부지런히 오가며 분리주의자와 공화주의자를 쑤석거렸다. 일부는 '리베르타 보 체르칸도 체 시 카라'*라는 단테의 유명한 글귀가 적힌 초록색 깃발을 당당히 휘날렸다.

---

* 나는 그 귀중한 자유를 찾으러 간다.(원주)

사회 불안의 여파로 농산물 가격이 천정부지로 치솟았고 망한 농부들은 너도나도 피렌체로 몰려들었다. 코시모 1세는 피렌체의 문들을 폐쇄시켜 굶주린 농부들을 밀어내고(대신 그들에게는 성벽 밖에서 빵이 배급됐다) 부유한 시민들과 젊은이들이 도시 밖으로 빠져나가는 것을 방지했다. 그의 허락 없이는 아무도 도시를 드나들 수 없었다. 그것은 또 불쌍한 농부들 사이에 번지던 성홍열로부터 도시를 지키는 대책이기도 했다.

신중한 공작은 거기서 머물지 않고 피렌체의 건축가와 조각가를 전부 소집해 축성 작업을 강화했다. 물론 벤베누토 첼리니도 부역을 면할 수 없었다.

그러나 제일 시급한 것은 모든 재앙의 근원인 시에나라는 종기를 도려내는 일이었다. 전쟁은 불가피하게 보였다.

코시모는 마리냥 후작으로 과거에 카를 5세의 뜻을 받들어 복무한 적이 있는 밀라노의 용병대장 자코포 메디치노를 지휘관에 임명했다. 그는 조반니 달레 반데 네레가 부상을 입고 물러나는 바람에 결국 패했던 파비아 전투에서 프랑수아 1세의 군대에 맞서 용감하게 싸운 전적이 있었다. 후작은 코시모 1세를 만나자 대뜸 선친에 대한 찬사부터 늘어놓았다.

"그런 용맹한 분은 본 적이 없습니다. 예하의 부친께선 이탈리아 유일의, 최고의 용병대장이셨죠. 진정한 군인이라면 누구나 그분의 죽음에 낙담했습니다."

코시모는 잠자코 듣기만 했다. 메디치노가 이름이 비슷한 것을 이용해 마치 메디치가와 관계라도 있는 양 떠들고 다니는 것을 그도 모르지 않았다. 그러나 화가 나기는커녕 재미있었다. 그의 친척이 되고 싶어 안달하는 것도 썩 불쾌하지는 않았다.

두 사내는 머리를 맞대고 작전을 짰다. 우선 토스카나의 많은 요새들에 적의 공격을 막아줄 든든한 주둔군을 배치하는 것이 중요했다. 동시에 시에나에서 가까운 요새들은 스트로치가 공화국 영토 밖에서 기습을 시도할 수 없게끔 후위 방위대 기능을 해야 했다.

"후작, 적군의 우두머리가 내게 깊은 원한을 품은 인물이란 걸 잊지 말았으면 하오. 용서 없이 해치우고 싶소."

"그럼 가차없는 방법을 써도 되겠습니까?"

"단호히 해결해주시오. 시에나인들은 황제의 용서도, 우리 군의 자비도 기대해선 안 될 반도들이오. 스트로치로 말하자면 조국의 배반자인 이상 엄격한 재판을 받게 될 거요."

"만일 전사하면요?"

"그의 벗들이라면 차라리 그렇게 되기를 빌어줘야 할 것이오."

* *
*

자코포 메디치노는 준비를 마치자 곧 시에나로 진군했다. 토스카나의 민병대에 독일과 스위스 용병이 합세한, 보병과 기병을 아우르는 대규모 병력이었다.

시에나의 성벽 밑에 다다른 메디치노는 장기전이 되겠다고 판단했다. 공화정의 전통을 사수하려는 시민들의 지지를 받는 시에나군은 대부분 프랑스인으로, 스트로치의 지휘하에 방어벽을 단단히 구축하고 만반의 태세를 마친 것 같았다.

메디치노가 도시의 포위 계획을 세우기 시작할 즈음 시에나군이 전격적인 돌파 작전에 성공했다. 기습을 당한 피렌체군은 우왕좌왕하면서 뒤로 물러났다. 그러나 스트로치는 피렌체군의 후방을 보호하는 요새의 성벽에 맞닥뜨려 어쩔 수 없이 시에나로 후퇴했다.

무자비한 포위용 기구들이 착착 자리를 잡기 시작했다. 전투로는 얻지 못할 것을 기아와 갈증이 해결해줄 터였다. 메디치노의 판단은 옳았다. 식료품이 떨어진 스트로치는 안전한 도시를 한번 더 벗어날 수밖에 없었다. 그는 도시의 방어를 블레즈 드 몽뤽에게 맡기고, 주력부대를 이끌고 용감하게 봉쇄를 뚫고 대낮에 시에나를 빠져나갔다.

메디치노는 정면 대결을 삼갔다. 그는 전세가 우월할 때만 싸울 생각이었다. 거리를 두고 스트로치를 추격해 후방을 흐트러뜨렸고, 본격적인 전투가 시작될라치면 재빨리 빠져나왔다.

한여름에 마침내 메디치노가 결단을 내렸다. 장소는 마르치아노란 곳이었다. 메디치노는 그곳이라면 아군이 절대적으로 유리하리라 판단했다. 불볕더위 속에서 양군은 맞부딪쳤다. 피렌체군이 신속히 우위를 점했다. 밀려난 피에로 스트로치는 부상까지 입고 목숨을 건지기 위해 도망칠 수밖에 없었다. 싸움이 시작된 날 저녁 그는 절반 이상의 병력을 잃었다.

* *
*

메디치노는 즉각 코시모 1세에게 승전을 보고했다. '교황과 순교자이신 셍테티엔느의 축일인 이날, 아군은 시에나의 반군에 승리를 거뒀습니다……' 공작은 몹시 기뻐했다. 유감이라면 스트로치가 도망쳤다는 사실이었다. 어쨌든 공작은 마르치아노 전투의 승리를 기념하기 위해 산토스테파노 훈장을 창설해 전공을 세운 병사들을 표창하기로 마음먹었다.

시에나는 몽뤽 휘하에서 아직 포위에 저항하고 있었지만 그들을 굴복시키는 것도 시간문제였다.

공작은 흡족한 기분으로 벤베누토 첼리니를 찾아갔다. 페르세우스상의 완성을 초조하게 기다리는 공작이 작업장으로 내어준 데이세르비 거리의 집에서 벤베누토는 일을 하고 있었다. 공작은 귀족 몇 명과 시종 알메니 스포르차를 거느리고 그곳까지 걸어갔다.

넓지만 천장이 낮은 그 방에는 크고 작은 조각상과 재료 덩어리들이 사방에 널려 있었다. 청년 둘이 분주하게 움직이고 있었는데, 한 명은 세공품을 세척하고 또 한 명은 화덕에서 나온 작은 조각상에 너절하게 달라붙은 것들을 대충 잘라냈다. 또다른 청년 하나가 커다란 흰색 대리석 덩어리를 정으로 다듬고 있었다. 귀한 방문객을 보자 벤베누토는 기분이 좋아졌다. 그는 빙그레 웃으며 공손하게 절을 했다. 코시모 1세는 페르세우스를 찾기라도 하는 것처럼 주변을 휘둘러보았다. 예술가가 눈치 빠르게 묵직한 청동 작품을 내놓았다.

"예하, 페르세우스가 목을 벤 메두사입니다. 방금 주조했지요."

코시모는 몸을 기울여 그것을 찬찬히 뜯어보았다. 눈을 감은 여성적 얼굴의 머리칼은 꿈틀거리는 뱀들이었고, 그 뱀들을 힘줄이 많은 손 하나가 후려치고 있었다. 벤베누토가 말을 이었다.

"제가 고안한 방식 덕택에 주조는 완벽하게 성공했습니다…… 자랑은 아닙니다만 일찍이 이런 위업을 달성한 사람은 아무도 없었지요. 더욱이 얼굴이 일그러져 있어 제작이 쉽지 않죠. 이걸 주조하려고 특별히 만든 새 화덕에선 청동이 녹아 두 군데 배출구로 흐르게 되어 있습니다."

공작이 고개를 끄덕였다.

"대단히 훌륭하네, 벤베누토."

그러자 벤베누토는 작업장 구석으로 달려가 마법사처럼 거대한 조각상을 덮은 천을 확 걷어냈다. 페르세우스가 드러났다. 키는 어지간한 장정의 두 배는 되고 몸뚱이는 근육질이었다. 검을 쥔 그가 메두사의 알몸을 짓밟은 채 머리를 베어 흔들고 있었다. 더없이 박력 있는 조각상이었는데, 크기도 크기였지만 영웅의 인체가 막강한 힘을 표현했기 때문이다.

코시모가 다가갔다. 벤베누토는 공작의 눈이 감탄으로 반짝거리는 것을 알아차리고 해설을 붙였다.

"거푸집을 제작하게 해줄 밀랍 모델이랍니다."

"하지만 이런 거대한 작품을 한 번에 녹일 수는 없을 텐데. 물리적으로 불가능한 이야기야."

"그렇다면 예하, 그건 예하가 저를 별로 신뢰하지 않으시는 탓입니다."

코시모가 고개를 저었다.

"그래, 난 못 믿겠어……"

"제가 요구하는 만큼의 일손을 주시면 성공해 보이겠습니다."

"이 분야라면 나도 좀 아는데, 누구도 그런 쾌거를 이룰 수는 없을 거라 장담하지."

벤베누토는 분노와 서글픔을 동시에 느끼며 대꾸했다.

"군주로서야 정통하실지 몰라도 예술가로서는 아니실걸요."

공작의 턱이 일그러졌다. 벤베누토는 아차 싶었지만 이제 와서 물러설 수는 없었다.

"지극히 고명하신 예하, 메두사의 머리를 보지 못하셨습니까? 그리고 예하의 초상화를 기초로 제가 만든 그 훌륭한 흉상을 잊으셨습니까?"

코시모 1세는 점점 짜증이 치밀어 동조라도 구하는 양 주위의 수행원들을 차례로 둘러보았다. 벤베누토가 단호하게 말을 이었다.

"저의 적들, 물론 저를 시기하는 사람들이 워낙 많아 그 적들도 상당수이리라 생각합니다만, 하여튼 그들이 제가 예하의 총애를 잃기를 바라며 이러쿵저러쿵 떠들어댔겠지요…… 바치오 반디넬리도 그랬겠지요? 예하 앞에서 제가 그의 〈헤라클레스와 카쿠스〉를 따끔하게 비평한 이후로 절 아주 미워하니까요. 그것이 시의회 광장에 있을 만한 작품이 아니란 제 생각은 여전히 변함이 없습니다."

공작의 수행원 몇은 웃음이 터지려는 것을 참았다. 벤베누토 첼리니가 경쟁자의 면전에서 했던 말을 잊은 사람은 아무도 없었다. '댁의 헤라클레스의 머리칼을 잘라내면 뇌가 들어가기에 충분한 두개골이 남아 있지 않겠구려.'

그러나 자존심이 상한 코시모는 눈살을 찌푸렸다. 그가 메두사의 머리를 가리키며 쌀쌀맞게 물었다.

"그보다 벤베누토, 이 아름다운 얼굴을 어떻게 단번에 성공시킬 수 있을지, 그거나 설명해보게."

"예하께서 평소에 주장하시는 것처럼 예술에 소양이 깊으시다면 메두사의 머리를 염려하실 게 아니라 외려 작품의 다른 쪽 끝에 있는 이 오른발을 염려하셔야 할 겁니다."

공작은 노여움으로 얼굴이 하얗게 질려 수행원들을 돌아보았다.

"잘난 벤베누토 선생께서 내 말이라면 뭐든 부정하는데."

근엄한 얼굴로 돌아온 귀족들과 스포르차가 아첨하는 빛으로 고개를 주억거렸다. 코시모는 벤베누토에게 몇 발짝 다가갔다.

"하지만 인내심을 발휘해 어디 설명이나 한번 들어볼까."

"예하도 납득하시리라 장담합니다. 이걸 아셔야 합니다, 예하. 불의 성질은 위로 올라가는 것이지요. 바로 그 때문에 메두사의 머리는 완벽하게 완성되리라 장담합니다. 동시에 바로 그러한 불의 성질로 인해, 그리고 불길이 거푸집의 제일 깊숙한 데까지 내려가도록 제가 손을 쓸 것임에도 불구하고 이 작품의 오른발은 어떤 형태로든 변형될 위험이 있지요."

"그렇다 해도 자네가 수정할 수 있지 않겠나?"

"물론입니다, 예하. 더 큰 화덕과 제 다리만큼 굵은 도관을 쓸 수만 있다면요. 녹은 쇠붙이는 그 관을 통해 오직 중력의 힘만으로 흘러내려가지요. 하지만 만에 하나 오른발에 문제가 생긴다 해도 첫 번째 주조가 끝난 다음 얼마든지 수정할 수 있으니 걱정 없습니다."

납득은 했지만 여전히 분한 낯으로 코시모는 몸을 돌렸다. 돌아가는 길에 스포르차는 벤베누토의 무례함은 질책으로 끝날 일이 아니라고 지적했다. 공작이 노려보자 시종은 움찔해서 고개를 숙였다.

* *
*

땅은 황량했다. 비옥했던 땅은 쟁기질 한번 안 된 채 몇 달이나 버려져 있었다. 피렌체군의 무거운 수송대와 전쟁 기구와 군마들에 짓이겨진 그 땅에는 다시는 풀이 자라지 못할 것 같았다.

봄이 찾아왔지만 시에나는 여전히 버텼다. 성벽은 이제 전사한 사내들을 대신해 무도회라도 가는 양 치장한 여인들이 지켰다. 여인들은 기아에도 굴하지 않고 사내들 못지않은 용맹함을 발휘했다. 굶주림이 심각해 블레즈 드 몽뤽이 자신의 말을 죽여 사람들에게 먹였다는 소문도 나돌았다.

마침내 대사들이 도시의 문을 넘었다. 전통 있는 공화국은 항복했다. 사만 명의 주민 가운데 살아남은 사람은 불과 육천 명이었다.

협상은 시에나인들과 자코포 메디치노 사이에 이뤄졌다. 프랑스 국왕의 신하인 몽뤽은 그 자리에 나서지 않았다. 그러나 반도들의 편에서 용감하게 싸운 망명자들을 시에나가 피렌체에 넘겨줄 생각이란 것을 알자 그도 개입했다. 피렌체로 넘어가면 그들은 십중팔구 죽임을 당할 터였다. 프랑스 지휘관은 자신의 목숨을 걸고라도 전투를 재개하겠다고 위협하면서 그들을 자유롭게 도시 밖으로 내보내라고 주장했다. 메디치노는 할 수 없이 그 조건을 수용했다.

얼마 후 프랑스군이 독재를 거부한 수백 명의 시에나인과 망명자들을 동반하고 무기와 짐을 챙겨 시에나에서 나왔다. 피렌체군은 지칠 대로 지친 불행한 그들에게 길을 열어주었다. 블레즈 드 몽뤽은 메디치노와 담백한 포옹을 나누었지만 그가 제공한 식료품은 당당히 거절했다.

코시모 1세는 지체 없이 시에나로 입성했다. 시에나인들의 우려와 달리 코시모는 관대했다. 도시의 새 보호자가 된 피렌체 공작*

* 카를 5세는 시에나를 아들 필립 2세에게 주었다. 그러나 어디까지나 형식상이었고, 실제 주인은 코시모 1세였다.(원주)

은 그들의 제도와 관습을 존중할 것을 약속했다. 다만 공작의 측근이 통치자로 임명됐고 피렌체군이 주둔할 튼튼한 요새를 건설하라는 명령도 떨어졌다.

코시모 1세의 자비로 시에나인들은 전쟁의 공포를 잊고 군말 없이 새 통치자를 받아들였다. 공작은 명예와 실속을 한꺼번에 얻었다. 시에나를 손에 넣음으로써 백합의 도시는 영토가 두 배로 확장됐다. 코시모 1세는 이제 피렌체만이 아니라 토스카나 거의 전역을 지배하는 주인이었다.

8
1556~1557

침울한 신록의 땅. 무젤로, 그곳은 선조들의 고향이었다. 전나무와 너도밤나무 숲은 사냥감이 우글거렸고 맑은 물줄기들은 꼬불꼬불 방향을 틀어가며 깊은 골짜기까지 흘렀다.

코시모는 그곳에서, 궁정의 영화와 엄한 예법으로부터 뚝 떨어져 어린 시절을 보냈다. 내색은 하지 않았지만 그 야생의 풍경을, 비밀스러운 삶이 숨쉬는 숲을 다시 찾자 그는 감동을 느꼈다.

그들은 말을 타고 가파른 오솔길을 올라갔다. 병사들이 행렬의 맨 앞과 뒤를 지켰다. 공작은 바르톨롬메오 암만난티와 함께였다. 건축가이자 조각가인 그는 공작의 주문을 도맡고 있었다. 엘레오노라는 동행하지 않았다. 갈수록 쇠약해지는 그녀는 부친의 죽음으로 오랫동안 침울한 나날을 보냈다. 그녀는 불길한 키마이라에 대해 두 번 다시 입에 올리지 않았다. 그러나 코시모는 아내가 여전히 그 생각에 사로잡혀 있다는 걸 알았다. 아내를 너무나 사랑했지만 어찌된 일인지 그는 조각상을 버릴 수 없었다.

이윽고 그들이 정상에 도착했다. 무젤로 전역이 눈앞에 펼쳐졌다. 산등성이들은 마치 몸을 포개고 사이좋게 누워 있는 듯했다. 공작이 아무 말도 하지 않자 암만난티도 잠자코 기다렸다. 코시모 1세는 일대를 주의깊게 둘러본 다음 건축가를 돌아보았다.

"이 지역을 어떻게 생각하나? 정상에선 적이 어느 쪽에서 오건 바로 식별할 수 있을 걸세. 산꼭대기의 나무들을 벌채하고 땅을 골라 충분한 공간을 확보해 성벽을 쌓으면 그 안에서 병사들이 훈련도 할 수 있지."

암만난티는 잠시 생각하고 대답했다.

"벽돌과 돌을 이 고지까지 운반하는 게 보통 일이 아닐 겁니다. 길이 좁고 험합니다."

"그럼 길을 확장하게."

두 사내는 말에서 내렸다. 건축가는 나무들 아래를 한 바퀴 둘러보고 돌아왔다.

"수원이 전혀 없는 것 같은데요……"

"거대한 저수지를 만들어 빗물을 받게."

"물을 저장한다 해도 여름철 무더위로 금방 말라버릴 겁니다."

"그럼 강물까지 이어지는 계단을 만들게…… 계단은 깊은 산중에 만들어 그곳을 이용할 병사들의 안전을 확보하고 침략자의 눈도 차단해야겠지."

코시모는 크고 작은 사항들을 하나하나 결정하여 건설하는 일이 무엇보다 즐거웠다. 그는 어느 타국 군대도 발을 들여놓지 못할 난공불락의 요새를 토스카나에 짓고 싶었다. 스페인과 프랑스는 여전히 전쟁중이었다. 그들은 제각기 이탈리아의 패권을 강화하기 위해 다투고 있었다. 자신을 공작에 봉해준 황제의 가신인 코시모로서는 그 싸움을 질질 끄는 것이 싫지 않았다. 피에몽과 플랑드르에서 싸우기에 바빠 두 열강이 토스카나를 조용히 내버려뒀던 것이다. 피렌체 공작이 영토의 방어책을 보강하는 데는 절호의 기회였다.

토스카나의 독립성을 강화하겠다는 공작의 의지를 굳힌 결정적 요인은 카를 5세의 퇴위였다.* 코시모는 자신의 공국을 정비하는 데 힘썼다. 규율과 질서가 구석구석까지 침투했다. 사법제도가 개혁되고 행정권은 공정한 시민들에게 넘어갔다. 국제무역과 농업과 산업이 발달했다. 도로와 항구와 시장이 생겼다. 새로운 직종들이 개발되고 대규모 배수 공사로 비위생적인 늪지의 물을 뺐다. 공작은 자신의 정치력이 우선 시민들의 번영에 기초를 둔다는 것을 잘 알고 있었다.

"산을 파서 지하에 건물을 짓고 그 안에 상점과 무기 공장과 제련소를 만들게……"

---

* 1555년 10월, 병마와 신경쇠약에 시달리던 카를 5세는 왕위를 양위했다. 스페인 왕위는 차남 필립 2세에게, 신성로마제국의 제위권은 아우 페르디낭 대공에게 양도하고 그는 스페인의 한 수도원으로 물러났다.(원주)

암만난티가 고개를 끄덕였다. 코시모는 여전히 풍경에 눈길을 주고 있었다. 새로 축조될 이 산마르티노 요새가 피렌체를 북쪽으로부터 보호하고 적들의 침입을 막아줄 것이다.

공작은 다시 말에 올라탔다. 그는 머지않아 그 언덕에 세워질 웅장한 성벽들을 상상하면서 서둘러 산을 내려갔다.

* *
*

동이 틀 무렵 코시모는 델라 시뇨리아 팔라초의 문 위에 난 창문 앞에 서 있었다. 그는 창문 한구석으로 비켜서서 밖을 내다보았다. 왼편에 데이 란치 로지아의 우아한 아케이드들이 서 있었다. 병사 셋이 건물을 둘러싼 대리석 난간에 끼워넣은 커다란 덩어리를 지키고 있었다. 동이 트면서 덩어리를 덮은 흰 장막이 장밋빛으로 물들었다. 벌써 호기심 많은 구경꾼 몇몇이 그 앞을 어슬렁거렸다. 공작은 십자형 유리창을 열었다. 벤베누토 첼리니가 세 명의 견습공과 함께 로지아 구석에 나타나는 것이 보였다. 장막을 친 상태로 비밀리에 마지막 손질을 마친 페르세우스상이 이날 아침 공개될 예정이었다. 코시모는 예술가만큼이나 초조했다. 자신이 피렌체에 선물한 작품에 신랄한 비평가인 시민들이 어떤 평가를 내릴지 궁금했다. 조각가의 작업장을 정기적으로 드나든 피에르 프란체스코 리치오의 입을 통해 그는 각 단계별로 얼마나 어려운 작업 공정을 거쳤는지 훤히 알고 있었다.

기교를 요하는 대규모 청동의 주조에 대해 코시모가 회의를 표시한 것에 분개한 벤베누토 첼리니는 정신 나간 사람처럼 일했다. 여남은 명의 조수를 동원해 그는 우선 밀랍 조각상 주변에 철제 뼈대를 세운 다음 모형의 표면 위에 이 부착물이 완전히 붙는지 살피면서 축축한 흙을 꼼꼼하게 발랐다. 이틀 내내 약한 불로 흙 덮개를 가열해 거푸집을 굳힌 후 그 안에 통풍구를 만들었다. 그곳을 통해 우선 녹은 밀랍을 받아내고, 그뒤에 달구어진 금속을 흘러가게 하기 위해서였다. 벤베누토는 긴장을 풀 새도 없이 내처 거푸집이 들어갈 벽돌 화덕을 만들었다. 그런 다음 조수들을 들볶아 그 모든 것이 땅바닥에 직접 파인 거대한 구덩이로 흘러내리도록 신중하게 작업을 진행했다.

마침내 어마어마한 화덕에 구리와 주석 덩어리를 던지고 전나무 장작을 채운 다음 불을 지폈다. 불길은 이내 기세 좋게 솟구쳐 천장까지 닿았다. 조수들이 불길과 분투하는 사이 금속은 표면에 커다란 기름방울들을 만들어내면서 녹기 시작했고, 벤베누토는 불카누스 신처럼 펄펄 뛰어다녔다. 시뻘건 그의 얼굴에서는 땀이 뚝뚝 떨어졌다. 급기야 그는 피로로 쓰러졌다. 사람들이 그를 끌어다가 침대에 눕혔다.

이튿날 새벽잠에서 깬 그는 전부 엉망이 됐다는 것을 알았다. 밤새 비가 내렸다. 화재로 부서진 지붕 사이로 떨어진 빗물이 화덕을 식혀 금속 덩어리는 굳어버렸다. 청동은 제대로 녹아 흐르지 못했다. 벤베누토는 조수들에게 욕을 퍼부으며 침대에서 뛰어내렸다.

그는 이웃 푸줏간에서 떡갈나무를 얻어와 새로 불을 지폈다. 거의 꺼져가던 불이 되살아나 기다란 불꽃이 다시 지붕까지 널름거리며 올라갔다. 그러거나 말거나 예술가는 끓기 시작하는 혼합물을 노려보며 계속 불길 속으로 나뭇단을 던졌다. 그런 다음 화덕 속에 주석 덩어리를 몽땅 집어던지고 사악한 빛깔의 그 혼합물을 휘젓기 위해 나무 자루를 움켜쥐었다. 용해된 금속이 만들어낸 유독한 연기 한복판에서, 기다란 국자를 쥐고 풀어헤친 저고리 사이로 털이 무성한 가슴팍을 훤히 드러낸 그는 영락없는 악마였다.

화덕이 다시 닫혔다. 벤베누토는 포도주를 병째 들이켜고 다시 불을 지폈다. 돌연 엄청난 폭음이 들리며 눈을 멀게 할 듯한 빛이 퍼져 조수들은 소스라쳤다. 뚜껑이 폭발하는 바람에 녹은 청동이 밖으로 넘쳐흘렀다. 벤베누토는 얼른 통풍구를 막으라고 외쳤다. 금속이 다시 거푸집 안에서 흐르기 시작했다. 그러나 불길이 너무 거센 탓에 혼합물의 양이 충분치 않은 듯했다. 벤베누토는 모든 주석을 닥치는 대로 가져오라고 미친 사람처럼 고함을 질러댔다. 수십 개의 접시와 그릇과 물병과 잔이 화덕으로 던져졌다. 그것들은 곧바로 부글부글 녹으면서 조금씩 거푸집을 채웠다. 기진맥진한 벤베누토는 땀을 철철 흘리면서 무릎을 꿇고 하늘을 향해 감사를 올렸다.

이틀 후 거푸집의 부착물을 깨는 작업이 시작됐다. 맨 처음으로 나타난 것은 메두사의 얼굴이었다. 숭고하고 무시무시했다. 뒤이어 페르세우스의 투구가 드러났다. 완벽했다. 투구 아래로 승리를 과시하는 영웅의 얼굴이 나타났다. 그 승리는 벤베누토의 것이기도 했다. 그는 사랑하는 사람의 옷을 벗기는 것처럼 조각상의 몸뚱이를 차례차례 드러냈다. 예상대로 오른발의 절반만 제외하고 전부 성공이었다. 자랑도 할 겸 그는 즉각 공작의 집으로 뛰어가 작품이 무사히 완성됐다는 것, 자신의 예측이 적중했다는 것을 보고했다.

점점 불어난 구경꾼들이 로지아 앞으로 몰려갔다. 벤베누토는 배우처럼 천천히 계단을 올라가 덮개가 씌워진 조각상에 다가갔다. 그리고 시원한 동작으로 덮개를 걷어냈다. 침묵이 깔렸다. 다음 순간 침묵은 폭발적인 갈채와 환호로 바뀌었다. 비둘기들이 놀라 일제히 하늘로 날아올랐다. 코시모는 자신이 벤베누토의 자리에서 있기라도 한 것처럼 자부심을 느꼈다. 애초 페르세우스상을 생각해낸 것도, 그것을 피렌체인 누구나가 볼 수 있도록 이 로지아에 세우게 한 것도 코시모가 아니던가?

창가를 떠나기 전, 공작은 피렌체의 가장 뛰어난 예술가 브론치노와 폰토르모가 벤베누토를 얼싸안는 것을 보았다.

* *
*

다들 심각한 표정이었다. 코시모 1세는 자신의 사설 재정 담당관 안토니오 데 노빌리, 국고 담당관 자코포 폴베리노, 알메니 스포르차, 피에르 프란체스코 리치오 그리고 충복 바르톨롬메오 콘치노를 불러들였다.

피렌체는 번영을 되찾았지만 재정 상태만은 썩 좋지 않았다. 시에나와의 전쟁은 3백만 에큐 이상의 큰 지출을 하게 했고 공작이 주문한 공사들은 국고에 부담을 지웠으며 필립 2세는 부친 카를 5세가 빌려갔던 대부금 환불을 미루적거리고 있었다. 반도들과 망명자들의 재산을 압류했는데도 피렌체의 국고는 다시 바닥을 드러냈다.

검은 턱수염을 길렀고 눈동자가 새까만 폴베리노가 새 과세 제도를 만들자고 제안했다. 콘치노가 곧바로 반대했다.

"시민들은 안 그래도 세금에 짓눌리고 있어요…… 더는 참지 않을걸요. 만일 또 세금을 신설하면 상업을 죽이게 될 겁니다."

"양모 무역과 신세계와의 교환무역은 줄기차게 성장중입니다. 거기에 기대를 걸 수 있어요." 노빌리가 말했다.

"하지만 목전의 어려움을 해결해줄 수는 없을 겁니다." 폴베리노가 주장했다.

코시모 1세는 이들의 격한 토론에 개입하지 않고 지켜보기만 했다. 피렌체의 국고가 비거나 말거나 그의 금고만은 그득했다. 그러나 충실한 심복들 누구도 그 사실을 지적할 용기나 배짱은 없었다. 논쟁은 계속됐다. 콘치노를 싫어하는 스포르차가 국고 담당관의 진영에 합류한 반면 리치오는 노빌리를 지지했다. 맞수들은 차례차례 공작의 얼굴을 돌아봤지만 공작은 침묵을 지켰다. 그는 심복들이 저마다의 권력욕, 다시 말해 주인의 인정을 받으려는 일념을 활짝 드러내는 설전을 구경하는 것이 재미있었다.

마침내 코시모 1세가 입을 열었다. 심복들을 소집하기 전에 결정은 일찌감치 끝나 있었다. 그런데도 속을 전혀 비치지 않은 것은 극적 효과를 유발하고 싶어서였다.

"복권, 해결책은 그것일세."

심복들이 멍한 얼굴이 되었다. 복권! 교회가 이 돈놀이를 즉각 유죄로 선언하리란 것은 차치하고 몇 년 전 자금난에 시달리던 프랑수아 1세가 프랑스의 재정난 타개책으로 도입했다가 실패한 사실쯤은 누구나 알고 있었다. 코시모는 자신의 계획에 심복들이 몸을 사린다는 것을 알아차렸다.

"거액의 당첨금을 내걸기만 하면 돼…… 피렌체인들은 내기를 좋아하니까 앞다투어 돈을 걸 테지."

공작이 자신의 세금 신설 제안이 묵살된 것에 꽁해 있던 폴베리노에게 말했다.

"필요한 계산을 하고 복권으로 얻게 될 이득을 산정하게."

"분부대로 하겠습니다, 예하."

공작이 일어서자 다들 일어섰다. 안토니오 데 노빌리가 공작에게 다가가 속삭였다.

"예하, 벤베누토 첼리니에게 답변을 해줘야 합니다만……"

"얼마를 요구하던가?"

"2천 에큐입니다."

"너무 큰 금액인데."

"예하께서 보수에는 일절 토를 달지 않겠다고 약속하셨다고 하던데요."

"뻔뻔한 놈!" 공작이 버럭 소리치자 걱정스러운 눈길이 일제히 쏠렸다.

재정 담당관은 자신에게 불똥이 털어질까봐 고개를 숙였다. 그러면서도 작은 목소리로 덧붙이지 않을 수 없었다.

"이탈리아에서 그런 작품을 만들 수 있는 조각가는 아무도 없을 거란 말도 했습니다……"

"그놈보다 건방진 인간 또한 아무도 없겠지."

"그럼, 뭐라고 대답하면 될까요?" 노빌리가 캐물었다.

코시모는 잠시 뜸을 들였다가 한결 차분하게 말했다.

"피렌체의 다른 예술가들에게 조각상을 감정하게 할 거라고 전해. 그들의 의견을 들어보고 보수를 결정한다고."

공작은 원소들의 방을 성큼성큼 가로질렀다. 그러나 방을 나가기 전 뒤를 돌아보고 알메니 스포르차에게 눈짓을 보냈다. 시종이 서둘러 따라나왔다. 코시모는 그를 토성 테라스로 데려갔다. 정오의 이글거리는 태양 아래 피렌체의 지붕들과 벽들은 붉게 달아올라 있었다.

"피에로 스트로치한테 붙인 자객들은 일이 퍽 느리군……"

"프랑스로 몸을 피한 이래 예하의 친척이신 프랑스 왕비의 보호를 받고 있습니다."

"카테리나의 명분은 그가 클라리체 숙모의 아들이니 자신의 사촌이란 거지." 공작이 말했다.

"왕비는 심지어 이탈리아에서의 주요한 지휘권을 그에게 내려달라고 앙리 2세에게 간청까지 했답니다. 하지만 총애하는 애인의 말만 듣는 프랑스 국왕은 그 지휘권을 구이제의 공작에게 주었지요. 카테리나 왕비는 몹시 실망했다고 합니다." 시종이 한 술 더 떠 말했다.

코시모는 아무 대꾸도 하지 않았다. 그러나 부친의 원수를 갚을 생각에 불타는 스트로치가 프랑스군의 고위 지휘관 자리를 얻은데다 왕비의 보호까지 받는다는 사실에 분통이 터졌다. 테라스 난간에 팔꿈치를 댄 채, 그는 떨리는 목소리로 혼잣말처럼 중얼거렸다.

"카테리나는 옛날부터 날 싫어했어…… 내가 '포폴라니'인 차남 가계 출신이니까…… 그녀가 스트로치를 감싸고도는 건 놈에 대한 우정 때문이 아니라 순전히 날 골탕 먹이기 위해서지."

공작은 갑자기 뒤를 돌아보며 내뱉었다.

"난 놈의 파멸을 원해, 알겠나? 무슨 수를 써서라도 그렇게 되게 해!"

* *
*

기이한 인물이었다. 그 더운 날에 황금색 별들이 그려진 치렁치렁한 검은 외투로 몸을 감싸고 있었다. 턱수염을 뾰족하게 길렀고 긴 백발을 어깨까지 늘어뜨렸으며 눈동자는 주름투성이 얼굴 한복판에서 송곳처럼 빛났다.

그는 다니엘 데 트란실바니아라 불렸다. 그러나 이 헝가리인의 본명은 에델리 다니엘이었다. 의사이며 연금술사인 그는 피렌체에 정착한 지 얼마 되지 않았지만 벌써 상당히 이름을 날렸고 단골손님도 꽤 많았다.

그가 연금술의 비밀을 풀었다는 소문이 돌자 의심 많은 코시모 1세도 결국 그를 팔라초로 불러들였다. 의학과 철학에 호기심이 왕성한 코시모는 무거운 국정의 부담에도 불구하고 연구를 중단한 적이 없었다. 그는 하루일을 마치고 시간이 날 때면 실험실로 직행했다. 화덕의 불꽃과 증류기 속에서 벌어지는 신비로운 변화에 매혹된 채, 그는 밤늦도록 그곳에서 나올 줄 몰랐다.

엘레오노라와 바르톨롬메오 콘치노가 의사의 첫 방문에 동석했다. 의사는 자신이 치료할 수 있다는 크고 작은 질병들의 증세를 하나하나 설명했다. 공작은 강력한 독사에 물렸을 때 효과가 있었다는 테리아카의 성분에 특히 흥미를 보였다. 그 연약煉藥을 얻기 위해 다니엘은 살아 있는 살모사 네 마리를 염화암모니아와 갖가지 향신 물질이 들어간 항아리에 넣고 구웠다. 그런 다음 여과하면 입자가 고운 물질이 얻어졌는데 보관용 병에 넣어두면 몇 년이나 끄떡없다고 했다. 연금술사는 또 근동 지방의 분석糞石을 기초로 한 효력 좋은 해독제, 페스트 치료용 기름은 물론이고 남녀의 잠자리를 수월하게 해주고 사내의 정액을 몇 배로 불려주는 당의정도 만들 수 있다고 호언했다.

그가 떠나자 코시모는 엘레오노라에게 소감을 물었다. 그는 언제나 아내의 의견을 귀담아들었다.

"난 당신처럼 자세히 알지 못하지만, 어쨌든 지식은 깊은 사람 같더군요…… 하지만 그 사람의 눈빛이 마음에 들지 않아요…… 영혼의 야성적인 부분을 깨우는 약에 대해 말할 때 그의 눈은 석류석처럼 번들거렸어요. 그 눈동자는…… 사탄의 눈동자였어요. 난 기분이 너무 상해서 고개를 돌렸죠."

공작이 웃었다.

"그 노인이 그런 눈길을 던졌다면 당신 미모에 반한 탓이겠지. 그걸 악의로 볼 필요는 없소."

두번째 방문 때는 코시모 1세의 주치의 바치오 발디니가 동석했다. 그는 다니엘이 사용한다는 방법과 재료에 대해 많은 질문을 퍼부었다. 두 사내는 각자 제일 자부하는 치료법의 장점을 놓고 장시간 논쟁했다. 한 사람이 인체를 부패시키는 모든 병원성 요인을 몸에서 배출시키는 납 기름의 우수성을 주장했다. 그러자 또 한 사람이 신장결석을 분쇄하는 탕약 이야기를 꺼냈는데, 그 효과가 얼마나 큰지 척추와 혈관을 막은 돌까지 녹일 수 있다고 했다. 공작은 두 학자가 지식을 겨루는 것을 들으며 큰 기쁨을 느꼈다. 그는 헝가리인에게 따로 찾아오라고 일렀다. 코시모는 연금술에 대해 묻고 싶은 생각으로 불타올랐다. 뛰어난 연금술사들도 실패한 일을 그가 정말 성공시켰을까?

* *
*

다니엘 데 트란실바니아는 야릇한 별 그림이 그려진 옷 위에 검은 망토를 두르고 나타났다. 밤이 내린 보볼리 정원에는 자극적인 장미향과 달큼한 인동덩굴 향이 그윽하게 진동했다. 경비병이 연금술사를 팔라초에서 조금 떨어진 곳, 건축가 바시리가 만든 공작의 주조장으로 안내했다.

곧바로 공작이 나타났다. 횃불 아래서 연금술사의 눈빛은 더한층 번들거렸고 치렁치렁한 백발은 노인의 얼굴 주위로 새하얀 광채를 뿜었다. 공작은 실험과 실험 사이에 명상을 할 때 앉는 널찍한 안락의자에 허물없이 그를 앉혔다. 코시모 자신은 푸르스름한 액체가 끓는 석탄 향로가 놓인 작업대 가까이에 섰다. 그가 단도직입으로 말했다.

"당신이 금을 만들었다는 소문이 돌더군."

"헛소문이 아닙니다, 예하. 동양과 트란실바니아를 아우르는 학식 깊은 스승들을 본보기로 저는 연금을 완수했습니다."

"그 비밀을 내게 알려줄 생각이 있나?"

다니엘은 당장 대답하지 않았다. 그는 눈을 반쯤 감고 턱수염만 쓰다듬었다. 그런 다음 공작의 초조함을 훤히 헤아리면서 느긋하게 입을 열었다.

"무례한 말씀인 줄은 압니다만…… 예하, 제게 맡겨진 비법은 순수한 마음을 가진 사람, 그러니까 황금을 올바르고 자비로운 목적으로 쓰겠다고 약속하는 사람 손에만 들어갈 수 있습니다."

"그러니까 내가 비법을 손에 넣자마자 냉큼 약속을 저버릴까봐 걱정이다 그건가?" 공작이 버럭 화를 냈다.

"만에 하나 그렇게 하셨다가는 바로 후회하실 거란 말씀입니다. 자신의 소명으로부터 등을 돌린 황금은 천한 쇠붙이로 전락할 뿐이니까요."

"말하자면 당신은 연금술사가 아니라 마술사로군."

"믿음을 갖고 일하는 사람에게 마술 같은 건 없습니다. 연금술사에게 영감을 주는 것은 성령입니다. 오직 전능하신 그분만이 그처럼 대담한 작업을 실현하게 해주십니다. 하지만 우리 생명과 행위를 지배하는 그 절대자는 그분의 의지로만 얻어지는 귀한 그것을 언제라도 다시 거두어가실 수 있지요."

"요컨대 당신의 황금은 휘발성 물질이군." 코시모가 빈정거렸다.

"허나 합당하게 이용한다면 정말로 실재하는 황금이지요."

"그런 괴상한 말은 들어본 적이 없네."

다니엘은 빙그레 웃고서 차분하게 말을 이었다.

"제 방식은 너무나 뛰어나서 위대한 정신의 소유자만이 시도할 수 있습니다. 제가 보기엔 예하께서도 그 부류에 속하시는 것 같습니다……"

"무의미한 말은 집어치우게. 그래서, 결심이 섰나?"

연금술사는 다시 입을 다물었다. 코시모는 꾹 참으며 한결 냉정하게 물었다.

"얼마를 주면 되겠나?"

"2만 두카 금화 이하로는 결단코 그 비밀을 일러드릴 수 없습니다."

"빌어먹을! 엄청난 금액이군."

"잘 생각해보십시오, 예하. 먼 옛날 이집트서부터 사람들은 연금술을 시도해왔습니다. 저는 오랜 비의적 전통의 상속자입니다."

"당신 비법으로 나도 성공하리라 누가 보증하지?"

"제가 직접 시범을 보여드리면 어떻겠습니까…… 만일 제 작업에 만족하신다면 예하께 연금술에 필요한 일체의 재료를 드리겠습니다. 특히 제가 개발한 '우시퍼'도 드리지요. 이 탁월한 물질로 말씀드리자면 우주의 자비의 원천으로서, 이것으로부터 모든 의술의 원리가 흘러나오며……"

"하지만 그전에 내 지갑에서 2만 두카가 흘러나가야 할 테지." 공작이 으르렁거렸다.

그들의 눈길이 부딪쳤다. 연금술사는 눈을 돌리지 않았다. 코시모는 속으로 저주를 퍼부었다. 생애 최초로 자신의 것보다 우월한 의지와 맞닥뜨린 것 같았다. 호기심으로 몸살이 날 지경인 그는 결국 자신이 양보하리라 직감했다. 마침내 그가 분통 터지는 목소리로 선언했다.

"내 눈으로 직접 보기 전엔 한 푼도 건네주지 않겠어."

"뜻대로 하십시오, 예하."

* *
*

그는 이튿날 밤 다시 찾아왔다. 어린애 하나가 무거운 가죽 자루를 들고 그를 따라왔다. 연금술사가 자루를 작업대에 올리고 알록달록한 소금이 든 약병들과 조그만 금속 견본들을 꺼내는 사이 사내아이는 말없이 사라졌다.

코시모 1세는 실험실 한구석에서 잠자코 관찰했다. 다니엘이 향로의 잉걸불에 풀무질을 한 다음 석탄을 더 집어넣고 불길 속에 가루를 한 줌 던졌다. 이내 새파란 불길이 일어나 도가니 옆구리를 널름거렸다. 연금술사가 몇 가지 재료를 도가니에 부은 후 금속 견본 하나를 집어들었다.

"납입니다, 예하. 광물 중에 가장 천한 것이죠."

그가 그것을 도가니 속에 던졌다. 그런 다음 회색 물질이 담긴 유리단지를 집어들었다.

"이것이 바로 기적의 물질이라 할 '우시퍼'입니다."

그가 조심스럽게 단지 뚜껑을 열고 황홀한 낯으로 향수를 다루듯 코를 벌름거렸다. 그는 내용물을 몇 알갱이 집어내 손바닥에 올리고 눈을 감았다. 기도라도 하는 걸까? 코시모는 속으로 생각했다. 황금을 줬다가 빼앗았다가 한다는 그 절대자를 붙들고 사정하는지도 몰랐다.

연금술사가 돌연 '우시퍼'를 힘차게 도가니 속으로 던졌다. 샛노

랗고 두툼한 연기가 퍼지기 시작했다. 연금술사는 어느덧 장막 같은 연기 뒤로 사라졌다. 연기가 걷혔을 때 다니엘 데 트란실바니아의 핀셋 끝에는 찬란한 금빛으로 빛나는 조그만 금속 덩어리가 집혀 있었다.

공작은 애써 흥분을 누르며 다가갔다.

"정말 황금인가?"

"완전히 순수한 황금이지요, 예하."

다니엘이 금속 덩어리를 작업대 위에 내려놓았다.

"식거든 금은세공사들이 하는 것처럼 깨물어보십시오. 그러면 그것이 가장 고귀한 금속이란 걸 직접 확인하실 수 있을 겁니다."

"하지만 애초의 납덩어리보다 훨씬 작은 것 같은데……"

"'우시퍼'는 감소의 원리에 의해 작용합니다. 천한 금속의 한복판에 포함된 가장 순수한 것을 자연의 원리에 맡겨 추출하지요."

연금술사가 우시퍼가 담긴 단지를 공작에게 건넸다.

"이 단지는 예하의 것입니다. 예하께서 원하시는 만큼 황금을 만들어줄 귀중한 물질이 들어 있지요."

코시모는 조심스럽게 단지를 받아들었다.

"내일 날이 밝거든 내 재정 담당관에게 가게. 그가 2만 두카를 내줄 걸세."

* *
*

속았다. 깨끗하게 속았다. 다니엘 데 트란실바니아가 '만들어낸' 금속은 틀림없이 황금이었지만 코시모 1세의 실험은 모조리 실패했다. 그가 얻어낸 것은 매번 노란색 가루가 들러붙은 파편들뿐이었는데 그나마 손을 대자마자 사라졌다. 제정신을 잃은 공작은 연금술사의 숙소로 심복들을 급파했다. 연금술사는 안토니오 데 노빌리로부터 2만 두카를 챙기자마자 모습을 감춘 뒤였다. 그가 묵은 숙소의 주인에게 호된 심문을 했지만 헛일이었다. 사기꾼은 프랑스로 떠난다고, 소문을 들은 카테리나 왕비가 그의 재주를 사 궁정으로 불러줬다는 말만 남겼다고 했다. 그것 또한 진짜 목적지를 숨기기 위한 술책임이 분명했다.

코시모는 노발대발했다. 어떻게 그처럼 순진했단 말인가? 사기꾼의 말을 곧이곧대로 믿은 것이 놀라울 지경이었다. 듣는 사람을 현혹하는 것이 유일한 목적인 그 젠체하고 수다스러운 횡설수설을 말이다. 게다가 그는 황홀해하며 어린아이의 눈으로 그놈의 실현을 지켜보았다. 불한당은 보나마나 빌어먹을 '우시펴'가 뭉게뭉게 연기를 피우는 사이 망토 속에 숨겨둔 황금 덩어리와 납덩어리를 바꿔치기했으리라. 조잡한 속임수였다. 코시모는 병사들을 풀어 추적할까도 생각했다. 그러나 사기꾼은 벌써 토스카나를 벗어났을 것이며, 사건이 알려졌다가는 공작만 웃음거리가 될 것이 뻔했다. 피렌체 공작이 사기꾼에게 당하다니! 아니, 이 사건은 덮어두는 것이 좋으리라. 공작은 자존심이 너무 상한 나머지 엘레오노라에게도 사실을 털어놓지 못했다.

안토니오 데 노빌리가 즉각 불려왔다. 그는 노기등등한 주인의 낯빛을 조심스럽게 살폈지만 분노의 원인은 알 길이 없었다. 마침내 공작이 입을 열었다.

"자네가 다니엘 데 트란실바니아에게 2만 두카를 줬다는 사실을 잊어버리게. 명령이야."

"그런 사람을 만났다는 사실도 잊어버리겠습니다." 재정 담당관이 대답했다.

"그것만으로는 부족해. 장부에 기입된 금액도 지워버리게."

"그렇게 처리하겠습니다, 예하."

물론 그런 야릇한 지시를 내리는 이유를 묻는 것은 삼가야 했다. 재정 담당관이 얼른 물러나려 할 때 코시모 1세가 물었다.

"벤베누토 첼리니에 대한 지불은 어떻게 되어 있지?"

"예하의 명에 따라 매달 1백 에큐 금화를 우선 지불했습니다. 그런 다음 다달이 지불하는 금액을 절반으로 줄였고……"

"그건 나도 알아, 내가 그렇게 시켰으니까."

"오늘은 25에큐씩밖에 지불하지 않습니다만……"

"내가 묻는 건 그게 아니야. 잔금이 얼마나 더 남았냐고?"

재정 담당관은 머릿속에서 재빨리 계산했다.

"얼추 5백 에큐입니다……"

"됐어, 지불을 중단해. 벤베누토는 한 푼도 더 필요하지 않을 거야."

재정 담당관의 눈이 휘둥그레졌다.

"그에게 무슨 불행한 일이라도 생겼습니까?"

"어제 감옥에 갇혔거든. 견습생 한 명이 그를 동성애 혐의로 고발하는 바람에 스틴케*로 끌려갔지."

조각가는 몬테풀차노 출신의 페란도란 청년을 총애하여 유산을 물려주겠다고 꾀어 잠자리를 함께했다. 그러나 청년은 말다툼 끝에 쫓겨났고 상속권도 박탈당했다. 앙심을 품은 청년은 제8재판소에 출두해 옛 스승의 악행을 하나하나 밝히고 자신이 당한 일도 고발했다.

"그에게 관용을 베풀 생각이십니까?" 안토니오가 물었다.

"그 건방진 예술가가 고생 좀 하는 것도 나쁠 건 없지."

"그가 감옥에 갇힌 것은 이번이 처음은 아니지요."

"맞아…… 동성애보다 훨씬 무거운 혐의였지……** 때가 되면 생각해보지. 하지만 사면을 베풀더라도 그를 연금시키고 오직 내 일만 하게 할 거야."

* *
*

마리아, 아름답고 상냥한 마리아가 위독했다. 메디치가의 장녀는 시드는 꽃처럼 꺼져가고 있었다. 의사들이 연이어 병상을 방문

---

* 피렌체의 감옥.(원주)

** 1537년부터 이 년 동안 벤베누토는 살인과 절도 혐의로 로마의 카스텔 산탄젤로에 갇힌 적이 있다.(원주)

했지만 헛일이었다. 어린 아가씨는 날마다 쇠약해졌다.

엘레오노라가 할 수 있는 일은 그저 울고 기도하는 것뿐이었다. 마리아는 그녀의 일부였다. 그녀는 이미 아들과 딸 하나씩을 잃었지만 그것은 정이 들 겨를도 없었던 젖먹이 때의 일이었다. 마리아는 경우가 달랐다. 마리아는 첫아이, 그녀가 가장 아끼는 분신이었다. 그녀는 임신 사실을 알았을 때의 기쁨, 고통을 이기고 해산했을 때의 자부심, 화초처럼 어여쁘게 성장하는 모습을 지켜볼 때의 행복감을 되씹었다. 그런데 벌써 죽음이 딸의 눈빛을 흐리게, 뺨을 홀쭉하게, 팔다리를 앙상하게 만들었다.

코시모는 죽어가는 딸의 침대 발치에 말없이 서 있었다. 거무스레한 눈가와 칙칙한 얼굴빛이 그의 불안과 무력함을 드러냈다. 그를 돌아본 엘레오노라의 눈길에는 미움이 어려 있었다.

"그 끔찍한 것을 내다버리라고 누누이 말했잖아요! 그것이 우리 집에 불행을 가져왔어요!"

그는 아무 말도 못하고 고통스러운 얼굴로 방을 나왔다. 아내의 강박관념은 광기에 가까웠다. 조각상이 어떻게 불행을 가져온단 말인가? 그러나 왜 그는 키마이라를 버릴 수 없을까? 몇 번이나 그는 아내의 강박적인 바람대로 그것을 버리려 했다. 그런데도 매번 마지막 순간에 그러지 못했고, 이유를 설명할 수도 없었다.

오랜 세월 땅속에 묻혀 있던 괴물은 이제 사람들의 눈길을 벗어나 코시모의 개인 옷장 깊숙이서 쉬고 있었다. 오직 코시모만 이따금 그것을 꺼내보았다. 그리고 그때마다 똑같은 혼란에 사로잡혔다. 키마이라는 살아 있었다! 당장이라도 달려들어 물어뜯고 할퀼 것처럼.

그는 몸을 떨었다. 엘레오노라가 옳지 않았을까? 아니다, 키마이라가 그처럼 생생한 것은 오직 조각가의 탁월한 재능 덕분이었다.

공작은 도망치듯 서재로 갔다. 보볼리 정원 쪽으로 커다란 창문들이 열려 있었다. 그는 언덕을 집어삼킬 듯이 몰려오는 그 신록의 바다를 바라보는 것이 좋았다. 그러나 오늘은 아무 감흥도 느끼지 못했다. 죽어가는 딸의 모습, 그리고 아내의 눈길에 깃든 미움이 눈앞에 어른거렸다. 이제 엘레오노라를 잃은 것일까?

그들을 묶어준 생생한 사랑은 점차 온화한 동지애로 바뀌었다. 아내와 잠자리를 가질 때면 그는 서두르지 않았고 다정했다. 그들은 조화롭고 꼼꼼하고 따뜻한 사랑을 나누었다. 그런데도 이제 그는 옛날 같은 격정과 흥분은 맛보지 못했다. 유혹을 느낄 때는 이따금 있었지만 아내 아닌 여자와 즐거움을 찾지는 않았다.

방문 두드리는 소리가 들리고 알메니 스포르차가 심각한 얼굴을 내밀었다. 코시모는 가슴을 쥐어뜯기는 것 같아 자신도 모르게 손을 갖다댔다.

"그애가 죽었나?"

"아닙니다…… 아직 숨을 쉬고 있어요. 조금 전 사제가 성사를 집행했습니다."

"그러니까 마지막이군……"

"의사들 말로는 오늘밤을 넘기기 힘들 거랍니다."

공작은 안락의자에 털썩 주저앉았다. 스포르차가 다가왔다. 그는 거북한 낯빛으로 손을 만지작거렸다.

“예하, 드릴 말씀이 있습니다……”

코시모는 듣고 있지 않았다. 그가 초점 없는 눈길로 허공만 노려보다가 불쑥 물었다.

“그걸 아르노강에 던져버리면 저주가 풀릴까?”

깊은 혼란에 사로잡힌 주인의 얼굴을 보고 스포르차는 한 발짝 물러섰다.

“무슨 말씀이신지요?” 그가 중얼거렸다.

공작이 악몽에서 깬 것처럼 눈을 비볐다. 그는 시종을 건너다보다가 무뚝뚝하게 물었다.

“딸애가 세상을 떠나는 순간만 기다리는 사람한테 무슨 할말이 있다는 건가?”

“예하, 이런 말씀 드리기는 저도 고통스럽습니다만 밀정들의 보고를 받은 이상 예하께서도 알고 계셔야……”

“말하게.”

알메니 스포르차가 곤혹스러운 낯으로 이야기를 시작했다. 피렌체에서는 마리아가 단순한 병이 아니라 독살로 사경을 헤맨다는 소문이 돌고 있다는 것이었다.

코시모의 얼굴에서 핏기가 걷혔다.

“그런 악랄한! 그렇다면 대체 살인범은 누구란 말이지?” 그가 소리쳤다.

시종이 머뭇거렸다. 그리고 억양 없는 목소리로 말했다.

"사람들은 감히…… 그게 예하라고 한다는군요……"

공작은 비틀거렸다. 노여움조차 사라지고 지독한 절망감이 찾아왔다.

"내 딸, 사랑하는 내 딸을…… 어떻게 내가 그런 일을 상상이라도 할 수 있단 말인가?"

"마리아가 궁정의 별 볼 일 없는 시종과 사랑에 빠져 예하의 결혼 계획을 망쳐놓았기 때문이라고들 한답니다."

코시모는 머리를 감싸쥐었다. 딸꾹질이 터져나왔다. 스포르차는 그가 울고 있다는 것을 알아챘다. 그는 주인을 홀로 남겨두고 발끝을 들고 방을 나갔다. 공작은 비서가 나간 것도 알지 못했다. 그는 산산조각 났다. 두려운 권력자로 군림하는 것이 무슨 소용이었던가? 차라리 물러나는 것이, 전부 버리는 것이 낫지 않을까? 옥좌에서 내려오면, 근거 없는 험담과 아내의 원한밖에 가져다준 것이 없는 그 자리를 버리면 편해지지 않을까? 가혹한 통치의 대가라고 그는 마음속 깊은 곳에서 생각했다. 그가 흘리게 한 피가 그와 그의 가족에게 떨어지고 있었다……

공작이 정신을 차렸을 때는 이미 밤이었다. 그의 결혼 계획…… 그가 북쪽을 튼튼히 하기 위해 페라라와 동맹을 추진하던 것은 사실이었다. 그는 딸을 페라라 공작의 장남 알폰소 데스테와 결혼시킬 생각이었고 협상도 거의 성사 단계였다. 마리아도 그 사실을 알고 있었다. 온순하고 사랑스러운 그 아이는 아버지의 뜻에 맞서지 않았다.

슬픔 속에서 의심 한 자락이 고개를 들었다. 소문이 사실일까? 정말 딸에게 그런 일이 있었을까? 만일 그렇다면 그가 어떻게 그 사실을 몰랐을까? 진실이 어느 쪽이건 이미 딸을 용서했지만, 그래도 그는 알고 싶었다.

코시모는 피로했지만 일어나 방을 나갔다. 복도 끝에서 바르톨롬메오 콘치노가 달려왔다. 눈물로 범벅된 그의 얼굴이 모든 것을 말했다. 마리아는 죽었다. 딸의 비밀도 영영 묻히고 말았다.

9
1558~1562

코시모는 슬픔을 이겨내고 외교 정책에 전력을 쏟았다. 토스카나는 이탈리아 반도에서 제일 큰 공국이 되었다. 늘 이탈리아를 노리던 열강들은 이제부터 피렌체와 타협해야 했다. 공작은 자신에게 새로이 주어진 기회와 영향력을 능란하게 사용했다. 그는 프랑스의 편을 들었던 페라라 공작 에르콜레 데스테, 그리고 스페인 깃발을 휘날리며 프랑스를 치려고 했던 파르마의 군주 옥타비오 파르네제 사이를 수완 좋게 중재했다. 이렇게 해서 코시모 1세는 플랑드르와 프랑스 북동부에서 엄청난 군비를 지출하며 다시 대대적인 전쟁에 돌입했던 합스부르크와 발루아 둘 모두와 계속해서 균등한 거리를 유지했다.

이 개입으로 공작은 데스테 가문과 재차 관계를 맺게 되었다. 다시 말해 양가의 결혼 문제가 다시 거론됐는데, 알폰소가 여전히 독신이었기 때문이다. 열다섯 살의 루크레치아 데 메디치가 세상을 떠난 언니를 대신해 페라라 공작의 장남에게 주어졌다. 동시에 코시모의 또다른 딸 이사벨라는 로마 최고 명문가의 자손인 브라치아노의 왕자 파올로 조르다노 오르시니와 결혼했다.

이 외교적 성공을 거둔 지 얼마 지나지 않아 코시모는 그의 숙적 피에로 스트로치의 죽음을 전해들었다. 알메니 스포르차의 자객들이 미적거리는 사이 스페인군의 총탄이 일을 해결해줬던 것이다. 구이제 공작 휘하에서 싸우던 그는 티옹빌 공략 때 목숨을 잃었다. 좀 멋쩍기는 했지만 코시모 1세는 자신이 몇 번이나 암살을 기도했던 적의 죽음에 공개적 애도를 표했다. 이탈리아는 가장 훌륭한 귀족 한 명을 잃었다고, 늘 '콘 라 비지에라 아페르타'*로 싸운 맞수였다고 코시모는 인정했다.

엘레오노라는 키마이라 이야기를 다시는 꺼내지 않았지만 이미 옛날의 그녀 모습이 아니었다. 물론 아직 함께 살고 있는 아이들은 정성껏 돌보았다. 팔라초의 삶이 제대로 흘러가도록 보살피고 관례상 필요할 때는 모습을 드러냈으며 남편이 찾아오면 잠자리도 함께했다. 그런데도 코시모는 아내가 껍데기뿐이라고 느꼈다. 표정은 멍하고 미소는 딱딱했으며 화장을 해도 창백했다. 묵묵히 임무를 완수했지만 그녀는 다른 곳에 있었다. 나날이 쇠약해지는 그녀는 어쩌면 마리아가 간 곳으로 따라가고 싶은지도 모른다고 코

* 투구의 면갑을 내리고, 즉 '얼굴을 드러내놓고'라는 의미.(원주)

시모는 생각했다.

공작 부인이 남아 있는 두 딸과의 이별을 매우 고통스러워한 것은 두말할 필요도 없었다. 그녀는 순전히 정치적 계산으로 딸들을 그렇게 일찍 결혼시킨 남편을 원망했다. 그러나 그녀 자신도 부친의 뜻에 따라 그런 결혼을 하지 않았던가? 그런데도 남편을 사랑할 수 있었던 것은 차라리 기적이었다.

딸 마리아의 죽음 이후 부부 사이는 멀어졌다. 코시모는 그것이 괴로웠다. 그들은 가까이 있었는데도 서로를 보지 않았다. 그의 사랑이 식은 것은 아니었지만 아내는 그 사랑에 무관심했다. 코시모가 권력을 강화하고 메디치 왕조의 기반을 닦는 데 그토록 몰두한 것은 그가 고독했던 탓일까?

후계자는 장남 프란체스코였다. 이 미남 청년은 아버지처럼 과학과 미술에 깊은 흥미를 두었다. 그러나 유감스럽게도 국정보다는 하녀들의 치마를 들추는 일에 훨씬 관심이 있었다. 코시모는 수시로 아들을 질책했고 장차 그를 마드리드 궁정으로 보내려고 생각중이었다. 근엄하고 갑갑한 사회에서 군주의 기본을 제대로 배워오는 것이 좋을 터였다.

차남 조반니는 코시모 1세가 가장 총애하는 아들이었다. 열다섯 살인 이 아이는 성격이 까다로웠지만 가정교사의 말은 잘 들었고 공부도 열심히 했다. 이 아이를 추기경으로 만들겠다는 공작의 야심은 변함이 없었다. 로마에서 메디치가의 세력을 강화하자면 그 방법뿐이었다. 일 마니피코도 일찍이 또다른 조반니였던 차남을 추기경에 앉혀 끝내 미래의 교황 레오 10세로 만들지 않았던가? 그런데 바오로 4세는 후보자가 아직 너무 어리다며 청탁을 거듭 거절하고 있었다.

코시모에게는 또하나의 비밀스러운 계획이 있었다. 그는 어떻게 해서든 대공이 되고 싶었다. 공작에 머무는 한 토스카나 전역을 다스린다 해도 어디까지나 황제의 가신이었다. 대공이 되면 완전한 독립권을 얻을 것이다. 그의 바람을 이뤄줄 수 있는 이는 오직 두 사람, 황제 아니면 교황이었다. 형인 카를 5세의 뒤를 이어 황제가 된 페르디낭 1세는 무명에서 일약 피렌체의 지도자가 된 별 볼 일 없는 공작의 야망을 성취시켜줄 생각이 전혀 없었다. 바오로 4세로 말하자면 코시모 1세와 으르렁거리는 사이였다. 교황은 코시모의 권력욕을 경계했고 그 욕심이 언젠가 교황령까지 위협할지도 모른다고 우려했다. 따라서 뜻을 이루자면 새 교황이나 새 황제를 기다려야 했다. 코시모는 어차피 시간이 해결해주리라 믿었다. 셋 가운데 자신이 제일 젊었기 때문이다. 때를 기다리면서 차기 교황을 선출할 로마의 추기경단을 상대로 영향력을 강화하는 일이 어느 때보다 중요했다.

* *
*

바르톨롬메오 콘치노가 턱수염을 실룩거리며 조용히 웃었다. 과묵한 코시모조차 살짝 미소를 지었다. 일은 흡족하게 이뤄졌다.

막 로마에서 돌아온 비서는 매우 쇠약해진 바오로 4세가 조만간 세상을 떠나리란 것이 지배적인 예측이라고 알렸다. 피렌체 공작은 추기경단을 샅샅이 뒤져 메디치가에 호의적인 교황이 될 만한 인물을 찾아내라고, 돈은 얼마든지 써도 좋다고 지시한 바 있다. 콘치노는 훌륭하게 임무를 완수했다. 그가 선택한 사람은 조반니 안젤로 메디치노였다. 밀라노의 푸주한을 부친으로 둔 보잘것없는 태생의 이 추기경은 자코포, 그러니까 시에나를 진압할 때 피렌체군을 지휘했던 마리냥 후작의 아우였다. 형과 마찬가지로 그도 이미 두 명의 교황을 배출한 메디치가의 일원인 양 거짓 자랑을 하고 다녔다.

콘치노는 추기경의 허영에 장단을 맞추어 이참에 그 전설을 사실로 만드는 것이 어떠냐고 부추겼다. 족보학자가 나서면 가문의 계보에 새로운 가지 하나쯤 덧붙이기는 식은 죽 먹기리라. 조반니 안젤로는 메디치노의 헌옷을 벗어던지고 메디치의 문장紋章을 당당히 지니게 되는 것이다. 전문가가 즉각 일을 시작했다. 족보학자는 12세기의 조상들까지 거슬러올라간 끝에 키아리시모 데 메디치의 아들인 기암부오노라는 인물에서 끊긴 임자 없는 가지를 발견해내 정통성 있는 가문의 조상으로 삼았다.

"그러니까 자네가 새 친척을 하나 만들어냈군." 공작이 짓궂은 얼굴로 말했다.

"그가 교황이 되면 예하도 그걸 부끄러워하실 이유는 없으실 겁니다."

"그가 교황좌에 오를 가능성은 얼마나 되나?"

"필요한 일은 다 했다고 봅니다. 하지만 지출을 많이 하셔야 할 겁니다. 추기경들은 욕심이 많으니까요."

코시모가 낯을 찡그렸다. 메디치가에서 돈은 결코 농담의 대상이 아니었다. 그러나 불쾌한 기분은 재빨리 흩어졌다. 그는 이 소식의 정치적 중요성을 헤아려보았다. 이 가짜 메디치가 교황이 되면 만사가 순조로울 것이다. 조반니는 바로 추기경이 되고 그 자신도 언젠가 대공이 될 수 있으리라. 그러나 철저한 비밀 속에서 한 발짝씩 전진해야 했고 특히 페르디낭 1세를 자극해선 안 되었다. 그는 이미 합스부르크가와의 결혼 동맹을 상상하고 있었다. 그가 피렌체의 별 볼 일 없는 공작에 불과할 때 카를 5세가 거절했던 요구를 페르디낭 1세는 수락할 것이다. 이제 그는 이탈리아에서 제일 번영하고 강성한 공국의 군주가 아니던가.

유럽 전체가 숨을 죽이고 있는 만큼 더욱 신중을 기해야 했다. 1559년 4월 이탈리아에서의 패권이 쟁점이었던 전쟁이 마침내 중단됐다. 카토 캉브레시스에서 프랑스는 스페인에 굴복했다. 프랑스인들이 '불행한 평화'라 명명한 이 조약으로 이탈리아반도에서 스페인의 우위는 확고해졌다. 프랑스 국왕이며 카테리나의 남편인 앙리 2세는 이탈리아에서의 이권을 전부 포기하고 요새 몇 채만 간직했다. 이십 년 전 프랑스군에게 정복됐던 사보이아 공국은 재차 주권국가가 되어 때마침 프랑스와 이탈리아 사이에 가로놓이게 되었다. 이 평화조약에 뒤이어 으레 그렇듯이 몇 건의 결혼 계약이 체결됐다. 앙리 2세는 딸 엘리자베스를 스페인 왕 필립 2세에게, 누이 마르그리트를 사보이아의 공작에게 내주었다.

코시모 1세는 협상에 직접 참여하지는 않았지만 알토란 같은 이익을 끌어냈다. 스페인은 피렌체가 원군을 준비하지 않은 것을 탓했지만, 이 기회에 코시모는 영토를 확장했다. 시에나에 대한 그의 주권이 조약에 정식으로 명기됐고 시에나가 소유했던 요새 도시 몬탈치노도 그의 손에 들어왔다. 명실공히 토스카나의 주인이 된 피렌체의 독재자는 이제 이탈리아의 중추적 위치로 올라섰다. 그의 발언 없이는 무엇 하나 이루어질 수 없을 것이다. 때가 되었으니 코시모의 가장 절실한 야망이 실현될 것이다.

* *
*

산타마리아 노벨라 광장에서 금빛 먼지바람이 일어났다. 소란은 절정에 달했다. 포석에 말발굽 부딪치는 소리, 전차 바퀴 삐걱거리는 소리, 선수들에게 쏟아지는 무지막지한 야유와 갈채. 그 한복판에서 기수들의 알록달록한 조끼와 화려한 마구가 영롱한 광채를 내뿜었다. 성 요한 축일인 이날, 찌는 듯 무더운 피렌체는 땀내와 말똥 냄새로 진동했다. 여인들은 부채질을 하고 사내들은 포도주를 병째 들이켰으며 아이들은 시끄럽게 소리를 질러댔다.

산파올로 로지아의 계단 위에 설치된 닫집 아래서 코시모 1세는 너그러운 얼굴로 시민들의 열광을 지켜보고 있었다. 팔리오 델 코키는 2주년을 맞았다. 공작은 로마의 전통을 되살려 해마다 전차 경주를 치르도록 한 것이 흡족했다. 두 개의 나무 말뚝에 묶인 긴 줄이 광장을 둘로 나누어, 전차들이 지나는 경주로와 그 주변을 경계지었다.

돌연 피렌체의 하늘이 떠나갈 듯한 함성으로 흔들렸다. 커브를 완전히 돌지 못한 전차 한 대가 관람객 보호용 울타리에 충돌해 부서진 것이다. 겁을 먹은 말들이 고삐를 풀어내려고 버둥거리며 울어댔다. 말들은 당장이라도 선수들을 짓뭉갤 기세였다. 코시모는 곁에 앉은 엘레오노라를 돌아보았다. 아내의 얼굴은 창백하고 숨결은 거칠었다.

"궁전으로 돌아가고 싶소?"

그녀는 아니라고 고갯짓을 했다. 그가 아내의 손에 손을 얹었다. 이 더위에도 그녀의 손은 차디찼다.

"데려다주라고 지시하겠소."

"아뇨, 부탁이에요, 그냥 여기 있을래요."

사고가 난 전차의 말들이 끌어내졌다. 선수들은 여전히 경주로를 돌며 열심히 싸웠다. 이따금 전차 바퀴의 윤심이 부딪칠 때면 불똥 다발이 튀었다.

코시모가 걱정스러운 눈길로 아내를 살펴보았다. 그녀는 곧 실신이라도 할 것처럼 보였다.

"말을 들어요, 돌아가시오."

공작이 뒤에 앉아 있던 바르톨롬메오 콘치노에게 신호를 보냈다. 그가 즉각 일어나 공작 부인에게 팔을 내밀었다. 엘레오노라는 불안한 발걸음으로 로지아의 계단을 내려갔다. 코시모는 아내가 경호대의 호위를 받으며 사라지는 것을 가슴을 졸이며 바라보았다.

불과 몇 초 후 알메니 스포르차가 다가와 그의 귓가에 속삭였다.

"예하, 중대한 보고가 있습니다만……"

공작이 눈살을 찌푸렸다. 도대체 왜 전차 경주 정도도 느긋하게 구경할 수 없단 말인가?

"경주가 끝날 때까지 기다릴 수 없나?"

"급박한 안건입니다."

코시모가 한숨을 내뱉었다. 전차 두 대가 산타마리아 노벨라 성당의 기둥 앞에서 충돌했다. 한 선수가 바닥으로 떨어져 먼지를 일으키며 나뒹굴었다. 말들이 뒷발로 일어서 제각기 발굽으로 다른 놈들을 때려댔다.

"뭔가?" 공작이 말했다.

"제 밀정들이 음모의 냄새를 맡은 모양인데요……" 시종이 속삭였다.

"누구야?" 코시모가 냉랭히 물었다.

"수뇌는 판돌포 푸치란 인물로…… 알레산드로 공작의 맹신자였고 어울려 방탕한 짓을 일삼은 친구이기도 했죠. 그가 추종자들을 한 줌 모아들였는데 하나같이 훌륭한 가문의 자제들로서 예하의 목숨을 노리는 자들입니다."

"그들이 왜 아직 감옥에 가지 않고 활보하는데?"

"우선 예하의 명령을 얻으려고요…… 음모의 윤곽을 더 구체적으로 포착할 때까지 기다리는 것이 신중하지 않을까도 싶고요……"

"그럴 필요 없어! 놈들을 당장 바르젤로에 가두고 형리들의 손에 넘겨. 그럼 음모의 전모는 자연히 밝혀질 테니."

알메니 스포르차는 인사를 하고 사라졌다. 전차 경주는 떠나갈 듯한 갈채 속에서 끝났다. 태연한 얼굴로 코시모는 우승자에게 상을 내리려고 일어섰지만 속으로는 벌써 반역자들에게 압류한 재산이 피렌체의 국고를 얼마나 불려줄까 헤아리고 있었다. 세금과 복권 수익금에도 불구하고 피렌체의 국고는 여전히 쪼들렸다. 그에게는 돈이, 아주 많은 돈이 필요했는데, 바사리에게 자신의 야심작을 주문했기 때문이었다. 그것은 시의회 팔라초의 남쪽 옆구리에서 시작해 아르노강 우안에서 끝나는 말의 편자 모양을 한 거대한 아케이드였다. 그곳에 그는 국가의 '우피지'*를 전부 집결시킬 생각이었다. 그가 노리는 것은 토스카나 행정의 효율화를 위한 중앙집권화였다.

* *
*

코시모 1세가 피렌체를 벗어날 때 바르젤로의 창문에는 푸치

---

* 사무실, 즉 관청.(원주)

와 그 일당의 시체가 매달려 있었다. 공작의 정의는 가차없이 집행됐다.

팔백 명의 기사가 로마로 향하는 공작의 마차를 수행했다. 바르톨롬메오 콘치노의 임무는 멋지게 성공했다. 조반니 안젤로 메디치노는 바오로 4세의 뒤를 이어 피우스 4세란 이름으로 교황좌에 올랐다. 코시모 1세는 이 결과가 메디치가와 피렌체 공국에 가져다줄 이익을 최대한 빨리 끌어내고 싶었다.

그는 장엄하게 영원의 도시에 입성했다. 로마의 군중은 화려한 마구로 치장한 공작의 수행원들에게 갈채를 보냈다. 나중에 들어온 밀정들의 보고에 따르면 로마에 피해 있던 수많은 망명자들조차 고향 피렌체의 위풍당당함에 감격했다고 했다.

피우스 4세는 즉각 접견을 허락했다. 교황은 콧날이 길고 간사한 낯빛의 작달막한 사내로, 칙칙한 얼굴은 수염으로 뒤덮였고 갈색 눈동자는 뭐든지 캐내고 싶은 양 반짝거렸다. 조반니 안젤로는 보잘것없는 태생이란 이유로 줄곧 추기경단 동료들에게 무시를 당했다. 콘치노가 수완을 부리지 않았더라면 교황좌는 꿈도 꾸지 못했으리라. 그러나 일견 겸손해 보이는 그는 교활하고 완강한 인물이었다. 선출되자마자 전직 교황의 부패한 두 조카를 체포한 것만 봐도 그랬다. 그중 하나는 추기경이었는데도 그는 기어이 사형을 집행했다.

피우스 4세는 코시모 1세를 무척 상냥하게 맞았다. 놀랄 일도 아니었다. 그들은 이제 어엿한 '사촌'이 아니던가? 공작은 지체 없이 교황의 식탁으로 안내됐다. 교황의 우정의 표시는 몇 갑절 진해졌고 코시모는 그것을 겸허하고 정중한 태도로 받아들였다. 그는 이 사내를 더 알기 전에는 섣불리 움직이지 않을 생각이었다. 그러나 식탁을 떠날 즈음에는 서로 아무 언급이 없었음에도 불구하고 조만간 조반니가 추기경이 되리란 확신을 얻었다.

두번째 접견 때 피우스 4세는 토스카나의 발전을 치하하며 대화를 시작했다.

"귀공은 이제 이탈리아에서 가장 큰 공국의 우두머리이시오. 피렌체 시의회의 모범적 통치는 칭송이 자자합디다."

코시모 1세는 엉큼한 얼굴로 잠자코 다음 말을 기다렸다.

"귀공은 법을 세우고 종교를 보급하는 데 열심인 우리 교회의 성실한 아들이오. 얼마든지 '대공'의 자리에 오를 자격이 있지요…… 아니면 왕이 될 자격이."

"관대한 칭찬이십니다…… 하지만 제가 섬기는 황제의 동의가 없는 한 그런 일은 있을 수가 없지요." 코시모는 짐짓 시치미를 뗐다.

교황의 입가에 냉랭한 웃음이 떠올랐다.

"공께선 참으로 현명하시구려. 그렇지만 교황에게도 지상권이 있어 훌륭한 아들들에게 왕관을 내줄 수 있다는 걸 잊으신 모양입니다?"

두 사람은 몇 번 더 만났지만 코시모는 그 미묘한 주제를 다시 입에 올리는 일은 삼갔다. 어차피 씨가 뿌려졌으니 조만간 싹을 틔

울 터였다.

그가 로마를 떠날 때 교황은 고대의 조각상들을 듬뿍 안겨주었다. 공작은 그것들을 소중한 보볼리 정원에 장식하리라 마음먹었다.

* *
*

죽음이 여전히 주위를 맴돌고 있었다. 페라라 공작 알폰소 데스테의 아내 루크레치아 데 메디치가 열일곱 살에 돌연 세상을 떠났다. 코시모의 적들은 즉각 그녀가 부정을 저질러 남편에게 독살됐다는 소문을 퍼뜨렸다.

엘레오노라에게는 또 한번의 가혹한 시련이었다. 그녀는 딸을 넷 낳았는데 아직 살아 있는 아이는 오직 하나, 매력적인 이사벨라뿐이었다. 파올로 조르다노 오르시니라는, 로마 최고 명문가의 이름난 난봉꾼과 결혼한 그녀는 대부분의 시간을 피렌체의 궁정에서 지냈고 그것이 쇠약한 모친의 작은 위안이었다.

분명 코시모가 정치적으로 성공할수록 가정에는 불행이 닥쳤다. 아들들도 그를 걱정시켰다. 장남 프란체스코는 그의 명령으로 정치 교육을 받으러 마드리드로 떠났다. 그러나 조반니(추기경)와 그보다 두 살 아래인 가르시아(이 아이는 화를 잘 내고 폭력적이었다)는 걸핏하면 충돌했고 완력 대결도 도를 넘어서는 경우가 많았다. 팔라초의 하인들은 번번이 그들을 떼어놓느라 애를 먹었고, 복수심이 강한 아우가 몇 번이나 형의 목을 졸라 죽일 뻔했다는 말이 공작의 귀에도 들어갔다.

피에트로도 나을 게 없었다. 겨우 여덟 살인데도 변덕이 심하고 고집이 세며 잔혹한 놀이를 좋아했다. 요컨대 부친이 늘 감추고 억눌렀던 거친 기질을 아이들은 고스란히 드러내고 있었다.

예외가 있다면 열두 살인 페르디난도였다. 속을 잘 드러내지 않는 이 아이는 매우 똑똑해 수시로 주위의 어른들을 놀라게 만들었다.

주치의 바치오 발디니에게서 공기를 바꿔보라는 권고를 받은 엘레오노라와 차남을 비롯한 세 아들을 데리고 그로세토로 향하는 코시모의 머릿속은 그런 생각으로 들끓었다. 토스카나 해안의 온화한 공기가 어쩌면 아내의 병세를 호전시킬지도 몰랐다. 소규모 호위대가 그들의 안전을 살폈다. 코시모의 명으로 세운 무기 공장 몇 군데를 방문한 후 그들은 리보르노를 거쳐 피사로 갈 예정이었다.

갑자기 풍경이 변했다. 포도나무와 올리브나무 언덕들이 사라지고 늪지가 많은 광활한 평원 지대가 펼쳐졌다. 공기는 뜨뜻하고 악취를 풍겼다. 풀들은 썩어가고 고인 물에서는 퀴퀴한 냄새가 퍼졌다. 새들과 오리들이 돌아다니고 오디새, 물총새, 왜가리가 빽빽한 갈대숲과 오리나무 덤불 사이에서 쉴새없이 날아올랐다. 이따금 진흙탕 길가의 풀들이 뒤집혀 있는 것이 눈에 띄었는데, 멧돼지들이 먹이를 찾으려고 땅을 헤집은 흔적이었다. 코시모는 아내의 가마 곁에서 나란히 말을 달리며 수시로 커튼을 올리고 괜찮은지 물었다. 배수 공사가 사방에서 진척됐다지만 이탈리아 해안의 늪지대에는 여전히 독한 기운이 들끓었다. 안 그래도 멈추지 않는 기침으로 쇠약해진 아내가 일대의 숱한 주민의 목숨을 앗아간 말라리아열에 걸리기라도 할까봐 걱정스러웠다. 궁정의 수행원들과 더불어 피사로 직행하는 것이 현명했을 테지만 엘레오노라는 고집을 부렸다. 그녀는 이상한 예감에 사로잡혀 사랑하는 아들들, 특히 조반니가 다 자란 후로는 그녀가 제일 예뻐하는 가르시아와 떨어지려 하지 않았다.

* *
*

그들은 더 버틸 수가 없었다. 사냥감이 들끓는 늪지가 그들을 맹렬히 유혹했다. 리보르노의 숙박지에서 조반니와 가르시아는 부친에게 도시를 벗어나 사냥하러 가도 좋다는 허락을 받아냈다. 엘레오노라는 아들들에게 제발 아무 짓도 저지르지 말라고 당부했다. 그녀는 열에 들떠 헛소리라도 하는 것처럼 아이들의 머리 위에 불길한 그림자가 어른거린다고 중얼거렸다.

모친이 걱정을 하거나 말거나 형제는 개의치 않았다. 끝이 나팔처럼 벌어진 소총 그리고 사냥용 칼로 무장한 수행원들과 함께 형제는 근처의 늪지를 향해 말을 달렸다. 그들은 곧 말에서 내려 걷기 시작했다. 땅이 보드라워 한 발짝 옮길 때마다 발이 푹푹 빠져

전진하기 쉽지 않았다. 그 오후, 괴어서 썩은 물 위에선 모기떼가 극성을 부렸다. 조반니와 가르시아는 손을 휘두르며 나아갔지만 모기떼는 끈질기게 달려들었다. 신경질이 난 가르시아가 다리를 질질 끌면서 투덜거리더니 그만 돌아가겠다고 화를 냈다. 조반니는 모르는 체했다. 사냥의 유혹에 비하면 모기떼는 별것도 아니었다. 형제는 너무 빨리 나아가는 바람에 잠시 후 수행원들과 거리가 생겼다.

가르시아가 언쟁 끝에 형의 옷자락을 붙잡았다. 형은 거칠게 뿌리쳤다.

"넌 겁쟁이야!"

형제는 제각기 무기를 손에 쥔 채 험악하게 서로를 노려보았다. 조반니가 다시 길을 가기 시작했다. 아우는 뿌루퉁해서 양미간을 찌푸린 채 욕설을 중얼거리며 뒤를 따랐다.

갑자기 키 작은 덤불 속에서 아름다운 노루 한 마리가 튀어나왔다. 거의 동시에 두 발의 총성이 터졌다. 노루는 허공으로 튕겨나가 비틀거리다가 고개를 떨어뜨렸다. 짐승은 발이 꺾이면서 쓰러졌고 콧방울 끝에서는 피가 흘러나왔다. 그러고는 몸뚱이가 몇 번 경련을 일으키더니 동공이 활짝 열렸다. 조반니가 먼저 뛰어갔다. 그가 감격한 얼굴로 소리쳤다.

"내가 잡았어!"

그는 소총을 풀밭에 던지고 꿇어앉아 짐승을 찬찬히 살펴봤다. 가르시아가 얼굴이 시뻘개진 채 달려와 죽은 짐승의 다른 쪽에

섰다.

"거짓말! 놈을 잡은 건 내 총알이야. 형의 것은 털을 스쳤을 뿐이야!"

조반니가 고개를 돌려 경멸하는 눈빛으로 아우를 쏘아보았다.

"네가? 사격 솜씨도 형편없는 주제에."

가르시아가 소총을 내던지고 주먹을 쥐었다.

"그래도 이놈을 잡은 건 나라니까!"

조반니가 비웃음을 흘렸다. 그는 위협적인 태도로 노루를 성큼 뛰어넘어 머리 하나가 작은 아우에게 바싹 다가섰다. 가르시아가 허리띠로 손을 가져갔다.

"안 돼요!" 좀 떨어진 곳에서 수행원 하나가 고함을 질렀다.

너무 늦었다. 칼은 아우의 손에서 튀어나간 후였다. 조반니는 너무 놀라 비명조차 지르지 못했다. 그는 얼빠진 눈초리로 피가 쏟아지는 오른쪽 허벅지를 내려다보다가 고꾸라졌다. 가르시아는 도망쳤다. 그는 미친 사람처럼 늪지가 끝나는 곳을 향해 무작정 달렸다. 붉은 구름 하나가 눈앞을 지나갔다. 형이 쏟은 피처럼 붉은 구름이.

* *
*

그는 숨이 턱에 차 모친의 방으로 뛰어들었다. 얕은 잠에 빠져 있던 엘레오노라가 이내 눈을 떴다. 아들이, 일그러진 얼굴로, 눈물을 떨어뜨리며, 눈앞에 서 있었다.

"그럴 줄 알았다! 무슨 일이 있었니?"

가르시아가 고개를 가로저었다.

"몰라요, 형을 찔렀어요, 겁이 나요……" 그가 울먹거렸다.

가르시아는 모친의 침대 위로 쓰러지며 울음을 터뜨렸다.

엘레오노라는 곧 사건의 전말을 전해들었다. 소식을 알아보고 온 하녀는 조반니가 포르테사의 한 방으로 옮겨졌고 아직 살아 있다고 전했다. 그러나 출혈이 너무 심했다. 의학 상식이 풍부하다고 자부하는 코시모가 직접 치료하고 있었다. 그는 아들이 안정을 취할 수 있도록 최대한 조용한 환경을 만들어주라고 엄명했다.

"여기 숨어 있어라. 내가 네 형에게 다녀오마……" 엘레오노라가 말했다.

"아버지가 날 죽일 거예요." 어린 아들은 떨고 있었다.

"그럴 게 아니라 날 좀 일으켜다오."

그녀는 아들의 어깨에 기댄 채 흐트러진 화장을 바로잡았다. 거울을 들여다본 그녀는 앙상하고 초췌한, 넋 나간 늙은 여자의 얼굴을 발견하고 소스라쳤다. 죽음이 벌써 그녀의 얼굴에 추악한 그림자를 드리우고 있었다.

얼마 후 그녀는 눈물로 얼룩진 얼굴로 방으로 돌아왔다. 그녀가 가르시아를 안았다.

"내 아들, 불쌍한 내 아들!"

가르시아는 불쌍한 그 아들이 자신인지 형인지 알 수 없었다.

* *
*

사흘 후 조반니 데 메디치 추기경은 아버지의 품에서 숨을 거두었다. 공작은 최후까지 잠시도 아들 곁을 떠나지 않았다.

추기경은 늪지에서 사냥하다 얻은 악성 열병으로 숨진 것으로 발표됐다. 간단한 종교의식을 치른 다음 관은 납으로 봉인되어 피렌체로 보내졌다. 유해는 공작과 수행원들이 백합의 도시로 돌아온 후 산로렌초 성당의 메디치가 묘에 장엄하게 매장될 것이다. 공작은 가르시아가 어떻게 됐는지는 한 마디도 묻지 않았다.

엘레오노라는 남편에게 맞설 생각은커녕 자비를 빌어볼 엄두도 내지 못했다. 조반니의 죽음 이후 대리석 같은 표정의 코시모는 어떠한 감정도 드러내지 않았고 자기 속으로 침잠해버렸다. 그는 늪지에서의 불길한 사건에 대해 부인 앞에서 일절 언급하지 않았다. 그러나 누구보다 아끼며 야심을 키웠던 아들의 죽음이 얼마나 큰 고통일지 엘레오노라는 충분히 헤아렸다.

여행은 며칠 늦게 재개됐다. 공작은 예정을 변경할 생각이 없었다. 피사에서는 마르치아노 전투의 승리를 계기로 구상했던, 그가 몸소 최고 지도자 자리에 앉을 기사단이 창설될 예정이었다. 그는 기사단을 자신에게 철저히 복종하는 권력 기구로 만들 생각이었다. 군사 조직이자 종교 조직인 산토스테파노 기사단은 바사리가 구도시 한복판에 건설한 팔라초에 정주할 것이다. 코시모 1세는 이 고귀한 기사단에 정치적 이익을 기대하는 것 외에도 세 가지 목표를 제시했다. 첫째, 지중해 해안을 휘저으며 나쁜 짓을 일삼는 바르바리아 해적을 무찌른다. 둘째, 그들의 포로가 된 기독교인들을 해방시킨다. 셋째, 교회의 가르침을 전파한다.

가르시아는 모친의 말대로 수행원들을 앞질러 피사로 도망쳐 친구 집에 몸을 숨겼다.

코시모는 피사인들의 갈채를 받으며 입성해 두오모로 직행하여 신께 감사의 기도를 올렸다. 슬픔에 잠긴 엘레오노라는 흰색과 초록색 대리석으로 짝을 맞춘 현관이 있는 이 도시의 아름다운 건축물들이 하나도 눈에 들어오지 않았다. 한번 보면 누구나 경이로워하는 불가사의하게 기울어진 탑도 보는 둥 마는 둥 했다. 그러나 캄포산토의 기념 묘지를 방문했을 때 한 폭의 벽화가 그녀를 후려쳤다. 사냥을 떠나는 군주들에게 썩은 시체들이 말을 거는 〈죽음의 승리〉란 벽화는 이승에서 유일한 현실은 죽음뿐임을 웅변했다. 그것은 전조일까? 또 어떤 불행이 그녀를 기다릴까? 엘레오노라가 흐느낌을 터뜨렸다. 조그만 손이 그녀의 손안으로 미끄러져들어왔다. 그녀가 뒤를 돌아보았다. 아들 페르디난도가 커다랗고 슬픈 눈동자로 그녀를 바라보고 있었다.

* *
*

부부는 아르노 강변의 메디치가 팔라초에 머물렀다. 가르시아가

몰래 그곳으로 모친을 찾아왔다. 그는 그녀의 거처에 숨어 며칠을 지냈지만 산토스테파노 기사단 창설식 때문에 바쁜 코시모 1세는 그 사실을 보고받지 못했다. 그러나 언제까지고 숨어 있을 수는 없었다. 조만간 아들은 아버지 앞에 나아가 용서를 빌어야 했다.

"어머니, 난 못할 것 같아요…… 너무 겁이 나요."

가르시아의 팔다리가 후들거렸다. 엘레오노라는 몸도 마음도 고통스러웠지만 아들을 안심시키려고 애썼다. 며칠이 흘렀다. 코시모는 여전히 조반니의 충격적인 죽음에 대해 전혀 언급하지 않았다. 딱 한 번 엘레오노라가 가르시아의 이름을 입에 올렸지만 남편은 침묵을 지켰다. 남편이 얼마나 완강한지, 오랫동안 억눌렀던 분노가 폭발하면 어떻게 될지 알았기에 그녀는 두려웠다.

눈앞의 아들, 새하얗게 질린 얼굴로 떨고 있는 그들의 아들은 아직 어린애가 아닌가? 그애는 유전의 희생자였다. 더욱이 아들의 몸속을 흐르는 메디치가의 냉혹한 피에도 책임이 있지 않던가? 코시모는 그 점을 이해해줄까? 감히 자신의 핏줄을 벌할 수 있을까?

캄포산토의 벽화가 다시 엘레오노라의 눈앞에 어른거렸다. 불현듯 죽음이 그녀를 사로잡았다. 죽음은 영원한 휴식이고 평화였다. 키마이라를 두려워할 필요는 없었다는 것을 그녀는 새삼 깨달았다. 그녀의 운명은 결정되어 있었고 마법이나 주술 따위는 아무것도 아니었다. 그녀의 삶도 죽음도 신의 손안에 있었기 때문이다.

"가자, 같이 가서 무릎을 꿇고 아버지의 자비를 청하자."

그녀는 사랑하는 아들을 대신해 죄를 갚게 해달라고 열렬히 기도했다.

* *
*

방은 어두웠다. 코시모는 안락의자에 몸을 묻고 머리를 감싸 쥔 채 생각에 잠겨 있었다. 문이 열리는 것을 보고 그가 고개를 들었다. 아내의 창백한 얼굴이 보였다. 그 뒤로 반쯤 몸을 감추고 가르시아가 나타났다. 모친이 아들을 앞으로 밀었다. 아들은 주뼛거리며 아버지 쪽으로 나아갔고 엘레오노라가 그 뒤를 따랐다. 공작은 꼼짝도 않고 아들이 다가오는 것을 노려보았다.

“사랑하는 사람이여, 자비를 베푸세요…… 이 아이가 당신의 너그러운 용서를 기다리고 있어요……”

코시모는 대답하지 않았다. 가르시아는 울면서 무릎을 꿇고 아버지의 다리를 끌어안았다. 공작이 벌떡 일어서며 아들의 덜미를 붙들어 일으켰다.

그의 다른 손에서 칼날이 번득였다. 엘레오노라가 비명을 질렀다. 코시모가 아들을 놓아주었다. 가르시아는 고꾸라졌다. 바닥에 피가 흐르기 시작할 때 음울한 목소리가 울렸다.

“내 집에 카인은 필요 없다.”

엘레오노라는 정신을 잃었다. 그녀는 남편의 눈물을 보지 못했다.

* *
*

엘레오노라는 몸져누웠다. 커튼이 굳게 닫힌 방에 홀로 드러누워 음식도 거부했다. 그녀는 밤낮으로 기도했다. 살갗은 밀랍처럼 창백했고 눈은 푹 꺼졌다. 그녀는 지상에서 빌려 입은 껍데기를 조금씩 떠나고 있었다. 자신의 영혼이 아직 갇혀 있는 추한 껍데기를 그녀는 어서 벗어던지고 싶었다. 체액과 피와 장기들이 뒤엉킨 역겨운 몸뚱이를 버리고 깨끗한 곳으로 가고 싶었다. 영원히 젊은 얼굴로 소박한 흰 옷만 걸치고 사랑하는 아이들이 먼저 떠난 정의의 낙원으로 가고 싶다는 생각뿐이었다.

코시모는 아내의 방 앞을 맴돌았지만 아내는 그를 들이지 않았다. 그러나 어느 밤, 그녀는 자신의 얼굴 위에서 숨결을 느끼고 놀라 눈을 떴다. 그녀는 숨조차 멈추고 꼼짝도 하지 않았다.

"엘레오노라, 내 사랑……"

아니, 그녀는 이제 없었다. 그녀는 가르시아와 함께 죽었다.

그는 아내의 손 한번 잡아보지 못한 채 말없이 방을 나갔다. 안녕, 코시모, 안녕, 사랑하는 이여…… 언젠가 당신을 다시 만나게 될까요? 신은 당신의 죄를 용서해주실까요?

그녀는 아직 살아 있을까? 배고픔조차 사라졌다. 몸뚱이가 허물어지기 시작했다. 살은 사라지고 오직 뼈만, 앙상한 뼈만 메마른 피부 아래에 남아 있었다. 그녀는 그만 자유로워지기를, 하늘로 올라가기를 원했다. 너무나 가벼워진 그녀를 데려가는데 천사 한 명이면 충분하리라. 눈을 감으면 그녀 위로 몸을 굽힌 천사가 보였다. 천사는 미소를 지으며 기다렸다. 날 데려가세요…… 그 천사는 산마르코 수도원의 프라 안젤리코의 그림 속 세라핌 천사들과 꼭 닮았다. 그녀가 천사를 향해 손을 내밀었다.

엘레오노라 데 톨레도는 탄식 한마디 없이, 자면서 숨을 거두었다. 야위었지만 황홀한 얼굴로. 성녀 같은 얼굴이었다고, 그녀의 유해를 본 몇 안 되는 사람들은 말했다.

그녀와 가르시아의 유해는 피렌체로 옮겨져 산로렌초 성당의 메디치가 예배당에, 조반니 곁에 묻혔다. 코시모는 엘레오노라에게 결혼식 때 입었던 아름다운 드레스를 입히도록 명령했다.

공식적으로 모자는 이미 조반니의 목숨을 빼앗은 늪지의 악성 열병으로 사망한 것으로 발표됐다.

10
1562~1565

매일 밤 똑같은 악몽이었다. 엘레오노라가 그에게 와 애원했다.

"당신 아들이잖아요, 그 아일 용서하세요."

그러나 그의 단검은 끝내 아들의 가슴에 꽂혔다.

그는 식은땀을 흘리며 소스라치며 깨어났다. 그도 늪지에서 열병을 얻었을까? 이따금 전부 꿈이었다고 생각할 때도 있었다. 가르시아도 그애의 형 조반니도 정말 열병으로 죽었다고. 그의 적들이 없는 말을 지어내 모함한 것일 뿐이라고.

코시모 1세는 하루 일과를 시작하기 전에 어김없이 브론치노가 그린 엘레오노라의 초상화를 바라보았다. 행복했던 지난날이 거기 있었다. 공작 부인은 결혼식 때 입었던 옷을 입고 아들 조반니의 어깨에 손을 얹고 있었다. 그녀는 자신의 젊음과 미모를 봐달라고 남편을 마주보는 것 같았다. 그러나 그 얼굴에는 걷잡을 수 없는 쓸쓸함이 감돌았다. 그들을 덮칠 불행을 예감했던 것일까? 그들은 도를 넘게 행복하여 신의 심기를 건드렸을까?

그는 묵묵히 매일의 임무를 수행했다. 그에게는 국정을 돌볼 의무가 있었다. 아무리 고통스러워도 토스카나의 영광과 가문의 보존을 위한 일을 팽개치고 떠날 수는 없었다.

그의 사설 자문관으로 새 사람이 한 명 들어왔다. 피에르 카르네세키. 메디치가의 교황 클레멘스 7세의 유력한 자문관이었던 이 피렌체의 명사는 그후 종교개혁파와 뜻을 같이 했다. 반종교개혁파 교황 바오로 4세가 선출되자 그는 피렌체를 벗어나 프랑스 궁정으로 피신했다. 교황은 그를 이단으로 선고했기 때문에 시기적절한 행보였다. 1560년 아들 프랑수아 2세의 사망으로 프랑스의 섭정이 된 카테리나 데 메디치의 보호 아래 놓인 그는 고향 피렌체를 위해 몇 가지 봉사를 했다. 코시모 1세와 그의 먼 사촌누이의 험악한 관계가 조금이나마 개선된 것은 그의 공로였다. 아들 샤를 9세의 이름으로 왕국을 다스리기 시작한 카테리나는 이내 뛰어난 정치적 자질을 발휘했다. 스스로도 두 교황의 조카임에도 불구하고 그녀는 종교 분열로 갈등을 겪는 프랑스에서 가톨릭과 위그노* 양쪽과 똑같은 거리를 두며 현명하게 통치했다. 국왕의 애인 디안 드 푸아티에로 인해 줄곧 모욕을 당했지만 오늘은 훌륭한 여제가 된 메디치가의 여인을 코시모도 자랑스러워하지 않을 수 없었다. 카

---

* 프랑스의 칼뱅파 신교도.

테리나가 '기동대'란 별칭으로 부르는 보좌역 시녀들은 여주인의 대의를 받들기 위해서라면 유력 인사를 유혹하거나 잠자리에서 비밀을 캐내는 일도 불사했다. 이 시녀들은 그야말로 연대 병력보다 큰 몫을 해냈다.

바오로 4세가 세상을 떠나자 피에르 카르네세키는 피렌체로 돌아왔다. 공작은 그를 자문관으로 맞았다. 성실하고 믿음 깊은 가톨릭 신도 코시모는 이탈리아에서 제일 훌륭한 개신교도를 받아들이는 데 조금의 망설임도 없었다. 현명한 카르네세키는 카테리나의 정책을 본떠가며 기독교 세계의 두 줄기를 화해시키고자 했다. 십칠 년 전부터 소집되어 헛되이 세월만 보내는 트리엔트공의회를 실패라고 판단한 그는 교황의 입회하에 개신교도들도 아우르는 새 회합을 열자고 주장했다. 공작은 이 타협적인 태도가 마음에 들었다. 코시모는 과도한 종교재판에 찬동하지 않는 입장으로, 자신의 공국에서는 그 활동을 제한하고 있었다.

그날 아침 코시모 1세 곁에 다섯 사내가 모였다. 재정 담당관 자코포 폴베리노, 피에르 카르네세키, 알메니 스포르차, 피에르 프란체스코 리치오 그리고 바르톨롬메오 콘치노. 조반니의 돌연한 죽음으로 로마에 대한 코시모의 기대는 물거품이 됐다. 피우스 4세는 여전히 그의 지배 아래 놓여 있었지만 추기경단을 상대로 영향력을 강화할 필요가 있었다. 그에게는 메디치가의 새 추기경이 필요했다.

"예하, 페르디난도에게 추기경 자리를 내려달라고 교황에게 청하시는 게 어떨는지요?" 리치오가 말했다.

"그는 겨우 열세 살입니다." 스포르차가 지적했다.

"어린 나이에 추기경이 된 예는 얼마든지 있지요." 콘치노가 냉소적으로 말했다.

"그러자면 우리 금고는 또 얼마나 축나야 할까요?" 폴베리노가 불평을 터뜨렸다.

코시모는 카르네세키에게 고개를 돌렸다.

"당신의 의견은?"

개신교도가 헛기침을 했다. 새하얀 턱수염을 기른 백발의 노인에게 시선이 집중됐다. 코시모의 심복들은 새 자문관이 갈수록 공작의 신임을 받는 것을 알았다. 그는 일찍이 클레멘스 7세를 훌륭하게 보필한 인물이 아니던가?

"교황도 예하의 요구라면 거절하지 못할 겁니다. 바티칸의 정책이 토스카나의 정책과 조화를 이뤄야 하기에 더욱 그렇지요…… 예하가 원하시면 페르디난도는 언제든지 추기경 자리를 받을 수 있을 거예요. 콘치노를 로마에 파견하시면 아마 빈손으로 돌아오지는 않을 겁니다."

"그렇게 장담하는 건 다름 아니라 로마로부터 이단으로 선고된 자문관이고요." 스포르차가 신랄하게 말했다.

"그것도 일찍이 교황을 섬겼던 이단자이죠! 그래서 가톨릭과 로마교회의 해악을 누구보다 훤히 아는 사람이기도 하고요." 카르네세키가 미소를 지었다.

아무도 반박하지 못했다. 개신교도는 말을 이었다.

"그렇지만 예하, 적어도 한 사람은 아드님의 임명을 반대하리란 걸 기억해두셔야 합니다."

"미켈레 기슬리에리 추기경." 콘치노가 말했다.

"그렇습니다. 종교재판관의 우두머리인 그는 우리에게 큰 반감을 품고 있지요."

"내가 그 광신자들에게 장단을 맞추지 않으니까." 공작이 말했다.

"그리고 예하가 저를 관대하게 보호하고 계시니까요."

"그를 매수할 수 있을까요?" 리치오가 물었다.

"광신자는 황금으로는 설득할 수 없어요. 하지만 교황의 뜻이라면 그도 어쩌지 못할 겁니다."

코시모 1세는 자문관들을 물리고 콘치노만 남겼다.

"최대한 빨리 떠날 준비를 해. 필요하거든 자금을 넉넉히 가져가게, 폴베리노는 불평을 늘어놓겠지만……"

최근 그는 몸이 부쩍 무거웠다. 살이 쪘고 자주 숨이 찼다. 마흔다섯 살에 벌써 노화의 징조가 찾아왔을까? 아니면 메디치가의 저주가 그에게도 뻗치기 시작했거나. 통풍! 서서히 피를 응고시키는 병마. 그는 불현듯 일 마니피코의 데드마스크를 떠올렸다…… 병마로 인해 화석처럼 변한 그 투박하고 뒤틀린 얼굴을.

불안해진 코시모는 주치의 바치오 발디니에게 증세를 털어놓았다. 주치의는 관절 마디마디에 바르라며 소금 기름을 처방해주었다. 공작의 의학적 관심을 잘 아는 주치의는 약의 성분도 가르쳐주었다. 우선 굵은 소금 4파운드를 붉은색이 될 때까지 볶아 식기 전에 신선한 올리브유에 집어넣는다. 그것을 중탕기에 넣어 엿새 동안 끓인다. 그런 다음 두견초와 파슬리를 넣은 물을 추가해 전부 증류한다.

이 약이 아픔을 가라앉혀줄까? 코시모는 한숨을 쉬었다. 몸은 둘째 치고 마음이 산산조각 나 있었다. 소중한 엘레오노라가 세상을 떠나면서 그에게 남아 있던 젊음도 거두어간 것이리라.

그는 라르가 거리의 메디치가 팔라초에서 지내는 딸 이사벨라를 수시로 불러들였다. 스무 살이 된 딸은 눈부시게 아름다웠다. 딸의 눈동자와 단아한 얼굴에는 가슴을 설레게 만들던 죽은 아내의 매력이 깃들여 있었다. 딸은 리라를 가져와 손수 지은 시나 아이들 술래놀이 노래를 들려주었다. '갈색 머리 계집애가 분수에서 얼굴을 씻네, 보드라운 앞가슴도 씻네……' 약간 떨리는 그녀의 목소리는 코시모를 몹시 감동시켰다.

이사벨라, 누구라도 사랑할 것 같은 그녀…… 피렌체인들은 그녀의 미모를 칭송해 '메디치가의 별'이라 불렀다. 그런데도 이사벨라의 남편은 그녀를 내팽개쳐두었다. 파올로 조르다노 오르시니는 애인들과 유녀들이 들끓는 로마의 팔라초를 떠나는 일이 거의 없었다. 그러면서도 질투심 하나는 깊어, 사촌 트로일로에게 아내를 감시하게 했다. 매력적이고 상냥한 이 청년은 이내 이사벨라의 신뢰를 얻었다. 신뢰는 점점 깊어져 청년은 그녀의 속내 이야기를 들어주게 되었고, 아예 이사벨라의 애인이 되었다. 코시모는 전부 알고 있었다. 다른 때였더라면 청년을 쫓아버렸거나 심지어 자객을 고용했을지도 몰랐다. 그러나 많은 비극을 겪고 나자 그는 딸에게도 행복할 자격이 있다고, 정절보다는 사랑이 중요하다고 생각하기에 이르렀다.

코시모 자신도 얼마나 더 아내의 기억만으로 버틸 수 있을까? 슬픔 속에서도 이따금 궁정의 이 여인 저 여인에게 눈길이 머무는 것을 깨닫고 그는 놀랐다. 노예나 하녀들의 예쁘장한 얼굴이 눈에 들어올 때도 있었다. 그가 세상을 떠난 아내를 저버리는 날이 언젠가 올까?

* *
*

프란체스코는 콘치노가 건넨 초상화를 못마땅한 얼굴로 내쳤다.

"차라리 더 못난이는 없던가요?"

코시모는 입술을 일자로 다물고 아무 말도 하지 않았다. 장남이 내친 것은 페르디낭 1세의 딸 잔느 도트리슈, 다시 말해 카를 5세의 조카딸의 초상화였다. 몇 달 전부터 바르톨롬메오 콘치노가 결혼을 협상중이었다. 합스부르크가와 메디치가의 결혼! 그 이상 매력적인 결합은 공작으로서도 기대할 수 없었다. 황제가 수락만 한다면 메디치가는 오스트리아 황족과 사돈이 되는 것이다. 어쩌면 코시모에게도 마침내 대공의 작위가 내려지리라.

"신께서 허락하신다면 넌 잔느를 아내로 맞는 거다."

프란체스코는 잠자코 있었다. 아버지의 뜻을 거역했다가는 어떻게 될지 그도 잘 알았다. 그는 사람들이 그와 잠자리를 함께하길 기대하는 여인의 초상화에 자신도 모르게 재차 눈길을 던졌다. 길쭉한 얼굴에 무뚝뚝한 표정, 지나치게 커다란 코, 얇은 입술과 쩨쩨하게 작은 입. 물론 화가가 원래보다 더 예쁘게 그렸으리란 점도 감안해야 했다. 청년은 자손을 얻기 위해서일 때가 아니라면 절대 그녀를 사랑하지 않으리라 다짐했다. 그의 마음속에 있는 매력적인 베네치아 여인 비안카 카펠로와 그 볼품없는 얼굴을 비교해보면 자명한 일이었다. 그는 산마르코 성당 건너편의 어느 집 창문에서 그녀를 처음 본 그날로 열렬한 사랑에 빠졌다. 밝고 긴 금발의, 천사 같은 얼굴이었다.

프란체스코는 즉각 그 미녀의 신상을 수소문했다. 하인 하나가 은밀히 알아온 이야기는 다소 야릇했다. 도제의 유수한 귀족 가문의 딸인 그녀는 피에로 보나벤투리라는, 별 볼 일 없는 피렌체 은행원과 사랑에 빠졌다. 물론 가망이 없는 사랑이었다. 카펠로가가 미천한 사내에게 딸을 내줄 리 없었다. 그러자 연인들은 운명에 맞서기로 결심했다.

피에로는 목숨을 걸고 비안카를 유괴했다(베네치아 법은 귀족 여인을 유괴한 죄를 사형으로 다스렸다). 그들은 비밀리에 결혼하고 피렌체로 도망쳐 남편의 친척뻘인 노부부의 집에 몸을 숨겼다. 그후로 그들은 줄곧 숨어지내는 형편이었다. 유력한 카펠로가에서 사내의 목에 현상금을 걸고 딸을 찾으면 수녀원으로 보내겠다고 공언한 까닭이었다.

프란체스코는 그 이야기를 듣고도 물러서지 않았다. 그녀를 본 이후, 프란체스코는 그녀를 갈망하게 되었다. 강렬하고 엄청난 열정은 그를 잠시도 편하게 놔두지 않았다. 몇 번이나, 그는 탐나는 여인이 은둔하는 집 앞에서 서성거렸다. 딱 한 번 창문의 미늘덧문 뒤에서 그녀의 그림자를 본 것 같기도 했다. 그녀도 그를 봤을까? 그의 뜨거운 눈길을 알아차렸을까?

사랑에 미친 프란체스코는 미녀를 손에 넣을 방법을 궁리했다. 제삼자를 통해 자신이 부부를 보호해주겠다는 의향을 전달할까? 그러나 그것만으로는 방해꾼 남편을 떼어놓을 수 없을 것이다. 피에로 보나벤투리는 귀족인 그녀를 얻기 위해 목숨을 걸고 커다란 용기를 증명했다. 비안카도 쉽사리 그 사실을 잊을 수는 없을 것이다. 그렇다면 자객을 사 남편을 없애고, 과부가 된 그녀를 위로한답시고 접근할까?

그는 황제가 수락만 하면 아내가 될 못생긴 여자의 초상화를 다시 흘끔거렸다. 그는 만나기도 전에 벌써 그녀를 미워하고 있었다. 불현듯 아우 페르디난도의 운명이 부러웠다. 추기경인 아우는 못생긴 여자를 맞아들여야 할 필요는 없었다. 그뿐인가, 로마의 예쁜 창녀들과 얼마든지 즐거운 시간을 보낼 수 있었다.

* *
*

그녀의 이름은 엘레오노라 델리 알비시였다. 그녀가 궁정의 여인이 군주에게 품는 존경과는 색깔이 다른 관심을 표시한다는 것은 코시모도 알고 있었다. 그녀는 고래뼈 테로 치마를 한껏 부풀린, 프랑스식 유행을 따라 잘록한 허리가 강조되고 목선이 깊게 파인 드레스를 맵시 있게 차려입고 진한 향수 냄새를 풍겼다.

어떤 때는 손끝을 살짝 건드리고 어떤 때는 추파를 던졌지만, 그녀의 교태는 별다른 효과를 보지 못했다. 신중하고 경계심 강한 코시모는 그녀의 접근을 잠자코 지켜보기만 했다. '치 임비안카 라 카사 라 부올레 아피지오나레!'* 그러나 그도 결국 동요하기 시작했다. 엘레오노라. 그 이름이 신호였을까? 요염한 이 여자를 통해 아내가 그를 부르는 것은 아닐까? 너무 오래 잊고 지냈던 여인의 몸이 그를 자극했다. 왜 참아야 한단 말인가?

공작은 더 버티지 않았다. 어느 저녁 팔라초에서 연회가 끝난 후 그는 변변찮은 이유를 들어 그녀를 붙들었다. 그녀는 코시모의 마지막 주저를 말끔히 날려버릴 만큼 열정적인 사랑을 주었다. 그는 결혼생활을 통해 만족스러운, 그러나 늘 분별 있는 사랑을 나누었다. 엘레오노라 데 톨레도는 남편을 거절한 적도 없지만 주도한 적도 없었다. 망아지 같은 이 여자는 전혀 달랐다. 그녀에게는 마르지 않는 욕망과 끝없는 능란함이 있었다. 그녀와의 잠자리는 폭풍처럼 그를 끌어가 산산이 조각내버렸다.

---

* 제 집을 하얗게 칠하는 자는 그 집을 빌려줄 생각이다.(원주)

다른 밤들도 이어졌다. 코시모는 사로잡혔다. 그는 하루종일 그녀를 만나는 순간만 초조하게 기다렸다. 그의 앞에서 옷을 벗은 그녀를 안고 그 가슴에 입술을 묻는 순간만을…… 그녀의 따뜻한 살갗과 맞닿으면 악몽과 고통은 잊혀졌다. 이 아찔한 감각을 너무 늦게 알아버린 것이 후회스러울 지경이었다.

자신이 공작의 애인이란 것을 만인에게 알리고 싶은 여인은 코시모가 관계를 비밀에 부치자 몹시 낙담했다. 밤이 떨어지기를 기다려 알메니 스포르차가 팔라초 근처에 마련해준 작은 집으로 밀회하러 갈 때면 그는 눈에 띄지 않도록 극도로 조심했다. 여인을 찾는 그의 밤나들이를 아는 것은 경호대뿐이었다.

왜 그렇게까지 비밀을 지켜야 할까? 코시모는 자신의 엄격한 사생활이 피렌체인들에게 존경받는 요인 중 하나란 걸 알고 있었다. 메디치치고는 드물게 그는 한 번도 애인이나 사생아를 만들지 않았다. 이제 와서 딸 또래의 애인을 공공연히 거느릴 수 있을까? 게다가 아내에 대한 기억도 있었다. 애인의 관능적인 육체에 빠져 제아무리 황홀한 밤을 보내도 동이 틀 무렵 집으로 돌아갈 때면 죄책감에 사로잡혔다. 두 여인의 이름이 같다는 사실도 괴로움을 보탰다. 절정의 순간에도 '엘레오노라'라는 이름은 그의 입술을 빠져나오지 못했다. 애인은 모르는 체했다. 그러나 시간이 흐르면서 그녀도 결국 초조해졌다. 어느 저녁 사랑을 나눈 후 그녀가 말했다.

"왜 날 감추죠? 내가 창피한가요?"

코시모는 대답하지 않았다. 알몸의 그녀가 한껏 도발적인 자세로 말을 이었다.

"난 피렌체의 유수한 가문의 딸이에요. 그런데도 우리 사이가 알려지면 체면이 깎이나요?"

공작은 침묵을 지켰다. 그날 밤 그는 평소보다 일찍 그녀의 집을 떠났다. 그들의 관계는 갈수록 격렬해졌다. 엘레오노라는 변덕스러운 여자였다. 다정한가 하면 새침했고, 너그러운가 하면 매정했다. 코시모는 모든 것을 달게 받아들였다. 그렇지만 그토록 열정적인 그들의 관계는 어둠 속에 남아 있었다. 애인이 아무리 졸라도 소용없었다.

* *
*

드디어 희망의 빛이 보였다. 프란체스코는 꾀를 써서 믿을 만한 친구 막델레나를 피에로 보나벤투리의 집에 들여보냈다. 그녀는 수완 좋게 피에로와 비안카가 숨어살고 있는 집의 친척 여인의 신뢰를 산 다음 비안카에게 접근했다. 베네치아의 호사스러운 팔라초에서 살던 비안카에게 검소한 은둔 생활은 쉽지 않다는 것을 그녀는 얼른 알아차렸다.

두번째 단계로 넘어갈 때였다. 막델레나는 처가가 보내는 자객을 피해 숨어 살아야 하는 피에로의 처지를 동정하는 시늉을 했다. 마침 그녀가 피렌체 공작의 장남과 가까운 사이이니 보호를 청해 볼 수도 있다고 운을 뗐다. 물론 비안카 본인이 청탁을 한다면 한

결 이야기가 잘 풀릴 것이다.

이렇게 해서 비안카는 보나벤투리의 은신처를 벗어나 프란체스코 데 메디치 앞에 나서게 되었다. 친절한 막델레나가 자신의 집에서 약속을 주선했다.

그날이 오자 비안카는 새 친구가 갖다준 기다란 벨벳 망토로 몸을 감고 얼굴을 감춘 채 장막을 내린 마차에 올라탔다. 잠시 후 그녀는 제복 입은 하인의 안내로 우아한 팔라초의 안뜰을 가로질러 안방으로 안내됐다. 방은 사랑과 쾌락을 경배하는 섬세한 회화들로 장식되어 있었다. 그림들은 좀 야릇했지만 비안카는 편안한 기분에 사로잡혔다. 호화로운 벽지, 상감세공된 바닥, 화려한 가구들, 그 모든 것이 그녀에게는 익숙했다.

금세 막델레나가 나타났다. 그녀는 한아름의 드레스, 레이스가 달린 속치마와 속옷 따위를 소파에 내려놓고 비안카를 살짝 안았다.

"당신이 예쁘게 입고 공작의 아들 앞에 나서면 좋겠어. 당신의 고운 얼굴빛에 제일 잘 어울리는 걸로 골라 입어요."

비안카는 놀랐지만 이내 세련된 옷들을 뒤적거리기 시작했다.

"난 나가 있을 테니까 혼자 준비해요…… 시간은 얼마든지 있으니까 안심하고. 당신은 정말 아름다울 거야."

방문이 소리 없이 닫혔다. 비안카는 혼자 남았다. 그녀는 목선이 깊게 파이고 끝이 트인 황금빛 소매가 달린 검은색 새틴 드레스를 집어들어 뺨에 비벼보았다. 그리고 방 안쪽에 놓인 멋진 거울 앞에

섰다. 그녀가 천천히 망토와 그 안에 걸쳤던 긴 옷을 벗고 가슴받이도 풀러냈다. 알몸이 드러났다. 봉긋하고 자그마한 배, 도전적인 젖가슴, 늘씬하고 미끈한 허벅지, 보석처럼 어여쁜 금빛의 은밀한 그곳. 거울이 입증하듯 그녀는 아름다웠다.

그녀는 발렌시아 레이스로 만든 페티코트 위에 드레스를 입기 시작했다. 거울 속에서 벽걸이 천 하나가 출렁이는 것을 봤을 때 그녀는 미처 옷을 다 입지 못한 상태였다. 그녀가 비명을 지르며 양손으로 가슴을 가렸다. 프란체스코가 모습을 드러냈다. 비안카는 키가 훤칠하고 이마가 시원하며 눈빛이 생생한, 짧고 곱슬곱슬한 턱수염을 기른 미남 청년이 나타나는 것을 보았다. 그는 뉘우치는 얼굴로 그녀에게 한 발짝 다가섰다. 얼이 나간데다 겁이 난 비안카는 꼼짝도 하지 않았다.

"부인, 제 온당치 못한 무례함을 용서해주시겠습니까?"

그녀는 이내 그가 누구인지 알아보았다. 그러나 훌륭한 신사가 왜 이런 짓을? 그녀의 뺨이 붉어졌다.

그가 다가왔다.

"옷을 마저 입게 도와드려도 되겠는지요?"

그녀의 어깨에 뜨거운 손가락이 와닿았다. 그는 그녀가 드레스를 올리는 것을 도왔다.

"고개를 돌리세요."

그는 시키는 대로 했다. 그녀는 양쪽 젖가슴을 빼내어 드레스의 목둘레선에 맞춰 맵시 있게 조절했다. 눈길이 다시 마주치자 그는 조금 가련한 미소를 지었다.

"너무 아름다워서 유령이라도 본 줄 알았습니다……"

비안카가 한숨을 내쉬었다.

"어쨌든 전하, 천한 좀도둑 같은 죄를 저지르셨어요."

"인정합니다…… 그리고 부인이 너그럽게 용서해주시면 좋겠어요."

그녀는 노여움이 풀린 기색이었다. 미남 청년, 그것도 피렌체 공작의 아들이 열심히 용서를 비는 것이 썩 싫지는 않았다.

프란체스코가 그녀의 손을 잡았다. 그녀는 손을 빼내지 않았다.

"불운한 사정은 다 들었습니다. 부인과 부군의 처지를 개선할 만한 힘은 내게도 있지요."

"그 대가로 난 뭘 드려야 할까요, 조심성 없는 신사 양반?"

노골적인 질문에 프란체스코가 웃음을 터뜨렸다.

"부인과 대화를 나눌 특권이면 됩니다, 그것도 부인이 원하실 때만 말입니다."

"그 '대화'에는 벌써 몇 가지 담보를 설정해두셨을 테죠?"

"지금 그 말씀 잘 기억해두겠소."

그러자 비안카의 입가에 처음으로 미소가 떠올랐다.

* *
*

그는 그렇게 해서 방탕한 밤을 보상하고 싶었을까? 코시모 1세는 늙은 카르네세키와 점점 더 많은 시간을 보냈다. 그들은 보볼리 정원의 오솔길을 걸으며 담소를 나눴다. 공작은 개신교에 대해, 옛 주인 클레멘스 7세에 대해 질문을 퍼부었다. 클레멘스 7세. 선친 조반니 달레 반데 네레를 죽음으로 몰아갔고 코시모도 제거하려 했던 교황.

"로마에선 진짜 교황은 당신이라고들 말했지."

"과분한 영예입니다. 파란 많던 그 시절에 제가 종종 권력의 안내자 역할을 했다는 말이 적절하겠지요. 전 젊었고, 열정이 있었고, 바티칸의 음모라면 훤히 알고 있었지요. 클레멘스 7세는 저를 믿었습니다." 연로한 개신교도가 말했다.

"그렇다면 교황이 나를 몹시 없애고 싶어했다는 것도 알았겠군."

"전 모르는 게 없었습니다."

"당신도 거기 동의했소?"

"교황이 얼굴 시커먼 그 서자에게 그토록 집착하는 건 저도 이해할 수 있었어요, 비록 아들의 방탕한 생활을 왜 뜯어고치지 않느냐고 비난은 했지만 말입니다."

"간단히 말해 당신은 내가 죽는 일에 반대하지 않았을 거라 그것이군."

"클레멘스 7세는 제 주인이었습니다. 저는 그분을 섬겼고 그분 뜻을 따랐지요."

"지금 나를 섬기는 것처럼."

카르네세키는 아무 대꾸도 하지 않았다. 그들은 침묵 속에서 새

순이 돋는 나무들 아래를 걸었다. 노인은 로마의 약탈과 카스텔 산탄젤로의 포위 이야기를 끄집어냈다.

"우리 포병대를 지휘한 이는 소문난 악당 벤베누토 첼리니였습니다. 어찌나 열심히 싸웠던지 다들 그가 마귀에 들려 입에서 불길을 내뿜어 화덕을 태우는 것 같다고 했을 정도지요. 그가 쏜 포환 하나가 부르봉의 공작을 한방에 날려버렸어요. 클레멘스 7세는 무척 칭찬했습니다."

"그러자 그는 보답으로 교황의 삼중관三重冠의 다이아몬드를 훔쳐 달아났고!"

개신교도가 미소를 지었다.

"벤베누토 첼리니는 그런 사람이었어요…… 예하도 그에게 몇 가지쯤 당하지 않으셨습니까……"

"다른 사람보다야 덜 당했지. 난 아주 인색하니까. 난 철저히 계산적으로 그와 사귀었소. 위대한 예술가들은 궁색할수록 재능을 발휘하는 법이거든."

카르네세키가 웃었다. 그들은 테라스로 올라가는 길로 접어들었다. 두 사람은 약간 숨이 차서 벤치에 앉았다. 눈앞에 도시의 전경이 펼쳐졌다.

"피렌체를 나만큼 아름답게 꾸민 군주는 없었소." 코시모가 자랑스럽게 말했다.

그가 도시를 에워싼 언덕들을 둘러보았다. 그의 지시로 심은 수많은 올리브나무가 완만한 언덕을 파란빛과 은빛으로 물들이고 있었다.

"난 지쳤소……" 코시모가 말했다.

카르네세키는 마침내 이날의 본론이 시작될 참이란 걸 알아차렸다. 코시모는 상대를 돌아보지 않은 채 말을 이었다.

"페르디낭 1세가 미루적거리던 일을 막시밀리안 2세는 빨리 처리해줄 것 같소. 내년에 그의 누이 잔느 도트리슈가 프란체스코와 결혼할 거요. 난 양가의 결합을 완벽하게 경축하고 싶소. 우린 유럽 최고의 왕조와 사돈이 되는 거니까."

"메디치가는 물론이고 예하께도 큰 영예입니다. 하지만 예하의 친척 한 분이 프랑스를 다스리고 있다는 사실도 잊지 마십시오……"

"카테리나한텐 골탕을 먹을 만큼 먹었는데 어떻게 잊겠소."

"제가 두 분의 사이를 조금이나마 수복하려고 애썼던 것은 인정하시겠지요?"

"맞소. 그 점은 고맙게 생각하오."

코시모는 잠시 침묵했다가 말을 이었다.

"장남 부부는 델라 시뇨리아 팔라초에 정착시킬 생각이오.* 거처를 보수하고 너무 삭막한 중앙 안뜰도 화려하게 개조할 계획이오. 내 며느리는 고귀한 태생에 걸맞게 꾸며진 곳에서 살게 될 거요.

---

* 메디치가가 옛 피티 궁전에 정착하면서부터 피렌체인들은 이 건물을 베키오 팔라초라 부르지 않게 되었다.(원주)

바사리에게 이것저것 주문해뒀지. 우리 두 채의 팔라초를 연결하는 '파사조'도 세우려 하오. 말하자면 지붕 덮인 기다란 회랑이오."

카르네세키는 놀라서 소리를 높였다.

"하지만 그 거리가 상당한데요! 많은 집들을 허물고 아르노강도 가로질러야 합니다."

"바사리한텐 아무것도 아니오…… 시간만 좀 주면 만들 수 있다고 장담합디다. 아르노강 위로 베키오 다리 위의 집들 뒤편과 맞대고 강을 가로질러 두 팔라초를 연결하는 거지. 이참에 푸줏간과 악취를 피우는 무두장이들의 가게도 베키오 다리에서 몰아낼 생각이오."

그는 몸을 돌려 자문관을 응시했다. 그리고 심각한 낯빛으로 말했다.

"그 파사조는 국가의 단일성을 상징할 거요."

"무슨 의미이십니까, 예하?" 노인이 물었다.

"말했잖소, 피곤하다고…… 프란체스코에게 섭정을 맡기기로 했소. 하지만 외교는 앞으로도 내가 처리할 거요."

* *
*

비안카 카펠로는 환하게 빛났다. 수줍음과 이성을 앞세워 몇 주일쯤 저항한 끝에 그녀는 적당히 새침을 떨며 항복했다. 공작의 아들을 상대로 베네치아의 부유한 가문 출신 여자라도 오랫동안 버틸 수는 없었다. 더욱이 프란체스코는 여자의 환심을 살 줄 아는 다정하고 주의깊은 신사였다.

피에로 보나벤투리는 아내가 받는 호의가 자신에게도 이득이란 사실을 바로 알아차렸다. 우선 죽음의 위협이 사라졌다. 물론 아내가 밤마다 부부의 잠자리를 벗어나는 것이 유쾌할 리는 없었다. 그러나 계산 빠른 사내는 자신이 이 미녀의 첫 남자였다는 사실만은 누구와도 견줄 수 없는 특권이라며 자위했다. 간단히 말해 그는 눈을 감기로 했고, 그 보상은 곧 나타났다. 그는 이제 프란체스코의 집에서 하인으로 근무했다. 메디치가의 보호를 받는 한 카펠로 집안의 자객을 걱정할 필요는 없었다.

비안카는 군림했고 프란체스코는 그녀의 발밑에 있었다. 그는 그녀의 신분에 적합한 팔라초 한 채를 내려줄 생각이었다. 그녀의 새 행복에 그림자가 하나 있다면 오스트리아 여자와의 결혼이었다. 못생겼다고는 해도 그 잔느라는 여자가 애인의 사랑을 갉아먹지는 않을까?

결혼식 며칠 전 연인들은 또 한번 그 이야기를 하고 있었다.

"질투하려면 해. 하지만 정말 그럴 필요 없다니까 그러네. 당신도 그녀의 초상화를 봤잖아." 프란체스코가 말했다.

"의외로 여성적인 매력을 지니고 있을지 누가 알아요."

그가 여인을 끌어당겨 꽉 안았다.

"어느 누가 당신의 매력과 대결할 수 있겠어?"

그가 앞가슴으로 손을 가져갔지만 그녀는 살짝 밀어냈다.

“사내들은 하나같이 거짓말쟁이야. 진심인지 아닌지는 몇 마디만 들어도 알 수 있지요.”

“당신이야말로 목숨을 걸고 당신을 선택한 불쌍한 피에로를 배반한 게 아니고?”

그녀는 기다란 금발을 휘날리며 고개를 흔들었다.

“부정직한 방법을 써서 날 유혹한 건 당신이에요.”

“그래서, 후회해?”

비안카는 어깨를 으쓱했다. 프란체스코는 그녀의 분노로 이글이글한 눈동자를 바라보며 어느 때보다 아름답다고 생각했다.

“당신이 나랑 사랑을 나누는 것처럼 그녀와도 사랑을 나눌 거라고 생각하면……”

“자손을 얻기 위한 임무야. 정말 그것뿐이야.”

“그럼 쾌락은 취하지 않겠다고 맹세해요! 그리고……”

그녀는 잠시 망설이다가 그의 눈을 똑바로 마주보며 말을 마쳤다.

“그녀에게도 쾌락을 주지 않겠다고!”

* *
*

코시모 1세가 공식적으로 즉위시킨 피렌체 공국의 섭정 프란체스코와 잔느 도트리슈의 결혼식은 다시없이 아름다운 축연이 되었다. 일 마니피코의 시절처럼 시민들은 일주일 내내 축제에 초대됐다. 합스부르크와 메디치의 문장 일색인 도시 곳곳에서 포도주가 흘러넘쳤고 음식이 풍성하게 나누어졌다. 놀이와 무도회, 연극 공연과 수레들의 행렬이 시민들을 즐겁게 해주는 사이 공작의 팔라초에서는 외교관과 고위 관리, 그 밖의 귀한 손님들을 맞아들였다.

며느리와 그 가문에 경의를 표하기 위해 공작은 바사리를 시켜 베키오 팔라초를 개조했다. 안뜰 한복판에는 그가 주문한 대로 우아한 분수가 만들어졌다. 반암으로 만든 수반에는 보볼리 정원의 수원에서 끌어온 맑은 물이 흐르고, 베로키오의 매력적인 조각상 '돌고래 위의 아이'가 솟구쳐 있었다. 기둥마다 황금색 화장 회반죽을 입힌 귀여운 무늬가 새겨지고 현관의 궁륭 밑 벽에는 오스트리아의 도시들을 나타내는 섬세한 벽화가 그려졌다.

잔느 도트리슈는 사람들의 배려와 친절을 당연하게 여겼다. 그녀는 언제 어디서나 한결같이 무뚝뚝했다. 이유라면 프란체스코도 바로 알아챘다. 부친과 오라비가 떠안긴 이 결혼은 어디로 보나 그녀와 격이 맞지 않았다. 합스부르크가의 여인이 아직도 평민 냄새를 피우는 은행가이자 상인 가문의 며느리가 되다니 어찌 체면이 깎이지 않을 것인가?

그러므로 부부는 베키오 팔라초에 마련된 방에서 첫 밤을 조화롭게 나누기 위해 대단한 공을 들이지는 않았다. 잔느는 하녀들의 손으로 옷이 벗겨져 허벅지가 트인 단순한 잠옷 하나만 걸치고 그에게 보내졌다. 그녀는 굳은 얼굴로 한마디도 없이 잠자리에 들었다. 프란체스코는 연인에게 맹세한 대로 서둘러 임무를 완수했고,

고상한 잔느는 눈곱만한 반응도 보이지 않았다. 역겨움을 표시하지 않은 것만으로도 고마운 줄 알라는 얼굴이었다. 이튿날 아침부터 프란체스코는 아내가 일어나자 복수를 시작했다. 비안카 카펠로의 손끝이 닿을락말락하게 팔짱을 끼고 아내 앞에 나타나 그녀를 소개시켰다. 어느 때보다 아름다운 베네치아 여인이 눈을 내리깔고 눈썹을 파닥였다.

"부인, 부인의 충실한 시녀가 될 이 여자가 인사를 올리고 싶다는군요." 섭정이 말했다.

애인이 아내에게 어여쁘게 절하는 것을 보며 프란체스코는 웃음이 흘러나오는 것을 참을 수 없었다.

11
1565~1567

코시모는 생각에 잠겼다. 그의 앞에 선 콘치노가 막 보고를 마친 참이었다.

새 교황이 선출됐다. 피우스 5세. 그러니까 또 바뀐 것이다! 그가 피렌체 공작이 된 이래 대체 교황이 몇 번이나 바뀌었던가? 추기경단은 열이면 열, 언젠가는 자신도 교황좌에 오를 희망을 품었으므로 너무 젊은 교황을 뽑지 않도록 주의했다. 교황들이 그렇게 잠깐씩밖에 다스리지 못하는 것은 그 탓이었다.

피우스 4세가 선종하자 격렬한 논쟁 끝에 미켈레 기슬리에리가 후임으로 선출됐다. 종교재판관이 바티칸의 주인이 된 것이다. 그는 또 페르디난도가 추기경에 오르는 것을 반대했던 유일한 인물이기도 했다.

코시모 1세를 열심히 섬겼던 가짜 메디치 교황의 사망이 알려지자 충복 바르톨롬메오 콘치노가 즉각 로마로 파견됐다. 로마의 음모를 훤히 들여다보는 이 비서는 반대 의견이 만만찮음에도 불구하고 결국 기슬리에리가 이기리란 것을 곧 깨달았다. 모든 종류의 이단을 가차없이 단죄하는 이 종교재판관은 유럽 전역으로 번진 종교개혁에 칼과 불로 맞서기로 한 가톨릭교회의 흐름을 가장 잘 대변하는 인물이었다.

콘치노는 용기를 잃지 않고 로마의 새 주인 앞에 제일 먼저 달려갔다. 자신의 반대에도 불구하고 코시모 1세의 아들이 추기경이 됐던 사실을 피우스 5세는 잊어줄까?

교황은 냉랭하게 그를 맞았다. 그러나 메디치의 대사는 그 원인이 다른 데 있다는 것을 간파했다. 그의 심기가 불편한 것은 피에르 카르네세키가 피렌체에 있다는 사실 때문이었다. 토스카나의 주인이 개신교도를 보호하고 개인 자문관으로 삼다니! 루터파 교도들도 전부 출석할 만국공의회를 열어야 한다고 주장한 사내를! 그것은 가톨릭교회에 대한 중대한 모욕이었다. 코시모 1세가 로마와 사이좋게 지내고 싶다면 그 추문에 하루빨리 종지부를 찍어야 할 것이다.

"대체 그가 원하는 게 뭔가? 내가 오로지 그의 비위를 맞추자고 소중한 우정을 희생하는 것?" 돌연 코시모가 분통을 터뜨렸다.

"예하, 그것만이 아니란 점이 심히 걱정됩니다."

"또 뭔데?"

"교황은 냉혹합니다. 카르네세키를 넘기라고 요구할 게 분명합니다."

"요컨대 화형대로 보내라 그거군?"

콘치노가 고개를 끄덕였다. 공작은 아무 말도 하지 않았다. 비서는 주인의 커다란 동요를 짐작했다. 코시모 1세는 새 교황이 마침내 그의 꿈을 실현시켜주기를 기대했다. 대공의 작위. 그렇다면 왜 어떠한 거절도 하지 않던 전임자 피우스 4세에게 청탁하지 않았던가? 페르디낭 1세의 분노를 촉발하고 싶지 않다는 공작의 현명한 판단이었다. 이제 페르디낭 1세는 죽고 없었다. 그리고 그의 아들, 그러니까 얼마 전 누이 잔느를 메디치가에 내준 막시밀리안 2세는 코시모가 대공이 되는 것에 반대하지 않을 것이다.

그러나 공작이 벗을 바티칸 경찰에 넘기자는 결정을 내릴 수 있을까? 그들은 카르네세키를 화형대로 보내기 전 고문을 행할 것이다. 피우스 5세를 만나본 콘치노는 종교개혁의 확대를 몹시 언짢게 여기는 교황이 양보하는 일은 없으리라 확신했다. 이 면담에서 콘치노는 매우 불안한 느낌을 받았다. 교황은 얼굴부터가 공포를 불러일으켰다. 매부리코는 어찌나 긴지 인중까지 뒤덮었고 눈초리는 싸늘하고 위압적이었다. 널찍한 이마에는 가지가지 불길한 생각들이 깃들어 있었다. 미소마저 소름이 끼쳤다. 소리 없이 웃을 때면 눈썹이 치켜올라가고 입술이 비죽거리고 눈가에 빗살처럼 주름이 잡혔다. 눈동자에는 미래의 화형대를 예고하는 불길이 일고 있었다.

"난 그럴 수 없어, 절대 그렇게 할 수 없을 거야……" 마침내 공작이 말했다.

"만일 피에르 카르네세키가 다른 곳으로 망명해준다면……"

"그것 또한 내게는 강요할 권리가 없어. 그는 늘 충실하게 피렌체에 봉사했어. 자신의 의지로 도망친다면 몰라도 내가 왈가왈부할 수는 없지."

"그렇지만 계속 여기 있으면 교황을 적으로 만들고 말 겁니다. 적어도……"

"뭔가?" 코시모가 날카롭게 물었다.

"피우스 5세를 접견한 결과 그는 종교개혁파를 굴복시킬 뿐만 아니라 믿음이 부족한 신도들과도 철저히 싸우리란 인상을 받았습니다…… 만일 예하가 그 같은 계획을 전폭적으로 지원하리라 안심시킨다면 당분간 카르네세키 건을 잊어줄지도 모르지요."

"우린 벌써 터키와 싸우겠다고 공언했는데 뭘 더 어쩌란 말인가?"

"공언은 둘째 치고 갤리선을 투입하는 것으로도 교황을 충분히 납득시키지 못할 겁니다…… 예하의 지갑을 전에 없이 활짝 열어야만 할 거예요."

코시모는 낯을 찡그렸다. 그것이 그의 유일한 논평이었다.

* *
*

누구의 눈에도 띄지 않고 전부 볼 수 있었다. 호위대 없이 도시를 걷는 일은 얼마나 즐거운가. 거기다 늘 걸치던 쇠사슬 갑옷을 입지 않아도 되는 이 가뿐함…… 조르조 바사리가 단 몇 달 만에 건설한 '파사조'를 공작은 다시없이 높이 평가했다. 피렌체인들은 이것을 '코리도이오', 즉 회랑이라 불렀고 그 회랑은 이 도시의 보이는 곳은 물론이고 보이지 않는 곳에도 메디치가 존재함을 상징했다. 하늘과 땅 사이에서, 심지어 아르노 강물 위에서도, 공작은 아무도 모르게 움직일 수 있었다. 그 안에는 창문이 많이 뚫려 있어 밖을 내다보는 것은 물론이고 미사에도 참석할 수 있었다. 바사리가 산타펠리치타 성당의 서쪽 문 위에 로지아를 만든 덕분이었다.

공사가 시작됐을 때 시민들은 불평을 터뜨렸다. 도시 한복판에 지어지는 그 회랑은 피렌체의 도도하고 우아한 미관을 해칠 터였다. 바사리가 예정한 길 위에 집이 있는 일부 주민은 원래의 설계를 거부하며 군주의 처사를 비난했다. 코시모는 의외로 관대하게 대응했다. 건축가가 설계를 변경하여 시민들의 집을 교묘히 피했다. 그 결과 기술상의 쾌거라 할 희한한 건축물이 탄생했다. 매력적인 아치와 늘씬한 기둥과 벽면 위로 약간 도드라진 장식 기둥이 사람들의 마음을 조금씩 사로잡으면서 불만은 잠잠해졌다. 결국 피렌체인들은 공작의 은밀한 이동 수단인 기발한 통로에 대해 더 왈가왈부하지 않게 되었다.

공작의 팔라초로부터 베키오 팔라초까지 이어지는 긴 아케이드의 벽면에 코시모는 초상화들을 걸었다. 안전을 추구하면서도 얼마든지 눈을 즐겁게 할 수 있지 않은가. 장남 프란체스코에게 섭정을 맡긴 이래 그는 새로 얻은 자유를 만끽했다. 물론 중요한 안건은 반드시 그의 허락을 얻어야만 결정됐다. 그의 자문관들이 젊은 섭정을 돌보고 날마다 그에게 국정을 보고했다.

격정적인 엘레오노라 델리 알비시를 향한 불꽃은 점차 시들해졌다. 불평과 다툼이 잦아졌다. 기적처럼 되찾았던 젊음과 충만감은 사라지고 욕망은 둔해졌다. 코시모는 피곤했다. 그것을 알아챈 애인은 그를 고요하게 놔두기는커녕 트집을 잡고 관계를 폭로하겠다고 위협했다.

공작은 베키오 다리 쪽으로 난 창문 앞에서 발길을 잠시 멈추었다. 그의 명령으로 푸주한과 무두장이들은 떠나고 금은세공사의 공방이 들어찼다. 밝은 아침 햇빛이 떨어지는 그 시각, 가게들이 문을 열기 시작했다. 여인들이 벌써 가게 앞으로 모여들었다. 반짝이는 수면 위로는 갈새들이 끊임없이 원을 그리며 날아와 물을 마시거나 벌레들을 덥석 물어갔고 여인들은 알록달록한 드레스를 출렁거리며 이리저리 몰려다녔다.

코시모는 다시 걷기 시작했다. 아케이드는 옛 델라 시뇨리아 팔라초의 삼층으로 연결됐다. 그가 나타나자 경비병들이 달려왔다. 그는 아래층으로 내려갔다. 아들과 할말이 있었다. 전날, 며느리 잔느 도트리슈가 그를 찾아왔다. 그녀는 남편과 비안카 카펠로의 관계를 훤히 알고 있었다. 남편은 애인에게 마지오 거리의 아름다운 팔라초를 내려주어 공공연히 정주하게 한 참이었다. 막시밀리안의 누이는 코시모의 서재로 들어서자마자 불평을 쏟아내기 시작했다.

"이런 모욕을 더 참을 수는 없어요…… 온 피렌체가 절 조롱해요, 그 사람이 저보다 그 창녀를 더 좋아하기 때문이죠."

불쌍한 잔느! 이마는 길고 좁았으며 푸른 눈동자는 요란스럽게 창백한 얼굴 위를 굴러다녔다. 그리고 우아하지 못한 그 입. 윗입술은 너무 두껍고 아랫입술은 속으로 말려들어가 있었다…… 그녀가 어떻게 어여쁘고 탐스러운 카펠로와 겨룰 것인가? 어쨌거나 코시모는 며느리의 이야기에 정성껏 귀를 기울였고 그녀가 꾹 참고 시아버지를 찾아왔다는 사실을 눈치챘다.

"그 사람은 제가 황제의 딸이며 누이란 것을 잊은 모양이에요. 제 품위를 떨어뜨리는 사태가 계속되면 오라비에게 도움을 청하겠어요. 그럼 오라비는 교황에게 결혼 무효를 요청하겠지요, 우리한텐 아직 자식도 없으니까요."

공작은 최선을 다해 며느리를 위로했다. 그는 내심 당황했다. 위협은 유효했다. 공들여 얻어낸, 그의 자랑거리인 이 결혼이 아들의 분별없는 짓으로 인해 깨질지도 몰랐다. 코시모는 지체 없이 아들을 훈계를 하겠다고 약속했다.

프란체스코는 자기 방 한쪽의 비밀 문을 통해 이어지는 천장이 둥근 아담한 방에 틀어박혀 있었다. 역시 바사리의 손으로 설계된 그 방에는 우의를 담은 기교파 예술가들의 그림들이 잔뜩 걸려 있었다. 프란체스코는 그곳에 들어앉아 아버지에게서 물려받은 취미인 연금술과 비밀스러운 실험들로 시간을 보냈다.

코시모는 단도직입으로 비안카 카펠로의 이름을 입에 올렸다. 그 베네치아 애인과의 관계가 아내를 얼마나 모욕하는 짓인지 지적하자 아들은 지지 않고 되받았다.

"아버지, 그러니까 제가 그 음침한 아내의 비위를 맞추기 위해 애인을 숨겨야 한다는 건가요? 제 기억으로는 한 주도 거르지 않고 아내와 잠자리를 갖고 있다고요. 그 이상 뭘 어쩌란 말씀이세요?"

"하지만 너희들한텐 아직 아이가 없어."

"근엄하신 잔느 황녀께서 잠자리에 너무나 소질이 없기 때문이죠. 제가 안으면 꼭 기도라도 암송하는 듯한 얼굴이에요. 얼마나 뻣뻣하고 목석 같은지 아세요?"

"종자가 열매를 맺는 데는 별 대단한 기술이 필요한 게 아니다."

"그렇다면 아버지, 횟수를 더 늘이겠다고 약속드리죠. 대신 너그럽게 봐주세요. 절더러 비안카를 버리라고 하진 말아주세요."

"주님 앞에서 맺어진 아내에 대한 존중의 표시로 넌 애인을 버려야 한다. 명령이다."

"그렇게 하지 않을 겁니다."

"내 말을 거역하는 거냐?"

코시모의 눈초리가 팽팽해졌다. 프란체스코는 부친의 갑작스러운 노여움에 겁을 먹고 저도 모르게 한 발짝 물러났다. 정확한 진상은 몰랐지만(일이 터졌을 때 프란체스코는 스페인에 있었다) 그는 늘 동생 가르시아의 운명에 불길한 의혹을 품고 있었다.

“넌 그 창녀를 쫓아내야 한다, 왜냐하면 내 명령이니까.”

창녀라고, 비안카가! 그의 밤을 그토록 멋지게 만들어주는 다정한 그녀가…… 제정신을 잃은 그가 이번에는 부친에게 대들었다.

“아버지, 제 사생활을 문란하다고 비난할 만큼 아버지는 떳떳하신가요?”

“무슨 의미냐?” 코시모가 소리쳤다.

“그 여자, 엘레오노라 델리 알비시와 아버지의 관계를 저도 알고 있어요.”

공작은 얼이 빠져서 바로 반박하지 못했다. 누가 말했단 말인가, 누가 감히? 관계를 끝내 숨기는 것에 화가 난 그녀가? 마침내 그가 음울한 목소리로 물었다.

“어떻게 알았지?”

프란체스코는 머뭇거렸다. 코시모의 뺨은 새빨개지고 눈은 튀어나올 것 같이 끔찍한 모습이었다.

“누구냐?”

“아버지, 전 이러쿵저러쿵할 권리는 없어요…… 그러니 제게도 똑같이 관대하게……”

“누구냐니까?” 공작이 그의 말을 막으며 허리춤으로 손을 가져갔다.

“알메니 스포르차예요, 그가 말해줬어요, 아버지가 너무 빠져 있다고…… 언젠가 그 염치없는 여자랑 결혼하는 게 아닐까 걱정이라고……” 프란체스코가 중얼거렸다.

"그리고 그녀가 아들이라도 낳으면 네 유산상속 자격을 박탈당할까봐 걱정되더냐?"

"아버지, 맹세코 그런 생각은 한 순간도……"

공작이 말없이 방을 나갔다.

그날 밤 경비병 두 명이 알메니 스포르차의 시체를 피렌체의 성벽 밖으로 옮겼다. 코시모 1세는 자기 손으로 시종을 죽였다.

* *
*

피에르 카르네세키는 피렌체를 떠나지 않겠다고 잘라 말했다. 단단한 결심이었다. 그는 언제나처럼 보볼리 정원을 나란히 걸으면서 공작에게 의향을 털어놓았다.

"개신교 쪽을 선택한 이래 저는 줄곧 로마의 분노를 피해다니기만 했습니다…… 전 늙었고, 지쳤습니다. 제 인생이나 사상은 이제 별로 중요하지 않아요. 정면으로 맞서고 싶습니다. 또 한번 도망가면 늘 포기만 했다는 기분이 들 겁니다……"

코시모가 설득했지만 노인은 뜻을 꺾을 생각이 없었다.

"제가 예하를 난처하게 하고 있다는 건 압니다…… 교황청의 압력으로 저를 종교재판소에 넘기신다 해도 예하를 원망하진 않겠습니다. 예하는 국가에 대해 책임이 있으시니까요. 저야 제 한몸과 제가 전파하는 종교에 대한 책임뿐입니다. 전 자유로운 인간입니다. 그리고 영원히 자유롭고 싶어요. 화형대의 불길은 아무것도 할 수 없을 겁니다."

그로부터 얼마 후 공작에게 프랑스 왕비의 편지가 도착했다. 카테리나 데 메디치는 파리에서 자신이 그랬던 것처럼 피에르 카르네세키를 계속 보호해달라고 청했다. 코시모는 짜증이 치밀었다. 왜 그녀가 나선단 말인가? 위그노와 가톨릭이 줄기차게 싸움질을 해대는 자기 왕국이나 잘 돌볼 일이지.

조금 전 그는 로마에서 돌아온 아들 페르디난도와도 카르네세키 일로 이야기를 나눈 참이었다. 갓 열일곱 살이 된 추기경은 우아하고 위엄이 있었다. 그의 눈길에는 어렸을 때 수시로 양친을 놀라게 했던 지성이 변함없이 번득였다.

"아버지, 단둘이 드릴 말씀이 있습니다……"

공작의 팔라초에서 페르디난도를 위해 베푼 호화로운 연회가 끝나자 부자는 따로 코시모 1세의 서재에 마주앉았다.

"교황이 널 보내더냐?"

"공식적으로는 아닙니다. 하지만 피우스 5세는 최근 저를 따로 접견하시고 속을 털어놓으셨지요……"

"네가 얼른 달려가 내 귀에 넣어주기를 바라면서 말이지?"

"아마 그럴 겁니다."

"무슨 이야기냐?"

"교황은 아버지의 비밀스러운 야심을 알고 있습니다. 그것을 성취시켜줄 준비도 됐고요."

"대공!"

청년은 대답 대신 미소를 지었다. 아버지와 아들은 서로 건너다 보았다. 그 눈길 속에는 애정 이상의 무엇이 있었다. 그들은 하나로 결합되어 있었다. 페르디난도가 장남이 아닌 것이 코시모는 아쉽기 그지없었다. 이 아이에게는 훌륭한 자질이, 쾌락에만 집착하는 장남 프란체스코가 지니지 못한 자질이 있었다. 막 아이 티를 벗은 젊은 추기경에게는 코시모와 마찬가지로 메디치 왕조의 미래를 염려하는 고귀한 이상이 있었다.

"교환 조건으로 피에르 카르네세키를 넘겨달라 그거군."

"교황은 어느 때보다 열렬히 그의 파멸을 원합니다."

"그가 내 소중한 친구란 걸 교황은 알고 있니?"

페르디난도가 고개를 끄덕였다. 코시모가 다시 물었다.

"피우스 5세를 어떻게 믿지?"

"교황은 냉혹하긴 해도 배신자나 거짓말쟁이는 아닙니다."

코시모가 고개를 끄덕였다. 하마터면 아들의 의견을 물을 뻔했지만 그는 마지막 순간에 입을 다물었다. 스스로 결정해야 했다. 오직 자신만 할 수 있는 판단이었다. 유다가 30데나리우스에 그리스도를 배반할 때 누군가에게 조언을 구했던가?

* *
*

그녀의 눈동자는 분노로 이글거렸다.

"대체 어떤 불여우가 벌써 내 자리를 가로챘죠?"

엘레오노라 델리 알비시가 도전적으로 배를 내밀었다. 그녀는 집어삼킬 듯한 눈초리로 코시모를 쏘아보았다. 코시모는 방금 자신들의 시끄러운 관계는 끝이라고 선언한 참이었다.

“그럼 뱃속의 아이는요? 당신 아이를 가졌는데 어떻게 감히 날 버릴 수 있죠?”

“아이는 인지하겠어, 약속하지. 메디치의 성을 갖게 해주겠어.”

“하지만 난요, 난 어떻게 되냐고요?”

협박이 우박처럼 쏟아졌다. 그다음엔 아양으로 바뀌었다. 훌쩍거림과 애무와 한숨이 차례로 등장했다. 코시모는 질식할 것 같았다. 그는 어서 그 자리를 벗어나고 싶었다. 그러나 엘레오노라가 다리를 붙들었다. 그녀는 애원하고, 울고, 소리를 질렀다.

“내가 뭘 잘못했죠? 난 다정한 연인이었잖아요? 당신이 기대한 즐거움을 전부 줬잖아요?”

그녀의 눈은 눈물로 붓고 얼굴은 일그러졌다.

“당신의 새 애인을 죽이고 나도 아르노강에 빠져 죽을 테야.”

그녀가 그렇게 믿는 마당에 애인 따위는 없다는 걸 설명해봤자 무슨 의미가 있을까?

코시모는 문으로 다가갔다. 엘레오노라가 앞질러 달려가 팔을 벌려 가로막았다.

“가려면 내 몸을 밟고 나가요…… 실컷 가지고는 내동댕이친 이 몸뚱이를요!”

그녀가 잽싸게 코시모의 허리춤에서 단검을 빼내 자신의 불룩한 배에 갖다댔다.

"기어코 날 버리겠다면 당장 이 아이와 함께 죽겠어요!"

칼날이 들어갔다 솟구쳤다. 옷이 찢어졌다. 찢어진 옷자락 틈으로 새하얀 살갗이 드러났다. 튀어나온 배꼽 옆에서 피 한 방울이 떨어졌다. 칼날이 다시 맨살에 가닿았다.

"내 말을 안 믿어요?"

그녀가 미친 여자처럼 웃음을 터뜨렸다. 그녀는 단검을 떨어뜨리고 헝겊 인형처럼 바닥에 쓰러져 오열했다.

* *
*

불길. 매일 밤 불길이 보였다. 불길 속에서 뒤틀리는 몸뚱이도 보였다. 카르네세키가 화염에 싸여 있었다. 화형대 앞에서는 속죄자의 옷을 입고 두건을 쓴 수도사들이 십자가를 흔들며 신의 영광을 노래하고 있었다.

이따금 그는 외마디 비명을 지르며 잠에서 깼다. 그러나 불길은 다시 잠들기 무섭게 또 찾아왔다.

개신교도는 종교재판정에 넘겨졌다. 그는 즉각 로마로 이송되어 심문을 받았다. 애초 무용한 절차였는데, 카르네세키가 일찌감치 이단을 자인했기 때문이다. 그러나 판관들은 그가 화형대에 오르기 전에 개종하기를, 다른 개신교도들의 이름도 털어놓기를 원했다. 피우스 5세가 이탈리아에서 개신교도의 싹을 근절하겠다고 기염을 올렸기 때문이다. 필립 2세의 스페인 부대가 네덜란드에서 갖은 만행을 저지르는 사실을 알면서도 교황이 그의 정책을 지지한 것은 그런 연유였다. 로마로 돌아간 페르디난도는 지체 없이 부친에게 소식을 알렸다. 카스텔 산탄젤로의 감옥에 갇힌 카르네세키에게 사형선고가 내려졌다. 그는 조만간 화형대에 오를 것이다. 내 배신의 대가는 언제 받게 될까? 코시모는 식은땀에 젖어 아침에 눈을 뜰 때마다 중얼거렸다.

한 발짝 옮길 때마다 그는 핏자국을 남겼다. 죽음은 이제 그의 곁을 떠나지 않았다. 그는 거미줄 한복판에 도사린 왕거미처럼 팔라초에 웅크린 채 기다렸다. 그는 갈수록 고립됐다. 이제 자문관들조차 불러들이지 않았다. 그들의 눈빛에서 비난을 읽는 것이 두려웠기 때문이다. 특히 피에르 카르네세키와 친분이 두터웠던 바르톨롬메오 콘치노는 공작을 용서할 수 있을까?

알메니 스포르차의 후임인 기안 스테파노 알리가 외부 세계와 코시모를 이어주었다. 코시모 1세는 불현듯 권력욕이 사라진 것을 깨닫고 놀랐다. 싸우고, 죽이고, 가차없이 제거해 얻은 절대 권력. 그는 강성하고 번영한 공국을 건설했다. 유럽 각국의 명가들에게서 인정받았고 이탈리아의 국정에서 핵심적인 역할도 담당했다. 대신 그 모든 성공에 대가를 치러야 했다. 이제 그의 영혼은 텅 비었고 육체는 마모됐다. 그가 유죄를 선언하거나 처형을 집행한 죄목 하나하나가 그의 살과 뼈와 내장까지도 차례차례 빼앗은 것처럼.

코시모 1세는 프란체스코와 국정을 논의하는 것조차 귀찮다고 물리쳤다. 아들은 여전히 비안카 카펠로와의 관계를 깨지 않았다. 베네치아 여자는 뻔뻔하게도 그의 몸과 마음을 계속 독차지했다. 그녀의 영향력은 갈수록 커져 아첨꾼들은 젊은 공작의 호의를 얻기 위해 그녀의 옆자리로 앞다투어 몰려들었다. 잔느 도트리슈는 묵묵히 비안카의 존재와 교만함을 감내해야 했다. 코시모는 며느리가 오라비에게 불평하는 편지를 보낸 것을 알고 있었다. 막시밀리안 황제는 아무 응답도 없었다. 비엔나의 합스부르크가 수중에는 스페인 사촌 필립 2세보다 현금이 없기 때문에 이번에도 자금을 원조해준 메디치가와의 관계를 깨고 싶지 않았으리라.

코시모는 깨어 있었지만 팔라초는 아직 어둠에 잠겨 있었다. 정원에서 새들이 지저귀기 시작했다. 곧 날이 밝을 것이다. 그는 어서 해가 뜨기를 기다렸다. 아침 햇빛이 악몽의 마지막 악취를 몰아내줄 것이다. 그러나 새날이 밝는다고 무엇이 달라질까?

그의 마음속에는 오직 한 가지 야심만 남아 있었다. 그는 죽기 전에 꼭 대공이 되고 싶었다. 기필코 대공의 왕관을 쓰고 싶었다. 카르네세키의 화형은 헛되지 않으리라. 그 불길 속에서 왕관이 나올 것이다. 머릿속이 핑글핑글 돌면서 눈앞에 왕관이 어른거렸다. 왕관! 나뭇잎이 그려진 방사상의 선과 백합이 번갈아 이어진 대공의 왕관. 이마 위쪽에 값진 보석이 박힌 또 한 송이의 붉은 백합은 피렌체를 상징했다. 공화국의 전통 어린 문장은 그렇게 대공의 왕관 속에 살아 있었다.

꿈이라고? 아니, 그를 하루하루 버티게 해주는 강박관념이었다. 잠은 완전히 달아났다. 커튼 뒤에서 어슴푸레한 빛이 흘러들었다. 마침내 밤이 걷히려 했다. 코시모는 침대에서 일어나 앉아 기다렸다. 그의 몸은 더러웠다. 밤새 흘린 땀으로 시트와 옷이 축축했다. 죄와 배신의 악취가 진동했다.

불현듯 엘레오노라 델리 알비시가 떠올랐다. 그는 그 무서운 애인을 겨우 떼어냈다. 그녀는 얼마 전 사내아이 조반니를 낳았고 그는 약속대로 메디치의 성을 허락했다. 그러나 그것만으로는 그녀를 계속 달래기에 충분치 않을 것이다. 두둑한 지참금을 들려 하루빨리 적당한 남편과 맺어줘야 했다. 그 일이라면 콘치노가 알아서 해줄 것이다. 그래도 그녀는 필경 또 찾아와 귀찮게 굴 것이다. 그도 은근히 그걸 바라지 않던가?

하인들은 왜 이리 늦을까. 그는 침대에서 내려서다가 낯을 찡그렸다. 통풍의 고통은 갈수록 심해졌다…… 그는 옷장까지 걸어갔다가 침대로 되돌아와 하인들이 아침 단장을 해주러 오기를 기다렸다.

엘레오노라가 다시 나타났다…… 풍만하고 요염한 그녀. 샘물처럼 들이마시고 싶던 젖가슴…… 마음은 무난히 그녀를 잊었다. '케 몰토 구아다냐 키 푸타나 페르데!'* 그러나 몸은 그녀를 잊지 않았다, 영원히 잊을 수 없으리라……

* 창녀를 버리면 많은 것을 얻는다!(원주)

갑자기 밤이 되돌아왔다. 방이 컴컴해지고 침대가 흔들리고 새들의 지저귐이 멎었다. 머릿속에서 망치질 소리가 들렸다. 그는 떠나고 있었다. 그가 자기 몸뚱이를 떠나고 있었다. 그는 소리를 질러 사람들을 부르려 했다. 그러나 그의 입에서는 아무런 소리도 흘러나오지 않았다.

* *
*

의사들이 공작의 방문 앞을 왔다갔다했다. 그 가운데 몇 명, 특히 바치오 발디니는 뇌졸중이라 주장했다. 어떤 의사들은 학자연하며 공작이 너무 오래 화를 억눌러 급기야 그것이 뇌를 압박했다고 말했다. 진단이야 어찌 됐건 신속히 사혈을 해야 한다는 의견은 같았다.

이윽고 의사들에게 방으로 들어가도 좋다는 허락이 떨어졌다. 코시모 1세는 침대 한가운데 누워 있었다. 의식은 없었다.

피렌체에 사는 세 아이들이 침대머리로 달려왔다. 프란체스코는 도도하고 무뚝뚝한 얼굴이었고, 어린 피에트로는 손톱만 내려다보았고, 이사벨라는 어느 때보다 아름다웠다. 진심으로 슬퍼하는 자식은 이사벨라뿐인 것 같았다. 의사들이 환자를 에워쌌다. 이사벨라는 종두 칼이 아버지의 팔에 꽂힐 때 고개를 돌렸다. 붉은 피가 흘러나와 의사가 받친 작은 도자기 대야로 떨어졌다. 이사벨라는 귀를 틀어막았다. 아버지의 몸뚱이에서 생명이 빠져나가고 있었다.

“그만해요!” 그녀가 외쳤다.

의사들이 뒤를 돌아보았다. 그녀는 눈물이 떨어질 듯한 눈으로 좀더 차분하게 말했다.

“됐어요, 그러다 아버지를 죽이겠어요……”

의사들은 당황한 낯빛으로 서로 건너다보았다. 한 의사가 공작의 팔에 지혈대를 갖다대는 사이 프란체스코가 누이에게 다가갔다.

“아버진 어차피 죽어가고 있어…… 의사들이 더 위독하게 만들 일도 없다고.”

“그들이 뭘 알아? 이발사들 주제에! 아무것도 모르면서!” 그녀가 소리쳤다.

의사단이 물러났다. 오직 발디니만이 침대 옆에 남아 있었다. 그가 환자의 손목을 짚어보더니 자신 있게 말했다.

“맥이 돌아왔습니다!”

그러나 공작은 눈을 감은 채 침대 위에서 꼼짝도 하지 않았다. 이사벨라는 침대로 다가가 아버지의 얼굴을 내려다보았다. 딱딱한 그 얼굴은 이제 아무래도 좋다고 말하는 것 같았다. 아이들 앞에서도 본심을 드러낸 적이 없던 코시모도 죽음의 문턱에 서자 조금쯤 방심한 것이리라. 가면이 떨어진 그의 얼굴은 매끄러웠고 입술의 주름은 여자 같았다. 이제야 그는 인간처럼 보였다.

죽을 때가 되면 얼마간 어린아이로 돌아가는 걸까? 젊은 여인은 생각했다.

공작의 몸이 파르르 경련을 일으켰다. 마치 싸우지도 않고 이대로 가버릴 수는 없다고 몸뚱이가 외치는 것 같았다. 이사벨라는 아버지의 손을 맞잡았다. 그에게 저의 체온을, 저의 존재로 그를 위로해 주소서…… 등뒤에서 소리가 들렸다. 그녀가 고개를 돌리자 사제들이 서 있었다. 그들이 먹이를 노리는 독수리떼처럼 몰려들었다. 그들과 함께 죽음도 따라들어왔다.

"안 돼! 아직 안 돼요!" 이사벨라가 자신도 모르게 외쳤다.

단단한 손길이 그녀의 어깨를 붙들었다. 프란체스코였다.

"그만해, 이리 와. 바보 같은 짓 말아."

그녀는 하는 수 없이 오라비를 따라갔다.

* *
*

그는 아직 살아 있었다. 팔라초는 소문으로 뒤숭숭했다. 방문객들이 모여들고 대사들이 소식을 듣고 달려왔다. 궁정은 초조하게 떨고 있었다. 프란체스코는 두 팔라초 사이를 끊임없이 왕래했다. 시간이 정지한 것 같았다.

이층의 넓은 방에서 이사벨라는 주인의 발치에 웅크린 개처럼 아버지를 지켰다. 그녀는 성가신 방문객들을 퇴짜놓고 구경꾼들을 내쫓았다. 주치의 바치오 발디니만이 환자의 곁에 오도록 허용했다. 유감스럽게도 그의 약은 무력했다. 연고와 다른 연약들도 아무

효과를 거두지 못했다.

이사벨라는 작은 신호 하나도 놓치지 않았다. 눈썹만 한 번 파닥여도, 빰이 살짝 떨려도, 손끝이 보일락 말락 꼼지락거려도, 그녀에게는 희망을 품을 이유가 되었다. 한 시간 한 시간이 흐를 때마다 죽음은 멀어졌다.

새날이 밝았다. 이사벨라는 안락의자에 쭈그리고 앉아 깜박 잠에 빠졌다. 또 꿈을 꾸었을까? 누워 있던 길고 흰 그림자가 일어나는 듯했다. 뒤틀린 한 손이 애원이라도 하는 양 하늘로 뻗치는 것이 보였다. 이사벨라는 소스라쳐 일어났다. 코시모가 눈을 부릅뜨고 있었다.

"아버지!"

공작이 천천히 고개를 돌려서 그녀를 바라보았다. 기이하게 텅 빈 눈초리. 그는 아직 다른 곳에 있었다. 기나긴 잠에 빠진 사이 그는 무엇을 보았을까? 그의 입은 비틀어지고 오른쪽 눈은 푹 내려앉아 있었다. 코시모가 갑자기 딸의 팔을 붙들었다.

"그는 불에 타버렸나?" 그가 중얼거렸다.

이사벨라는 어안이 벙벙했다.

"무슨 말씀이에요, 아버지?"

그녀의 팔을 붙잡은 손가락에 점점 힘이 들어갔다. 먹이를 움켜쥔 새처럼 손톱이 살을 파고들었다.

"불길을 봤다, 불길이 계속 올라갔어……"

그의 새빨간 눈동자에서 눈물 한 방울이 떨어졌다.

"아버지, 진정하세요, 제발…… 곧 나으실 거예요."

그러나 그의 얼굴은 두려움으로 얼룩졌다. 어둠 속에 혼자 내동댕이쳐진 어린애처럼 그는 도망치려고 안간힘을 썼다.

"이사벨라!"

마침내 그가 딸을 알아보았다. 손가락에서 힘이 풀렸다.

"여긴 어디냐? 왜 네가 여기 있지?" 그가 가까스로 말했다.

"아버진 몹시 많이 아프셨어요…… 발작을 일으키셨어요."

코시모는 잠자코 딸을 바라보았다. 그녀는 아버지가 여전히 공포에 사로잡혀 있다는 것을 느꼈다. 커튼이 내려진 방안에 시큼한 땀내가 진동했다.

이사벨라가 일어나 창문을 열고 돌아왔다. 부친이 멍한 눈으로 그녀를 바라보았다. 그는 헛소리를 했다. 그의 눈길은 그녀에게 향했지만 그녀를 보고 있지 않았다.

"엘레오노라…… 당신도 내가 죽였어. 당신은 너무 슬퍼서 죽은 거야……"

"아버지, 쉬세요."

그녀가 레몬수에 적신 수건으로 아버지의 이마를 닦았다. 코시모는 겨우 평안을 되찾은 듯했다. 그러나 돌연 그가 뒤틀린 입을 열어 소리쳤다.

"난 왜 안 죽었지?"

이사벨라는 소름이 끼쳤다.

* *
*

코시모는 천천히 회복했다. 긴 외투로 몸을 감고 지팡이에 의지해 방안에서 몇 발짝 움직일 정도가 되었다. 그러나 오른발은 좀처럼 힘이 들어가지 않고 자꾸 꺾였다. 얼굴의 일부도 제대로 돌아왔지만 입은 계속 이기죽거리는 것처럼 보였다.

이사벨라가 늘 그의 곁을 지켰다. 그녀는 노래를 하거나 리라를 연주해 아버지의 기분을 즐겁게 해주었다. 카밀라 마르텔리라는 처녀가 이사벨라를 도왔다. 엘레오노라 델리 알비시의 먼 사촌으로, 무일푼이 된 키가 훤칠한 백발 신사를 아버지로 둔 상냥하고 겸손한 처녀였다. 사랑스러운 얼굴의 그녀는 무슨 일이건 낯 한 번 찡그리지 않고 환자 시중보는 일을 해냈다. 공작은 그녀의 가볍고 부드러운 손길에 안심하고 몸을 맡겼다. 이사벨라는 언제부턴가 아버지가 일어나자마자 카밀라부터 찾는다는 것을 알아챘다.

코시모는 국정도 다시 돌보기 시작했다. 프란체스코가 정기적으로 보고를 했고 바르톨롬메오 콘치노도 자주 찾아왔다.

그 가을 아침, 비서의 표정은 몹시 어두웠다. 쾌활한 그로서는 드문 일이었다.

"무슨 나쁜 소식을 알릴 참인가?"

"예하, 방금 로마에서 소식을 받았습니다……"

코시모는 바로 알아들었다.

"카르네세키?"

"그렇습니다…… 그가 화형대로 올라갔습니다."

공작의 얼굴이 어두워졌다. 콘치노가 악의가 없다고는 못할 어조로 말을 이었다.

"그가 달리 어찌 될 수 있었겠습니까? 피우스 5세는 그의 파멸을 원했습니다. 교회의 이익을 위해서였죠."

코시모는 여전히 아무 말이 없었다. 그는 잠시 눈길을 돌리고 생각했다. 교황은 카르네세키를 유죄라 선고했다. 그를 처형하는 것이 교황의 정책에 유용했기 때문이다. 코시모가 카르네세키를 배반한 것도 더 큰 이익을 위해서가 아니었던가? 그의 악몽은 단번에 지워졌다. 집요하게 그를 핥던 불길은 꺼졌다. 불길은 다시는 나타나지 않으리라. 피에르 카르네세키는 재가 되었다. 남은 것은 아름다운 그 노인에 대한 기억뿐이었다.

그는 새로이 힘을 얻고 콘치노의 얼굴을 마주보았다.

"자네가 무슨 생각을 하는지 알아…… 하지만 나도 내 나라, 내 가문, 내 집의 이익을 지켜야 하지 않았던가?"

콘치노는 고개를 끄덕였을 뿐 대꾸하지 않았다. 공작이 말을 이었다.

"제아무리 뛰어날지언정 한 사람의 목숨이 무슨 가치가 있지? 그처럼 중요한 이익이 걸린 문제였는데 내가 거부할 수 있었겠나?"

이번에도 비서는 말이 없었다.

"자네는 날 원망하겠지…… 하지만 자네가 내 입장이었어도 똑같이 했을 거야."

"예하, 카르네세키는 제 친구였습니다."

"내 친구이기도 했어."

"그랬지요. 하지만 예하께선 그를 바티칸의 발톱으로부터 보호하겠다고 공언하셨지요. 그랬으면 무슨 일이 있어도 끝까지 보호하셨어야 합니다."

"그랬을 테지…… 그런데 자네가 마키아벨리를 읽었다면 군주는, 특히 권력을 계속 유지하고 싶은 신흥 군주는 보편적인 덕만 추구할 수는 없다는 걸 알 걸세. 군주는 상황이 요구하면 자신의 신념, 자비, 심지어 종교에 반해서도 행동할 필요가 있어."

코시모는 일어나 절뚝거리며 다가가 비서의 얼굴을 향해 지팡이를 쳐들었다.

"결과적으로 군주는 자신이 손해를 보지 않을 때만 약속을 지킬 수 있고, 지켜야 하는 거야."

바르톨롬메오 콘치노는 잘못을 저지른 어린아이처럼 고개를 숙였다.

"그만 가봐…… 피곤해."

비서는 말없이 방을 나갔다. 그가 떠나자마자 코시모가 외쳤다.

"카밀라! 카밀라, 어디 있니!"

옆방에서 대기하던 처녀가 곧 나타났다. 공작이 안락의자에 주저앉았다.

"날 괴롭히는 이 저주받은 다리에 연고를 발라 마사지를 해다오……"

카밀라는 공손하게 코시모의 발치에 꿇어앉아 긴 외투 자락을 벌렸다. 그녀는 두 겹의 모피 슬리퍼와 양말을 차례로 벗긴 다음 포마드 연고를 발라 공작의 다리를 마사지하기 시작했다.

"네가 보살펴주면 다시 살아나는 것 같구나……" 그가 편안한 한숨을 내쉬었다.

그는 카밀라의 목덜미를, 흔히 베네치아색이라 말하는 붉은색이 감도는 반드럽고 긴 금발을, 도톰한 젖꼭지를 짐작케 하는 깊이 파인 드레스의 목선을, 손을 뻗어 어루만지고 싶게 하는 가벼운 솜털이 난 맨팔을 바라보았다. 불현듯 가벼운 사향 냄새가, 어질어질한 여자의 향기가 느껴졌다. 참으로 오랜만에, 그는 커다란 정열이 몸을 덮치는 것을 느꼈다.

12
1568~1574

그가 굳이 입 밖에 내기도 전에 그녀는 그의 욕망을 전부 들여다보는 것 같았다.

처음 사랑을 나눌 때도 그녀는 마치 태곳적부터 그의 연인이 되기로 약속됐던 것처럼 자신을 내주었다. 그녀는 간병할 때와 똑같이 정성스럽게 그를 사랑해주어 코시모를 당황케 했다. 그녀에게는 사랑도 간병의 연장인 듯했다. 그녀의 풍만한 몸은 코시모의 쇠약한 몸과 잘 들어맞았다. 그의 늙은 몸뚱이는 구석구석 따뜻하게 달구어져 환희에 잠겼다. 그녀의 허벅지는 하얀 대리석 기둥이고 파란 실핏줄이 드러난 젖가슴은 달큼한 과일이며 음부는 무성한 적갈색 풀이 자라는 조붓한 정원이었다. 그는 그 촉촉하고 유쾌한 풀밭에서 마음껏 뒹굴고, 그녀가 일으키는 쾌락의 파도에 실려 기분 좋게 떠내려갔다. 그녀는 이교의 여신처럼 그의 육체를 진지하고 황홀하게 다스렸다.

"제 약이 주치의의 약보다 낫지 않나요?" 그녀가 잠자리 밖으로 미끄러지듯 빠져나가며 미소를 지었다.

누가 먼저 시작했던가? 공작은 기억하지 못했다. 계기라면 그가 병에 걸려 쓰러졌고 그녀가 간병했다는 것이다. 그들 사이의 친밀함이 자라난 것이리라. 날이 갈수록 그들이 가깝게 붙어 있다보니 신뢰와 함께 관능이 싹텄다. 손이 스치고 숨결이 섞이고 심장은 하나가 되어 뛰었다. 두 사람은 똑같은 흥분을 맛보았다. 그리고 정열에 사로잡힐 때마다 공작은 이탈리아의 옛 격언을 떠올렸다. '아 브라보 카초 마이 논 만카 파보르!'*

마침내 그들은 부부라 해도 좋고 동지라 해도 좋을 관계가 되었다. 카밀라 곁에서 코시모는 새로이 샘솟는 정열을, 오래도록 잊고 지냈던 평화를 맛보았다. 그녀는 연인을 위해 봉사하는 것을 기쁨으로 알았다. 그러나 자신이 꼭 필요한 존재란 것을 알면서도 현명하게(어쩌면 먼 사촌 엘레오노라의 불운에서 배웠는지도 모른다) 절도를 지켰다.

이사벨라는 아버지와 자기 친구의 관계를 눈치챘다. 부친의 건강이 호전되자 안심한 그녀는 자신을 감시하러 왔다가 애인이 된 미남 청년 트로일로가 기다리는 라르가 거리의 팔라초로 돌아

* 현명한 여인의 그곳은 언제나 친절하다! '카초'는 16세기에는 여성의 성기를 뜻했지만 오늘날에는 남근을 지칭한다.(원주)

갔다.

햇빛 좋은 계절이 되자 코시모는 시골로 휴양을 떠나기로 했다. 그는 엘레오노라에 대한 기억이 너무 생생한 포조 아 카이아노를 피해 피렌체에서 몇 마일 떨어지지 않은 카스텔로를 선택했다. 일명 '올모'*라 불리는 아담한 시골집 같은 그 팔라초는 일찍이 일 마니피코와 코시모 1세에 의해 호화로운 군주의 거처로 탈바꿈했다. 본채는 과수원과 채소밭 그리고 회양목 울타리를 쳐 귀한 약초를 재배하는 정방형의 비밀스러운 정원으로 둘러싸여 있었다. 단정하게 정돈된 그 풍경 한복판에 건축가 트리볼로는 기발하게도 동굴을 만들고, 그 안에 기교파 조각가 지암볼로냐가 제작한 동물 청동상들을 늘어놓았다. 시원하게 우거진 그늘 아래에는 맑은 물이 흐르는 멋진 분수가 있었는데, 수반에는 암만난티의 〈헤라클레스와 안타이오스〉라는 조각 군상이 솟구쳐 있었다.

코시모가 여름을 오붓이 지내자며 데려온 한갓진 그곳이 카밀라는 무척 마음에 들었다. 엘레오노라 델리 알비시(그녀는 그의 보살핌으로 판치아티치라는 피렌체 사내와 결혼했다)와의 관계는 끝내 숨겼던 코시모였지만 이번에는 달랐다. 궁정에서도 피렌체에서도 그가 카밀라란 여자에게 반한 것을 알았다. 그는 어디나 그녀와 나란히 나타났고 자신이 그녀를 얼마나 애틋하게 여기는지 서슴없이 드러냈다.

* 느릅나무.(원주)

그것은 상당 부분 그의 병마에서 기인했다. 죽음 직전까지 갔다 오자 구설수나 비방 따위는 아무래도 좋았다. 신분이 한참 다른 여자를 사귀면 또 어떠랴. 그는 카밀라를, 카밀라는 그를 사랑했다.

* *
*

쇠약하고 관능적인 여름이 천천히 흘러갔다. 계속되는 통풍의 고통 속에서도 코시모는 연인과 식물을 채집하거나 말을 타고 시골길을 산책했다. 어느 아침 카밀라가 아이를 가졌다고 고백했다. 공작은 깊은 행복을 느꼈다. 죽음의 문턱까지 갔다온 그에게 새 생명을 줄 힘이 있었던 것이다. 불현듯 이제 자신과 가족을 짓누르던 저주가 풀렸다는 생각이 들었다. 장차 태어날 아이는 그의 부활을 상징할 것이다.

그렇다고 대공이 되려는 야망을 잊은 것은 아니었다. 그는 추기경 아들에게 피우스 5세의 동정을 수시로 물었다. 피에르 카르네세키를 넘겨준 것에 크게 만족한 교황은 드디어 그에게 대공의 작위를 내려줄 생각이었다. 그러나 코시모 1세와 카밀라의 소문은 로마까지 흘러갔고, 교황은 교회의 성스러운 원칙을 모욕하는 그 관계를 어서 청산하라고 충고했다. 그게 싫다면 결혼하는 수밖에 없었다.

코시모는 카밀라와 헤어질 수 없었다. 그녀는 이제 그의 일부였다. 병마의 고통 속에서 맺어졌기에 더욱 그랬다. 여인은 그의 비참한 몸뚱이를 속속들이 알고 있었다. 그녀는 그 몸을 씻어주고 내밀한 볼일들도 빠짐없이 거들었다. 그는 울던 어린아이가 유모의 품에서 눈물을 말리는 것처럼 그녀의 무릎을 베고 쉬고 있었다. 한 번도, 심지어 사랑하는 엘레오노라와 함께일 때조차도 그런 충만감은 맛본 적이 없었다.

그러나 결혼이라고! 메디치가, 유럽 최고의 왕가들과 사돈을 맺은 메디치가 미천한 여자와 주님 앞에서 부부가 될 수 있을까? 카밀라와의 다정한 사랑에도 불구하고 코시모는 주저했다. 결혼 소식이 불러올 폭풍을 그는 훤히 짐작했다. 프란체스코는 말할 것도 없고 페르디난도도 반대할 것이다. 메디치가에 들어온 것을 아직도 억울해하는 도도한 며느리는 어디 못마땅하기만 할까, 새 시어머니와 얼굴도 마주치지 않으리라. 막시밀리안 황제도 이 터무니없는 결혼을 즉각 비난하고 나설 것이다. 피렌체 시민들도 잠잠하지 않을 것이다. 군주가 애인을 거느리는 것쯤은 너그러이 봐줬지만 굳이 결혼하겠다는 것은 납득할 수 없으리라.

그러나 코시모 1세가 자신의 운명을 손에 쥔 교황의 불만을 모르는 체할 수 있을까? 언제까지 우물쭈물할 수 있을까?

공작은 카밀라에게는 고민을 일절 털어놓지 않았다. 아이를 가지고도 그녀는 아무 요구도 하지 않았다. 그녀는 조용히 배가 불러왔고, 매일 더 큰 충만감과 행복을 발산했다. 임신으로 푸석푸석해지는 예비 엄마들과 반대로 그녀의 얼굴은 뽀얗게 피어났다. 몸속에 빛이라도 품은 것처럼 그녀는 눈부셨다. 그녀는 무르익은 배를 뽐내며 정원의 오솔길을 산책했다. 코시모도 그녀의 엄마로서의 자부심을 나눠 가졌다. 당당한 그 뱃속에서 자라는 생명은 자신의 분신이었다.

오렌지나무 잎사귀들이 가벼운 바람에 우줄거렸다. 가을을 알리는 흰구름떼가 멀리서 언덕들 위를 덮고 있었다. 공작은 벤치에 앉아 여전히 사색에 잠겨 있었다. 오솔길의 자갈 밟는 소리가 들렸다. 눈을 들자 카밀라가 다가오는 것이 보였다. 그는 새삼 그녀가 내뿜는 평화로운 매력에 사로잡혔다.

그가 손을 내밀어 그녀를 곁에 앉혔다. 그리고 그토록 빛나는 그녀를 바라보며 마침내 결심했다.

* *
*

카스텔로의 '올모'는 소문과 분노의 바다 한복판에 외딴섬처럼 떠 있었다…… 온 유럽이 종교 분쟁으로 끓어올랐다. 프랑스와 네덜란드에서는 서로 죽고 죽였다. 스페인에서는 필립 2세가 가톨릭으로 개종한 이슬람교도들을 가혹하게 탄압했다. 로마에서는 이단들이 화형대로 연이어 올라갔다.

코시모 1세는 피렌체로 돌아가지 않은 채 국정에 거리를 두었다. 그로 인해 피렌체 궁정은 이만저만 괴로운 것이 아니었다. 괴팍한 프란체스코는 국정은 제쳐놓고 실험실에 처박혀 있기 일쑤였다. 그의 관심은 오로지 애인뿐이었고, 그 애인은 갈수록 국정에서의 영향력이 커졌다. 그런데도 코시모는 꿈쩍도 하지 않았다. 삼십 년의 통치로 그의 권력욕은 충족됐다. 남은 바람이 있다면 무한한 우정과 애정을 쏟아주는 카밀라 곁에서 말년을 보내는 것뿐이었다. 대신 외교만은 아직 그가 돌보아, 외국의 공문을 읽고 대사들을 받아들였다.

초겨울에 비르지니아가 태어났다. 엄마를 꼭 닮은 순한 아기였다. 카밀라는 아이에게 몹시 애착을 가져, 관습도 무시하고 유모를 물리친 채 몸소 젖을 먹였다. 코시모는 종종 여인이 벽난로 앞에 앉아 블라우스를 열고 젖을 물리는 광경을 온화한 눈길로 바라보았다. 팽팽한 젖가슴에서 젖이 몇 방울 흐르기라도 하면 그는 깊은 감동을 느꼈다. 그러나 갓난아기가 제 엄마의 젖을 세차게 들이켜는 것을 보고는 걱정스럽게 물었다.

"난 번번이 깜짝깜짝 놀라. 아이가 그렇게 빨아대도 괜찮은가? 가슴이 홀쭉해지는 건 아니고?"

카밀라가 웃음을 터뜨렸다.

"그건 극히 자연스러운 일이에요. 그리고 걱정 마세요, 제 가슴은 출산 전보다 몇 갑절 아름다워질걸요. 매일 고래기름으로 마사지하니까요."

코시모는 아직 결혼 이야기를 입에 올리지 않았다. 결혼의 이유가 순전히 교황의 마음에 들기 위해서란 걸 고백할 수 있을까?

젖을 먹을 만큼 먹은 아이를 카밀라가 하녀에게 내주었다. 아이가 입을 뗀 자리에서 젖 몇 방울이 떨어졌다. 코시모는 달려가 그곳에 입을 갖다대고 싶은 충동을 억눌렀다. 그새 여인은 얼룩이 생겼거나 말거나 어깨 위로 블라우스를 올렸다. 그리고 옷을 여미지 않은 채 짓궂은 눈초리로 그를 바라보았다.

"자, 이제 당신 차례예요…… 보잘것없는 여자지만 저를 다 내드리면 만족하시겠어요?"

* *
*

그의 눈빛은 대담하고 표정은 완강했다. 갓 스무 살이 된 페르디난도에게는 추기경에 합당한 위엄이 깃들어 있었다.

청년은 교황청과 추기경단에서 영향력을 행사하며 호화로이 생활한 로마에서 막 도착했다. 그는 부친에게 인사한 다음 벽난로 앞에 놓인 커다란 안락의자에 앉았다. 코시모가 그를 끌어당겨 이마에 입을 맞추었다. 페르디난도는 공작의 곁에 눈을 내리깔고 겸손하게 서 있는 카밀라에게는 고개를 까딱했을 뿐이었다.

"다시 만나서 기쁘구나, 아들아."

"저도 그렇습니다, 아버지. 원기를 회복하셔서 다행입니다……"

추기경이 카밀라를 흘끗 쳐다보며 덧붙였다.

"단둘이 할 이야기가 있습니다."

코시모가 일어섰다. 두 사람은 공작의 서재로 자리를 옮겼다.

"교황이 전갈을 들려보내더냐?" 아버지가 물었다.

"교황께서는 아버지께 깊은 우정을 품고 있으며 기도할 때 아버지를 잊지 않겠노라 전하라고 하셨습니다."

"그래! 하지만 그런 인사말 말고도 할말이 있을 텐데……" 코시모가 조급해하며 말했다.

"맞는 말씀입니다. 그분은 아버지의 결혼 의향을 언급하시며 성스러운 우리 교회의 뜻을 준수하신다고 치하하셨지요."

"그렇다면 대체 난 언제나 대공이 된단 말이냐? 교황이 원하면 내일이라도 결혼할 수 있다." 코시모가 벌컥 화를 냈다.

페르디난도는 바로 대답하지 않았다. 그가 헛기침을 한 후 아버지의 검은 눈동자를 들여다보았다.

"제 생각을 말해도 되겠습니까?"

공작은 속이 부글부글 끓었지만 참으려고 애썼다. 추기경이 말을 이었다.

"자식으로서 품어 마땅한 존경심에는 변함이 없습니다만 우리 가문에 누가 되는 결혼에는 동의할 수 없습니다."

"뭐라고? 지금 네가 내 인생을 좌지우지하겠다는 거냐?"

"아버지 혼자만의 인생이 아닙니다…… 아버지가 몸소 일으켜 영광의 정점까지 끌어올린 메디치가 전체의 운명이 걸린 문제입니다."

"네가 뭔데 그런 말을 해? 네가 추기경 자리에 오른 것도 다 내 덕분인 줄을 모르느냐?"

"그 점은 아버지께 감사드립니다. 그래서 용서를 구하면서 이렇게 말씀드리는 겁니다…… 아버지, 부탁입니다, 관계를 깨세요! 아니면 깬 시늉이라도 하십시오."

"무슨 말이냐?"

"애인을 멀리하십시오…… 그리고 그 사실을 교황의 귀에 넣어 두십시오. 대공이 되신 후에 애인과 재회하시면 감회가 더욱 각별하실 겁니다."

"아니, 그렇게 못한다…… 난 내 양심에 걸고 결심했고, 그 결심을 보고해야 할 상대는 주님뿐이다."

"정 그렇다면 저도 그 뜻을 존중해야 하겠지요. 하지만 사랑하는 어머니를 생각하면…… 그 여자에게 아내로서의 모든 권리가 내려지는 게 전 아주 고통스러울 겁니다."

코시모의 얼굴빛이 침울해졌다.

"그러니까 그녀가 공작 부인이 되는 건 싫다는 거로구나."

"왜 귀천상혼*이란 방법을 택하지 않으십니까? 교황도 만족할 테고 메디치가에 얼룩을 남길 일도 없을 텐데요."

* *
*

며칠 새 계절이 바뀌었다. 돌연 약동하는 봄이 닥쳐 있었다. 수목에는 솜털 덮인 연한 잎사귀들이 매달렸고, 싹들은 물이 올라 탐

* 제후나 군주가 신분이 낮은 여인과 하는 결혼. 이 경우 아내는 법적으로 아무 권리도 누리지 못한다.(원주)

스러웠으며, 첫 꽃망울들이 앞다투어 벌어졌다. 대지가 통째로 수런거리고 있었다.

코시모는 카밀라와 팔짱을 끼고 정원을 산책했다. 공기는 싱싱했고 하늘은 맑았다. 그들은 공작이 쉬거나 사색하기를 즐기는 작은 정자로 들어갔다.

"난 늙었어……" 그가 한숨을 뱉었다.

"무슨 말씀이세요? 당신은 청년처럼 생생해요."

"아니, 카밀라. 통풍은 갈수록 심해지고 기력은 점점 빠져나가. 당신의 정성스러운 사랑에 걸맞은 사랑을 돌려주는 일도 점점 힘들어지잖아."

"당신은 날 엄마로 만들어줬어요."

"물론 그 사실은 나도 자랑스럽게 생각해. 하지만……"

그가 그녀의 눈동자를 들여다보았다. 그리고 불쑥 말했다.

"당신과 결혼하고 싶어."

카밀라의 얼굴이 새빨갛게 물들었다. 그녀는 목이 메는 소리로 대답했다.

"전 꿈에도 그런 걸 바란 적이 없어요…… 꼭 그렇게 해야 한다고 생각하지는 마세요, 당신이 곁에 계시는 것만으로 전 기쁘고 만족스러우니까요."

"아니! 그걸로는 충분치 않아. 우리 몸은 하나야. 이제 주님 앞에서 하나가 될 차례야."

"당신이 원하시는 대로 하세요. 하지만 저같은 여자를 가족들이 받아들여줄까요?"

"누구도 군말 없이 이 결혼을 받아들이게 만들 거야. 그럼 내가 갑자기 죽어도 당신과 우리 딸의 미래는 보장되지."

카밀라가 그의 목덜미에 머리를 묻었다.

"오 당신, 당신은 최고의 남자예요."

* *
*

카스텔로의 한 사제가 올모의 저택에 불려왔다.

카밀라 마르텔리는 뽀얀 얼굴에 잘 어울리는 자주색 수가 놓인 드레스를 입었다. 식은 간단했고 참석자는 이사벨라와 하인들뿐이었다. 프란체스코도 어린 피에트로도 참석하지 않았다. 페르디난도로 말하자면 벌써 로마로 돌아간 후였다.

젊은 아내는 은밀히 치른 결혼식에 불만을 갖지 않았다. 공작이 청혼한 이래 그녀는 예상 밖의 대담한 면을 보였다. 조만간 정식으로 아내가 된다는 사실에 힘을 얻었는지 그녀는 집안을 단단히 틀어쥐고 하인들을 휘어잡았다. 방문객들도 공작과 접견하기 전에 그녀를 거쳐야 했다. 그들은 코시모를 피곤하게 만들지 말라는 엄중한 주의를 받았다.

코시모도 이 변화에 놀랐지만 썩 싫지는 않았다. 그녀가 날 보호하고 있어, 하고 그는 생각했다. 권력 한 조각도 나눠 가지지 않았던 독재군주가 이제는 지배되는 일도 감미롭다고 느끼고 있었다.

피렌체와는 떨어져 있었지만 공작은 궁정의 반응을 훤히 알았다. 프란체스코는 투덜거렸다. 부친의 결혼은 베키오 팔라초에서 수군거리는 것처럼 메디치가의 얼룩이었다. 그는 아버지의 아내를 절대 인정하지 않으리라 결심했다.

비안카 카펠로도 코시모를 유혹한 여자를 헐뜯었다. 이 점만은 그녀와 잔느 도트리슈의 의견이 같았다. 처음으로 의견이 일치한 두 여자는 기회만 있으면 그 창피스러운 결합을 흉보았다. 그녀들은 카밀라가 쇠약해진 코시모를 홀렸다고, 그녀가 공작의 지시라며 성욕을 일으키는 가루약을 유명한 약제사 로셀리에게 정기적으로 주문했다는 소문도 있다고 주장했다. 그런 미천한 여자가 코시모를 곁에 붙들어둘 수 있는 것은 순전히 그 약 덕분이며 코시모는 완전히 중독되어 그것 없이는 아무것도 할 수 없다는 말이었다.

공작의 새 아내에 대한 미움으로 일시적으로 뭉쳤을망정 두 여자는 여전히 앙숙이었다. 비안카가 프란체스코의 마음을 지배했다면 잔느는 마침내 아이들을 낳아줌으로써 복수했다. 딸 셋이 태어났는데 그 가운데 하나는 아주 어릴 때 잃었다. 젊은 공작이 아무리 그녀와의 의무적인 잠자리를 싫어한다 해도 그녀는 언젠가 또 임신할 것이고, 아들만 낳는다면 가문도 지키고 애인도 물리칠 수 있을 터였다.

똑같은 이유로 비안카도 자기가 먼저 사내아이를 낳으려고 조바심을 냈다. 그러나 바치오 발디니가 처방한 약을 아무리 먹어도 뱃속에 생명이 깃들 조짐은 없었다. 숙적인 두 여인의 경쟁은 어느새

'배들의 전쟁'이라 명명되어 피렌체 시민들의 내기의 대상이 되었다. 압도적 지지를 얻은 쪽은 미모의 애인이었는데, 시원시원한 성격이니 아무래도 임신도 수월하리라 여겨졌기 때문이다. 그러나 침울하고 허약한 아내는 사람들의 예상을 뒤엎고 해마다 아이를 낳았다.

비안카 카펠로에게는 또다른 걱정의 씨앗이 있었다. 비록 허울뿐인 부부였지만 교회의 견해로는 그녀는 여전히 예전에 자신을 납치했고 이제는 관대한 남편인 피에로 보나벤투리의 아내였다. 프란체스코의 자비로 공작의 옷장 관리 하인의 우두머리로 발탁된 별 볼 일 없는 은행원은 그새 상당히 거만하고 뻔뻔스러워졌다. 공작의 애인의 남편이면 덩달아 꽤 출세라도 한 줄 아는 듯했다. 비안카는 애인의 팔라초에서 그가 어슬렁거리는 것을 더이상 참을 수 없었다. 한때 자신들이 사랑에 목숨도 걸었던 사이란 걸 암시하는 양 그가 빙그레 웃을 때면 밉살스럽기 그지없었다. 그러나 정말 심각한 문제는 다른 데 있었다. 만일 그녀가 은밀하게 기대하는 것처럼, 허약한 체질에 거듭되는 임신으로 지쳐 잔느가 세상을 떠난다 해도 피에로가 살아 있는 한 프란체스코는 그녀와 결혼할 수 없었다. 피에로의 때이른 마지막을 재촉하면서 운명에 살짝 손질을 하는 것이 현명하지 않을까? 비안카는 한 점의 가책도 없이 그렇게 생각했다. 그녀의 야심을 꺾을 수 있는 것은 아무것도 없었다.

* *
*

코시모는 당시의 부조를 토대로 브론치노가 그린 조반니 디 비치의 초상화를 다시 바라보았다. 메디치가를 일으킨 인물. 근심 어린 눈길에 입술은 얇고 검소한 옷을 입은 소박한 사내. 평민이던 그는 지성과 책략을 이용해 불리한 환경을 딛고 피렌체에서 가장 유력한 은행가들 가운데 하나가 되었다. 조반니는 가난한 사람들에게 자비를 베풀고 예술을 옹호했지만 늘 업신여김을 당했고 귀족 가문들에게서는 벼락부자 취급을 받았다.

오늘, 그 후손이 토스카나 최초의 대공이 되었다. 한 달 전 피우스 5세는 코시모 1세를 대공에 봉한다는 교서를 발표했다. 바티칸은 또한 교황이 자비롭게도 1570년 초에 몸소 대관식을 베풀리란 소식도 알렸다.

교서에는 코시모가 교황청의 뜻을 성실히 받든 공로로 대공이 된다고 명기되어 있었다. 분명 카르네세키를 넘겨준 데 대한 치하이리라. 코시모는 개의치 않았다. 밤마다 그를 찾아오던 불길은 이미 꺼진 지 오래였다. 우정과 명예를 배반했다는 딱지가 평생 따라다니리란 것을 알면서도 그는 선택을 했고, 그 결과를 받아들였다.

교서가 발표되자 프랑스는 군말 없이 피렌체 대공을 인정했다. 사촌을 썩 좋아하지 않았던 카테리나 여제도 자신의 가문에 내려진 각별한 명예에는 흡족했으리라. 영국의 엘리자베스 여왕도 그

뒤를 따랐다. 그러나 스페인과 오스트리아는 교황이 황제의 권한을 가로챘다며 인정을 거부했다. 코시모는 걱정하지 않았다. 어차피 벌어진 일이니 막시밀리안 2세도 조만간 뜻을 굽힐 것이다.

대공! 코시모는 감격했다. 그는 입속에서 계속 대공, 이라고 되뇌며 어린애 같은 기쁨을 느꼈다. 그러나 그의 성공이 무엇보다 정치적인 것임을 잊지는 않았다. 왕이란 현실은 그저 그의 허영심을 만족시킬 뿐, 중요한 것은 그가 왕국을 건설했다는 사실이었다. 피우스 5세가 그에게 내려준 위엄은 메디치가가 토스카나(다시 말해 그가 사랑해 마지않는 에트루리아)를 우월하게 통치할 수 있게, 요컨대 원칙적으로 피렌체와 그 소유지에 대해 합스부르크가 행사해온 감독으로부터 벗어나는 것을 보장했다.

코시모 1세는 클레멘스 7세, 그러니까 자신의 서출 알레산드로를 대공 자리에 앉힐 야심으로 조반니를 신의 없이 죽음으로 내몰았던 교황도 떠올렸다. 이로써 반세기 만에 조반니 달레 반데 네레의 복수는 완결됐다.

피렌체로서도 큰 명예였기에 코시모는 시민들도 그의 승리에 함께하도록 지갑을 활짝 열었다. 음악극, 가장행렬, 무도회와 연회를 대대적으로 베풀었다. 대공은 그 기회에 카스텔로를 벗어나 카밀라를 동반하고 장엄하게 피렌체에 나타났다. 그녀에게는 말하자면 기사 서임식인 셈이었다. 코시모 1세는 대공 부인의 칭호는 받지 못했을지언정 아내도 그에 합당한 명예를 누려야 한다고 선언하고 싶었다. 그러나 장남과 며느리, 장남의 애인까지도 카밀라의 곁에서는 것을 완강하게 거절했다. 대공은 크게 낙담하여 장남을 한바탕 질책한 다음 서둘러 올모의 저택으로 돌아왔다.

* *
*

그녀의 이름도 엘레오노라 데 톨레도였다. 그리고 숙모를 꼭 닮아 아름다웠다. 코시모는 인사를 하러 온 그녀를 보고 곧바로 사로잡혔다. 예기치 못한 사태였다. 포조 디 카이아노 정원에서 첫눈에 사랑에 빠졌던 아내에 대한 기억이 걷잡을 수 없이 밀려왔다.

카밀라는 코시모의 동요를 곧 알아차렸다. 그녀는 대공의 막내아들 피에트로와 결혼하기 위해 스페인에서 온 미녀가 단번에 싫어졌다. 그래서 올모에서 베푼 환영 연회 때 대공과 새 며느리가 단둘이 되는 일이 절대 없도록 했다.

새침한 엘레오노라는 아무것도 모르는 체했지만 카밀라는 경계심을 풀지 않았다. 피에트로가 아버지의 절반도 감동한 기색이 없으며 장차 아내가 될 여자에게 완벽하게 무관심하다는 것이 그녀를 더욱 걱정시켰다. 변덕스럽고 싸움 잘하고 냉혹한, 눈이 툭 튀어나온 막내아들은 자신이 거느리는 못된 청년들과 어울리는 것을 더 좋아했다. 그들의 거침없는 악동 짓은 피렌체에서 유명했다.

코시모도 다 알고 있었지만 손쓸 수 없는 망나니 아들을 훈계하는 것은 일찌감치 포기한 터였다. 두 형과 마찬가지로 피에트로도 카밀라를 질색하며 노골적으로 업신여겼다.

짐작 못한 것은 아니었지만 막상 아내에 대한 적대감에 직면하자 대공은 몹시 언짢았다. 그러나 섭정을 해임하지 않는 한 그로서도 어쩔 도리가 없었다. 또 세 아들의 불화도 그를 괴롭혔다. 프란체스코와 페르디난도가 특히 서로 으르렁거렸다. 프란체스코는 아우가 메디치가의 금고에서 돈을 퍼내 사치스러운 생활을 한다고 욕했다. 코시모는 묵인했다. 그 아이는 어쩌면 메디치가 출신의 세 번째 교황이 될지도 몰랐다. 그러므로 야심을 억제할 필요도 검약에 힘쓸 필요도 없을 터였다. 대공은 차남이 큰돈을 들여 로마에 훌륭한 저택을 사서 옮겨가는 것도 허락했다. 추기경은 고대의 조각상과 예술작품을 사들여 그 저택을 장식했다.* 추기경은 추기경대로 형과 비안카 카펠로의 창피스러운 관계를 로마에서 끊임없이 꾸짖었다. 비안카 카펠로는 갈수록 국정에 간섭했고 잔느 도트리슈를 제치고 섭정의 부인인 양 행동했다. 추기경은 그런 태도가 피렌체와 메디치가에 피해를 준다고, 프란체스코가 통치에는 전혀 열성을 보이지 않기에 문제가 더 크다고 비난했다.

형제의 대립은 갈수록 심각해졌고 코시모는 그것이 서글펐다. 그러나 그애들의 타협할 줄 모르며 불같은 기질은 아버지에게 물려받은 것이 아니던가?

---

* 오늘날은 프랑스가 소유한, '로마 상'(프리 드 로마) 수상자들을 받아들이는 메디치 저택.(원주)

* *
*

손을 허리춤의 칼집에 갖다댄 채로 피에로 보나벤투리는 휘파람을 불며 걸었다. 컴컴한 밤이었지만 군데군데 포도 위로 희미한 빛이 떨어졌다.

그는 애인을 만나러 가는 길이었다. 애인은 알레산드라 본치아니라는 젊고 상냥한 과부로, 명문 리치가의 며느리였다. 그는 굳이 이 관계를 숨기지 않았는데 그것이 자신의 위신을 높여준다고 생각한 까닭이었다. 무일푼의 도망자 신세로 피렌체에 왔던 그가 이제는 남부럽지 않은 처지가 됐다. 그 행운이 아내가 프란체스코 공작에게 바치는 애정 덕분이면 뭐 어떠랴. 이럴 때는 순순히 '오쟁이 진 남편' 노릇을 하는 게 현명했다. 처음에는 분하기도 했지만 시간이 흐르자 자신을 내쫓고 둥지를 차지하고 들어앉은 그 '뻐꾸기'를 원망하는 마음도 사라졌다.

그러므로 공작이 비안카에게 내려준 마죠 거리의 팔라초 앞을 지나면서도 그는 입안이 씁쓸하지 않았다. 그는 곧 과부와 놀아날 생각에 들뜬 발걸음으로 강에서 가까운 복잡한 골목길 안으로 접어들었다.

어둠 속에서 솟구친 두 그림자를 발견했을 때는 너무 늦었다. 그는 허리춤의 칼을 빼보지도 못하고 단도에 찔려 고꾸라졌다. 그의 숨이 끊어질 때 자객들은 이미 어둠 속으로 사라진 후였다.

이튿날 불쌍한 사내의 시체가 산타트리니타 다리 근처에서 발견되자 온 피렌체가 술렁거렸다. 과부가 보잘것없는 남자와 놀아난 것에 격분한 리치가의 복수라고 말하는 사람도 있었지만 대부분이 공작과 그의 애인을 의심했다. 비안카 카펠로가 거치적거리는 남편을 처리해달라고 연인을 졸랐으리란 것이다. 살인 사건이 조사다운 조사도 없이 유야무야된 것만 봐도 틀림없었다. 그러나 얼마 지나서 요염한 과부 알레산드라 본치아니도 살해됐다. 사람들의 눈길은 일제히 리치가로 옮아갔다. 건방지게 나댄 남자와 그 남자를 유혹한 여자를 제거해 가문의 모욕을 깨끗하게 씻어낸 것이리라. 그런데도 유죄가 분명한 이 명문가는 처벌을 걱정하는 기색이 없었다. 어차피 피에로 보나벤투리의 목숨이 무슨 가치가 있단 말인가?

비안카는 소식을 듣고 몹시 만족했지만 자신이 리치가를 사주했다는 말에는 펄쩍 뛰었다. 더욱이 그녀는 너무 행복해 그런 일에 신경을 쓸 여유가 없었다. 프란체스코가 코시모 1세에게 재산을 압류당했던 공화주의자 오리첼라리가의 옛 정원에 그녀 몫의 새 팔라초를 지어주기로 했던 것이다.

* *
*

암흑이 다가오고 있었다. 생명은 갈수록 가늘어져 사막 속에 묻히는 실개천처럼 사라져갔다.

코시모는 또 뇌졸중을 일으켰다. 다리와 오른팔이 마음대로 움직이지 않았고 말하는 것이 어려워졌다. 그에게는 어느 때보다 카밀라의 존재가 필요했다. 그녀는 그를 먹여주고 씻겨주고 그 밖의 내밀한 일들도 돌보았다. 그 모든 너절한 일들을 그녀는 누구의 손도 빌리지 않고 직접 해냈다. 그녀가 그의 삶을 지배하고 있었다. 그러나 만사를 그녀에게 의지하는 것이 옛날처럼 쾌적하고 편안하지는 않았다. 이제 그들이 남편이고 아내이기 때문일까?

그녀가 헌신할수록 숨이 막혔고 싹싹한 손끝이 닿을 때마다 기분이 거슬렸다. 그의 병든 몸뚱이를 가짐으로써 그녀는 그의 존재를 통째로 소유했다. 그의 굴욕은 일상이 되었고, 사랑은 서서히 미움으로 바뀌었다. 그녀가 활기차고 건강한 것까지 원망스러웠다. 말하자면, 그는 날마다 죽어가는데 왜 그녀는 그토록 생생하단 말인가.

소중한 딸 이사벨라는 그의 방에 들어올 수 있는 몇 안 되는 사람들 가운데 하나였다. 코시모는 쇠약해진 자신의 모습을 누구에게도 보여주고 싶지 않았다.

"쳐다보지 마라…… 지난번보다 몇 갑절 불쌍해졌으니까!" 그가 가랑가랑한 목소리로 중얼거렸다.

비뚤어진 입가에서 흐르는 침 한줄기를 그는 재빨리 왼손으로 닦아냈다. 이사벨라는 못 본 척했다. 수다 떨기를 좋아하는 딸은 피렌체에서 나도는 풍문들을 들려주었다. 그녀는 디아노라란 애칭으로 불리는 올케 엘레오노라 이야기도 곧잘 했다. 두 여인은 사이가 좋았다. 이사벨라는 디아노라가 대개는 하소연을 하러 찾아온다는 말은 차마 하지 못했다. 그녀의 남편 피에트로는 결혼을 하고도 조금도 철이 들지 않았다. 그는 남편의 의무는 팽개쳐두고 친구들과 방탕한 짓에만 열심이었다. 그러면서도 아내의 정절은 도끼눈을 뜨고 감시했다.

이따금 침묵이 내려앉으면 아버지와 딸은 잠자코 서로를 건너다보았다. 코시모는 딸의 고운 얼굴에서 필사적으로 첫 아내의 기억을 더듬었다.

“언제 또 올 거니?”

그가 사는 데 지쳤다는 걸 딸은 알까? 거의 무명의 몸으로 처음 피렌체에 발을 디뎠던 그날 이래 줄기차게 그를 사로잡고 있던 야심은 완전히 사라졌다. 코시모 1세는 이제 존재하지 않았다. 무기력한 노인이 헌옷을 입고 있었다. 그런데도 이 년 전, 이 노인은 대공의 왕관을 받기 위해 당당히 로마에 입성했다. 피우스 5세는 너그럽고 따뜻하게 그를 포옹했다. 피렌체의 붉은 백합이 그의 머리 위 왕관에서 빛났고 메디치가와 피렌체의 문장이 제각기 새겨진 왕홀이 그의 손에서 번쩍였다. 그의 뺨에서 눈물이 흘렀다. 그는 눈물을 보이지 않으려고 고개를 돌렸다.

이사벨라는 떠났다. 카밀라가 방을 계속 들락거렸다. 그녀는 눈곱만한 요구도 놓치지 않으려고 남편의 주변에서 꿀벌처럼 붕붕거렸다. 독재자가 간호사의 손안에 있었다. 그녀가 그를 갓난아기 취급하면서 즐기는 것은 아닐까? 이따금 노골적으로 그를 동정할 때도 있었다. 동정, 그것만은 참을 수 없었다.

* *
*

그는 프란체스코를 불러들였다. 침대를 벗어나 널찍한 살롱에서 위엄 있게 아들을 맞기 위해 그는 마지막 힘을 쥐어짰다.

섭정은 많은 수행원을 거느리고 우쭐거리며 나타났다. 코시모는 아들만 남기고 전부 물리쳤다.

"아들아, 넌 곧 대공이 될 거다."

프란체스코는 부루퉁한 표정으로 그 말을 부인하는 시늉조차 하지 않았다. 오늘이라도 죽을 것처럼 보이는 모양이지, 라고 코시모는 생각했다. 그는 제대로 발음하려고 애쓰며 말을 이었다.

"토스카나는 안정됐고 번영을 누린다. 시민들이 더 부자가 되게끔 힘쓰고 권력을 휘둘러 사욕을 채우는 나쁜 자문관들을 경계해라."

그는 잠시 말을 멈추고 숨을 골랐다.

"내가 죽으면 적들이 고개를 들 것이 걱정이다. 그들이 널 치기 전에 네가 앞질러 쳐라. 내가 망명자들의 반란을 제압할 때 그랬던 것처럼 가차없이 처리해야 한다. 마키아벨리도 말했어, 공포보다 좋은 통치법은 없다고. 관용을 베푸는 건 나중에, 적을 눌러 이긴 후에도 늦지 않다. 그러면 사람들은 너의 자비를 칭송할 거다."

코시모는 눈을 감고 가까스로 다시 입을 열었다.

"안됐지만 너한텐 아들이 없어. 잔느는 딸만 낳아줬지.* 그러니까 부지런히 아내에게 드나들어 메디치의 이름을 이어갈 사내아이를 반드시 얻어야 한다."

마지막 말을 들은 아들의 입가에 딱딱한 미소가 떠올랐다. 요컨대 애인을 쫓아다니기 전에 후계자 생산에 힘쓰란 말이었다. 그러나 코시모도 아들이 애인과의 관계를 청산하리라고는 생각하지 않았다.

피로를 참으며 대공은 조금 짓궂게 말을 이었다.

"끝내 아들을 얻지 못하면 페르디난도가 네 뒤를 잇는다는 건 알겠지……"

"하지만 그 아이는 추기경이잖아요!"

"추기경 옷을 벗어던질 거다."

"그럼 교황좌에 오를 가능성도 포기한다는 의미인데요……"

"바티칸과 토스카나, 둘 중 뭘 가질지 선택할 테지. 난 그애라면 가문에 대한 의무감을 우선하리라 확신한다. 메디치가의 영광에 집착하는 아이니까."

프란체스코가 낯을 찡그렸다. 아우가 언젠가 자신을 승계하리라는 생각만으로도 참을 수 없었다. 코시모는 정곡을 찔렀던 것이다. 그러나 그런 말로도 아들을 비안카에게서 떼어낼 수는 없을 것이

---

* 엘레오노라, 로몰라, 안나, 이사벨라, 루크레치아, 마리아. 마리아 데 메디치는 장차 프랑스의 왕비가 된다.(원주)

다. 코시모 자신도 가족들의 반대를 꺾고 카밀라와 결혼하지 않았던가? 그가 아들의 눈동자를 들여다보며 말했다.

"내가 죽거든 내 아내를 잘 돌봐라. 우린 신성한 결혼으로 맺어진 사이다. 카밀라가 고약한 대접을 받고 고생을 한다면 넌 후일 주님 앞에서 추궁을 받을 거다."

* *
*

그는 거의 하루종일 잠에 빠져 보냈다. 산송장, 이라고 드물게 정신이 맑은 순간이면 그는 중얼거렸다. 신은 왜 이리 더디실까? 어서 데려가주시면 좋으련만.

사제들이 이따금 그의 방으로 들어왔다. 그들도 그의 영혼을 거둬갈 죽음의 그림자를 기다리고 있었다.

눈을 뜨면 머리맡에 누가 앉아 있는 것이 보였다. 여자였다. 아마 아내일 것이다. 엘레오노라, 아니면 카밀라. 누구인지가 뭐 그리 중요한가? 아들들, 조반니와 가르시아도 보였다. 자기 손으로 죽인 것은 어느 아이였던가? 이제 그것조차 기억나지 않았다. 과거는 빠져나가고 피만, 마르지 않는 핏자국만 남았다. 그가 사형을 명한 사람들의 피, 그가 자객을 보낸 적들의 피, 피렌체의 역사와 함께 흐른 피. 무수한 목숨을 제물로 바친 백합의 도시는 '피의 도시'라 불려야 옳지 않을까? 그는 헛소리를 했다. 밤이 그를 불렀다. 달빛 아래 유령들이 나타났다. 목이 잘렸거나 대롱대롱 허공에 매달렸거나 칼에 꿰뚫린 유령들. 그들은 바람처럼 그의 눈앞을 지나 자신들의 관 안으로 사라졌다.

"카밀라!"

그가 땀에 절어 눈을 부릅뜨고 일어났다.

"카밀라, 그들은 당신을 해치지 못할 거야."

그의 몸뚱이가 다시 침대로 떨어졌다.

동이 틀 무렵 그는 숨을 거두었다. 마지막 순간에 그는 피에르 카르네세키가 뻣뻣한 손을 내밀며 다가오는 것을 보았다. 그는 외마디 비명을 지르고는 어둠 속으로 꺼졌다.

* *
*

무덤에는 그의 뜻에 따라 이렇게 새겨졌다. '마그누스 뒤 에트루리에 프리머스.'* 장례식은 산로렌초 성당에서 장중하게 치러졌다. 독재를 열렬히 비난했던 시민들도 피렌체와 토스카나에 대공이 남긴 업적은 인정했다.

코시모 1세에게는 산토스테파노 기사단의 최고 지도자의 의상인 붉은색 반바지와 조끼가 입혀졌다. 유해는 황금양털 훈장과 왕홀과 왕관으로 장식되고 허리춤에는 칼이 채워졌다. 칼자루 뒤쪽

* 에트루리아 최초의 대공.(원주)

에는 조그만 단검이 숨겨졌는데, 벨벳 칼집의 안감에는 야릇하게도 뾰족한 단도 여러 개가 수놓여 있었다.

프란체스코 1세는 카밀라가 남편의 장례식에 참석하는 것까지 막을 수는 없었다. 그러나 이튿날 그는 사람들을 보내어 그녀를 반 세기 전 카테리나 데 메디치가 갇혔던 무라테 수녀원에 가두었다.

카밀라는 겨우 서른 살이었다. 그리고 십중팔구 죽을 때까지 갇혀 지낼 것이었다. 그녀는 프란체스코에게 자비를 청할 기회도 가져보지 못하고 극비리에 수녀원으로 보내졌다. 코시모의 아들은 그녀가 영원히 잊히기를 원했다. 애초부터 없었던 것처럼. 얼룩은 말끔히 지워졌다.

옛 대공과 친밀했던 몇 사람만이 너무 가혹한 처사라고, 부친의 유지를 거스르는 것이 아니냐고 용기를 내어 간언했다. 아무리 미워도 메디치가의 저택 중 하나에 가두는 것만으로 충분할 터였다.

페르디난도도 형을 비난했다. 자신도 공공연히 애인을 거느리면서 비록 신분이 낮을망정 계모를 유폐시키다니 말이나 되는가?

프란체스코는 코시모의 친구나 동생의 말도 듣지 않았다. 군주는 가족의 삶과 죽음을 결정할 권리가 있었다. 가족으로 인정한 적은 없을망정 어쨌든 그는 선친의 새 아내를 마음대로 처분할 수 있었다.

유폐된 여인은 오래 못가 미쳤고, 사랑의 기억도 그 광기 속으로 같이 사라졌다.

에필로그

코시모 1세가 우려한 대로 피렌체의 귀족들은 그가 무덤에 묻힌 직후부터 고개를 들기 시작했다. 백합의 도시는 군주가 죽으면 언제나 그래왔다.

새 대공의 암살을 기도하는 음모가 싹텄다. 풀치, 리돌피, 카포니 그리고 마키아벨리 가가 음모에 가담했다. 그러나 그들의 계획은 무르익기도 전에 적발됐다. 프란체스코 1세는 이때만은 선친의 가르침을 충실하게 따라 가차없이 처리했다. 음모자들은 체포되어 바르젤로에 갇혔다가 곧 사형에 처했다. 그들의 재산은 압류되어 피렌체의 국고와 대공의 금고를 불렸다.

결과적으로 프란체스코는 코시모 1세보다 훨씬 사람들의 증오를 받게 되었다. 코시모 1세는 통치에 능했지만 신임 대공은 그렇지 못했기 때문이다. 시민들이 무거운 세금에 짓눌린 반면 대공과 그 궁정은 유럽 최고의 왕가 못지않게 호화로이 생활했다.

코시모가 죽고 이 년 후, 두 건의 죽음이 메디치가를 후려쳤다. 악동 남편의 분별없는 짓과 무관심에 지친 엘레오노라 데 톨레도는 베르나르디노 안티노리라는 미남 청년과 사랑에 빠졌다. 그녀는 남편에게 얻지 못한 위안을 그 비밀스러운 사랑 속에서 찾았다. 그러나 행복은 그렇게 간단히 손에 들어오지 않았다. 애인이 싸움을 걸어온 끝에 상대를 죽이고 만 것이다. 당국은 정당방위임을 참작해 프란체스코 1세가 판결을 언도할 때까지 그를 자신의 팔라초에 연금했다. 괴로움과 불안에 사로잡힌 엘레오노라는 창문 너머로라도 얼굴을 한 번 보고 말 한마디나마 건네고 싶어 애인의 집 앞을 배회했다. 그 사실은 즉각 대공의 귀에 들어갔고 대공은 청년을 엘베섬에 유배시켰다. 청년은 경솔하게도 감옥에서 애인에게 편지를 썼고 그 가운데 한 통이 가로채여 프란체스코의 집무실에 전달됐다. 제수가 저지른 부정의 증거를 잡은 대공은 아우의 명예를 위해 청년을 피렌체로 압송해 바르젤로에 가두었다. 끔찍한 감옥에 도착한 지 한 시간 후 청년은 목이 베였다. 그것만으로는 모욕을 씻어내는 데 충분하지 않았다. 아마 형의 사주였겠지만, 피에트로는 엘레오노라를 카파지올로의 저택으로 불러들였다. 부부는 모처럼 함께 식사를 했다. 식사가 끝나자 메디치는 칼을 꺼내 부정한 아내를 베었다. 공식적으로 젊은 여인은 심장 발작으로 사망했다고 발표됐다. 피에트로는 대공의 명으로 스페인으로 추방됐는데, 거기서도 방탕한 짓을 일삼아 엄격한 마드리드의 궁정에 추문을 일으켰다.

그로부터 일주일이 채 지나기도 전에 엘레오노라의 친구이자 올케인 이사벨라가 죽음을 맞았다.

'메디치가의 별' 이사벨라는 십팔 년 전 결혼한 이래 로마 제일의 난봉꾼 남편 파올로 지오로다노 오르시니와 줄곧 따로 살았다. 브라치아노의 왕자는 비토리아 아코람보니라는 귀족 여인에게 빠져 로마에서 살고 있었다. 프란체스코 페레티와 결혼한 몸인 이 허영심 많은 미녀는 왕자를 쥐락펴락하면서 언젠가는 그의 아내 자리를 차지하기를 꿈꾸었다. 그러나 두 가지 장애물이 그녀의 야심을 가로막고 있었다. 그녀의 남편과 이사벨라 데 메디치. 그녀는 아양을 떨어 간단히 오르시니를 설득했다. 얼마 후 오르시니는 피렌체로 향했다.

이사벨라는 남편의 집에 심어둔 밀정들에게서 소식을 듣고 가슴이 내려앉았다. 애초에 그녀의 감시역으로 파견됐던 남편의 사촌이 애인이 되어 있었기 때문이다. 이탈리아에서는 어디 숨어도 강력한 오르시니 가문의 자객을 피할 수 없으리라 판단한 그녀는 프랑스의 카테리나 여제에게 보호를 요청하는 편지를 썼다. 여제는 흔쾌히 수락했다. 이사벨라가 프랑스로 떠날 준비를 하고 있을 때 남편이 느닷없이 도착했다. 도망치기에는 한발 늦은 것이다. 그녀는 뱃속까지 떨렸지만 애써 태연한 얼굴로 남편을 맞아들였다. 남편은 엠폴리 근처의 체레토 주디의 저택으로 아내를 데려갔다. 남편은 전에 없이 상냥했다. 식사를 마치자 그가 아내를 침실로 이끌었다. 방에 들어가자 오르시니는 아내를 안고 다정하게 뺨에 입을 맞추었다. 마음이 놓인 그녀는 몸을 맡겼다. 천장에 뚫린 구멍에서 밧줄이 내려오는 것을 그녀는 보지 못했다. 왕자가 날쌔게 줄을 붙들어 아내의 목에 풀매듭을 감았다. 그가 매듭을 조이고 천장을 향해 소리치자 밧줄이 올라가기 시작했다. 이사벨라는 몸부림쳤지만 헛일이었다. 위층의 방에 대기했다가 밧줄을 끌어올린 네 명의 자객은 그녀를 놓아주지 않았다. 코시모 1세가 제일 사랑한 딸은 목 졸려 죽었다.

이튿날 대공의 궁전은 이사벨라 데 메디치가 머리를 감던 중 뇌졸중으로 쓰러졌다고 발표했다. 유해는 산로렌초 성당의 엘레오노라 곁으로 옮겨졌다. 오르시니는 바로 로마로 돌아갔다. 그는 몇 주일도 지나기 전에 애인의 거치적거리는 남편도 죽인 다음 교황의 금지에도 아랑곳없이 비토리아와 결혼했다.

이 두 건의 죽음은 피렌체를 충격에 빠뜨렸다. 메디치가의 아름다운 두 여인이 며칠 사이에 목숨을 잃었다. 메디치가에 들러붙은 저주는 영원히 풀리지 않을 것처럼 보였다. 대공의 유일한 위안은 비안카가 사내아이 안토니오를 낳았다는 사실이었다. 그러나 '배들의 전쟁'은 끝난 것이 아니었다. 엘레오노라와 이사벨라가 연이어 살해된 다음해, 잔느 도트리슈가 마침내 사내아이를 낳았다. 아이의 이름은 필리포였다. 프란체스코 1세는 몹시 기뻐했다. 그 아이는 하늘이 내린 선물이었다. 얼마 후 잔느 도트리슈가 산고의 후유증으로 세상을 떠났다. 대공에게는 또하나의 축복이었다. 드디어 그토록 열정적으로 사랑해온 비안카 카펠로와 결혼할 길이 열린 것이다. 아직 전처의 상중이었으므로 예식은 가까운 사람들만 참석해 조촐하게 거행됐다. 이듬해 프란체스코 1세는 장엄한 미사를 통해 결혼을 공식화하고 시민들에게 큰 축제를 베풀었다. 비안카는 당당히 대공 부인이 되었다. 코시모 1세가 카밀라에게 주지 못했던 것을 그의 아들은 했다. 애인을 적법하게 만들어준 것이다.

아우 페르디난도는 노발대발했다. 그는 대공을 홀린 여우같은 여자를 로마에서 줄기차게 비방했다. 더욱이 추기경에게는 무서운 무기가 있었다. 아이를 가질 수 없는 몸인 비안카가 임신을 위장했다는 것, 안토니오는 그녀의 아이가 아니라 극비리에 사들인 어느 가난한 여자의 아이란 증거를 볼로냐 당국으로부터 입수했던 것이다. 사랑에 눈이 먼 프란체스코는 아무것도 몰랐다. 대공은 아우에게 전부 듣고도 믿지 않았다. 설령 정말이라 해도 그는 이미 용서할 준비가 되어 있었다. 어렵게 얻은 잔느와의 아들 필리포가 1582년에 불과 다섯 살로 세상을 떠났기 때문이었다.

비안카는 불안을 느끼고 형제를 화해시키기로 했다. 그녀는 남편에게 후계자인 아우와 그만 다투라고 설득했다. 페르디난도에게는 그의 지출을 동결했던 대공이 지갑을 다시 열도록 중재해보겠노라 약속했다.

대공 부인의 대사들은 형제로부터 서로 만나겠다는 언질을 받아내고 크게 만족했다. 페르디난도는 대공의 팔라초에 성대하게 맞아들여졌다. 두 사람은 비안카가 자주 머무르는 포조 아 카이아노의 저택으로 옮겨가 가을 사냥을 즐기기로 했다.

사냥을 다녀온 저녁, 대공은 열이 났다. 의학에 일가견이 있다고 자부하는 그는 스스로 조제한 약을 삼키며 버텼다. 병세는 악화됐다. 닷새 후에는 비안카가 쓰러졌다. 그녀는 몸져누워서도 계속 남편의 병세만 물었다. 그로부터 엿새 후 대공은 숨을 거두었다. 사람들은 비안카에게 그 사실을 알리지 않았다. 그 사람이 죽으면 나도 죽을 거야, 며칠이나 기다릴 필요도 없이 몇 시간 후에 따라가겠어, 라고 그녀가 입버릇처럼 말한 것을 기억했기 때문이다. 그러나 저택의 어수선한 분위기를 보고 비안카는 눈치를 챘다. 그녀는 내 주인과 함께 가려는 소원은 이뤄졌어, 라고 중얼거리며 눈을 감았다. 프란체스코 1세가 숨을 거두고 열세 시간 후의 일이었다.

부부의 돌연한 죽음은 의심을 부풀렸다. 페르디난도가 형과 형수를 독살한 것은 아닐까? 신임 대공은 의심을 일소하기 위해 형의 사체를 부검하도록 명령했다. 독물은 검출되지 않았다.

그런데도 의혹은 걷히지 않았다. 페르디난도 1세가 죽은 비안카를 악착같이 박해함으로써 의심은 더욱 커졌다. 프란체스코의 유해가 방부 처리되어 산로렌초 성당의 잔느 도트리슈 곁에 잠든 데 반해 비안카의 유해는 간단한 수의에 둘둘 말려 장례식도 없이 비밀스럽게 매장됐다. 그뿐 아니라 페르디난도는 그녀의 문장을 비롯해 그녀가 이 세상에 존재했다는 것을 상기시키는 흔적은 남김없이 지우라고 명령했다. 대공의 명으로 '페시마 비안카'*라 불리게 된 그녀는 불쌍한 카밀라 마르텔리가 그랬던 것처럼 깨끗이 잊혔다.

* 고약한 비안카.(원주)

감사의 말

자클린 히에젤, 프랑수아즈 로스, 엘로디 테르가 이 작품의 집필에 도움을 주었다. 깊은 고마움을 전한다.

옮긴이 **홍은주**
이화여자대학교 불어교육학과와 같은 대학원 불어불문학과를 졸업했다. 2000년부터 일본에 거주하며 프랑스어와 일본어 번역가로 활동하고 있다. 옮긴 책으로 『일인칭 단수』『기사단장 죽이기』『오래되고 멋진 클래식 레코드』『수리부엉이는 황혼에 날아오른다』『장수 고양이의 비밀』『토미의 무덤』『눈의 무게』 등이 있다.

메디치 2
피에 물든 백합

초판 인쇄 2022년 5월 6일
초판 발행 2022년 5월 16일

지은이 파트릭 페노 | 옮긴이 홍은주
책임편집 김영수 | 편집 강윤정 김수아 이희연 황도옥 홍유진
디자인 신선아 최미영 | 저작권 박지영 형소진 이영은 김하림
마케팅 정민호 이숙재 한민아 김혜연 이가을 박지영 안남영 김수현 정경주
브랜딩 함유지 함근아 김희숙 정승민
제작 강신은 김동욱 임현식 | 제작처 영신사

펴낸곳 (주)문학동네 | 펴낸이 김소영
출판등록 1993년 10월 22일 제2003-000045호
주소 10881 경기도 파주시 회동길 210
전자우편 editor@munhak.com | 대표전화 031) 955-8888 | 팩스 031) 955-8855
문의전화 031) 955-8895(마케팅) 031) 955-2679(편집)
문학동네카페 http://cafe.naver.com/mhdn | 트위터 @munhakdongne
북클럽문학동네 http://bookclubmunhak.com

ISBN 978-89-546-8604-4 04860
978-89-546-8608-2 (세트)

잘못된 책은 구입하신 서점에서 교환해드립니다.
기타 교환 문의 031) 955-2661, 3580

www.munhak.com